新訳《しんやく》

十《じゅう》五《ご》少《しょう》年《ねん》漂《ひょう》流《りゅう》記《き》

ジュール・ベルヌ・作
番《ばん》 由《ゆ》美《み》子《こ》・訳
けーしん・絵

角川つばさ文庫

目次《もくじ》

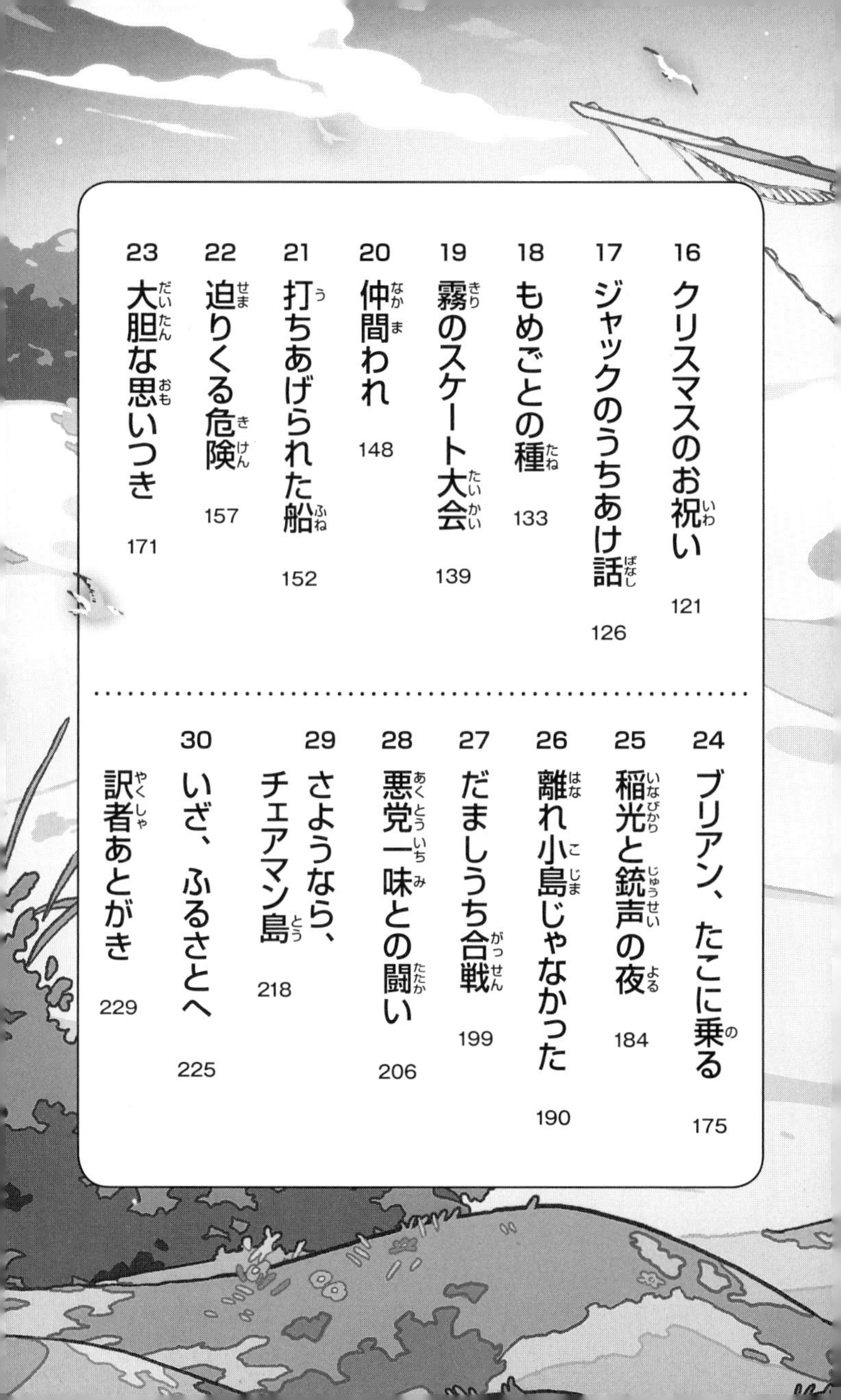

新訳《しんやく》 十《じゅう》五《ご》少年《しょうねん》漂流記《ひょうりゅうき》 人物紹介《じんぶつしょうかい》

ジャック(10歳《さい》)
ブリアンの弟《おとうと》。
銃《じゅう》が得意《とくい》。
ウィルコックス
(12歳《さい》)
ウェッブ(12歳《さい》)
父《ちち》は裁判所《さいばんしょ》で働《はたら》く。

クロス（13歳《さい》）
ドニファンのいとこ。
ガーネット（12歳《さい》）
サービスと親友《しんゆう》。
サービス（12歳《さい》）
お調子者《ちょうしもの》。
手先《てさき》が器用《きよう》。
バクスター（13歳《さい》）
モコ（12歳《さい》）
船員見習《せんいんみなら》い。
牧師《ぼくし》の息子《むすこ》。
アイバーソン（9歳《さい》）
ジェンキンス（9歳《さい》）
科学協会会長《かがくきょうかいかいちょう》の息子《むすこ》。
ドール（8歳《さい》）
がんこ者《もの》。
コスター（8歳《さい》）
食《く》いしんぼう。

1　大人《おとな》のいない船《ふね》

一八六〇年《ねん》三月九日《がつここのか》、夜《よる》。

ぶあつい雲《くも》が、うねりをあげる海《うみ》とまじりあっている。視界《しかい》はきかず、灯《ひ》をかかげても、数《すう》メートル先《さき》しか見《み》えない。

嵐《あらし》の中《なか》、今《いま》にも波《なみ》にのまれそうになりながら、一隻《せき》の帆船《はんせん》がただよっている。

船《ふね》の名前《なまえ》は『スルーギ号《ごう》』。けれど、船名《せんめい》が書《か》かれたプレートは、半分《はんぶん》もげて読《よ》めない。

スルーギ号《ごう》の船上《せんじょう》では、四人《にん》の少年《しょうねん》が、船《ふね》が横《よこ》だおしにならないよう、操縦用《そうじゅうよう》のハンドルをにぎり、けんめいに舵《かじ》をとっている。一番年上《いちばんとしうえ》は十四歳《さい》。あとは十三歳《さい》が二人《ふたり》と、十二歳《さい》の船員見《せんいんみ》習《なら》いが一人《ひとり》だ。

真夜中《まよなか》にさしかかったころ、すさまじい大波《おおなみ》が船《ふね》におそいかかり、四人《にん》は甲板《かんぱん》にたたきつけられた。

「ブリアン、だいじょうぶか？　舵《かじ》は？」

起《お》きあがった一人《ひとり》がたずねると、ブリアンと呼《よ》ばれた少年《しょうねん》が、落《お》ちついた声《こえ》で答《こた》えた。

「ちゃんとにぎってるよ、ゴードン」

それからブリアンは、黒人《こくじん》の船員《せんいん》見習《みなら》いに声《こえ》をかけた。

「モコ、だいじょうぶか？」

「はい、ブリアンさん。舳先《へさき》を波《なみ》の正面《しょうめん》に向《む》けるように舵《かじ》をとりましょう。でなきゃ、船《ふね》が波《なみ》にのまれてしまいます」

モコがそうアドバイスしたとき、船室《せんしつ》に通《つう》じる昇降口《しょうこうぐち》のドアが開《あ》き、幼《おさな》い少年《しょうねん》が二人《ふたり》、とびだしてきた。犬《いぬ》も一ぴき顔《かお》を出《だ》し、ワンワンほえたてた。

「ブリアン！　今《いま》の、いったいい何《なん》だったの？」

「なんでもないよ、アイバーソン。ドールとい

っしょに下《した》にもどってて。心配《しんぱい》しなくても、だいじょうぶだから」

「でも、こわいよ!」

「頭《あたま》から毛布《もうふ》をかぶって、目《め》をぎゅっとつぶっててごらん。こわくなくなるから」

ブリアンが言《い》ったとき、モコが声《こえ》をはりあげた。

「みなさん、気《き》をつけて! また大波《おおなみ》が来《き》ます」

「二人《ふたり》とも、今《いま》すぐ下《した》にもどれ! 本気《ほんき》でおこられたいのか?」

ゴードンにどなられてようやく、アイバーソンとドールは船室《せんしつ》にひっこんだ。と、入《い》れかわりに、べつの少年《しょうねん》が昇降口《しょうこうぐち》に顔《かお》を出《だ》した。ブリアンたちと同《おな》じ年《とし》ごろの子《こ》だ。

「ブリアン、なにか手伝《てつだ》えることは?」

「今《いま》は何《なに》もないよ、バクスター。それより、クロス、ウェッブ、サービス、ウィルコックスといっしょに、下級生《かきゅうせい》を安心《あんしん》させてやってくれないかな」

バクスターはコクリとうなずくと、昇降口《しょうこうぐち》の扉《とびら》を閉《し》めた。

嵐《あらし》の海《うみ》を流《なが》されていくスルーギ号《ごう》には、どういうわけか、大人《おとな》の姿《すがた》が見当《みあ》たらない。船長《せんちょう》もいなければ、舵《かじ》をとる船員《せんいん》もなし。乗《の》っているのは十五人《にん》の少年《しょうねん》だけだ。少年《しょうねん》たちには、スルーギ号《ごう》が太平洋《たいへいよう》のどのあたりを流《なが》されているのか、見当《けんとう》もつかなかった。

嵐《あらし》はますます激《はげ》しくなっていた。船《ふね》がいつばらばらになってもおかしくないほどの、すごい風《かぜ》だ。船《ふね》で一番大《いちばんおお》きなマストは、すでに根元《ねもと》からおれてしまっている。もう一本《ぽん》のマストはのこっているけれど、ついている帆《ほ》は今《いま》にもちぎれそうだ。この帆《ほ》までなくなれば、船《ふね》は強風《きょうふう》を受《う》けて、たちまち横《よこ》だおしになってしまうだろう。

夜中《よなか》の一時《じ》ごろ、ゴウゴウという風《かぜ》の音《おと》をかきけすほどの、大《おお》きな物音《ものおと》が聞《き》こえた。何《なに》かがさけたような音《おと》だ。

「マストがおれたんだ！」

ドニファンがさけぶと、モコが首《くび》をふった。

「いや、今《いま》のはたぶん、三角帆《さんかくほ》がちぎれた音《おと》です」

「だったらすぐに帆《ほ》を外《はず》さないと。ゴードン、ドニファン、舵《かじ》をたのむ。モコ、いっしょに行《い》こう！」

ブリアンが言《い》った。

モコは船員見習《せんいんみなら》いだから、船《ふね》の基本的《きほんてき》なあつかい方《かた》は知《し》っている。ブリアンも、少《すこ》しなら知識《ちしき》があった。フランスからニュージーランドまで船《ふね》でわたってきたときに、船員《せんいん》たちの仕事《しごと》ぶりを観察《かんさつ》して覚《おぼ》えたのだ。だから他《ほか》の少年《しょうねん》たちは、船《ふね》のことはモコとブリアンに任《まか》せていた。

ブリアンとモコは急《いそ》いで船首《せんしゅ》に向《む》かうと、ロープをゆるめて帆《ほ》をおろし、やぶれた部分《ぶぶん》をナイフで切《き》りとった。帆《ほ》が風《かぜ》でふくらんで、船《ふね》がかたむかないようにするためだ。つぎに、のこった帆《ほ》のすみをマストにゆわえつけた。帆《ほ》は小《ちい》さくなったけれど、これで船《ふね》は、風《かぜ》を受《う》けて進《すす》むことができる。

ブリアンとモコが船《ふね》の後《うし》ろにもどると、昇降口《しょうこうぐち》のドアがまた開《あ》いた。顔《かお》を出《だ》したのはブリアンの弟《おとうと》、ジャックだ。

「兄《にい》さん、来《き》て！　船室《せんしつ》に水《みず》が……！」

「なんだって？」

ブリアンはあわてて階段《かいだん》をかけおりた。下《した》の船室《せんしつ》に行《い》くと、ランプのうす明《あ》かりのもと、十人《にん》ほどの少年《しょうねん》が肩《かた》をよせあっている。小《ちい》さな下級生《かきゅうせい》たちは、ブルブルふるえていた。

「こわがらないで。だいじょうぶだから」

ブリアンは下級生《かきゅうせい》たちに声《こえ》をかけ、カンテラで床《ゆか》を照《て》らした。

ジャックの言《い》う通《とお》りだ。船室《せんしつ》の床《ゆか》には、かなりの量《りょう》の水《みず》が流《なが》れこんでいる。

（この水《みず》……どこから入《はい》ってきたんだろう？）

ブリアンは船内《せんない》を点検《てんけん》してまわった。でも、水《みず》が流《なが》れこんでくるような穴《あな》やすきまは、どこにも見《み》つからない。甲板《かんぱん》にうちよせた海水《かいすい》が、昇降口《しょうこうぐち》のすきまから伝《つた》いおちただけだったのだ。ブリアンは下級生《かきゅうせい》たちを安心《あんしん》させると、甲板《かんぱん》にもどった。

突風《とっぷう》がふきあれるなか、ウミツバメのするどい鳴《な》き声《ごえ》が聞《き》こえてきた。もしかして、近《ちか》くに陸《りく》地《ち》があるのだろうか。それとも、ウミツバメもスルーギ号《ごう》と同《おな》じように、風《かぜ》に流《なが》されているだけなのか……。

一時間《じかん》ほどたったとき、またしても大《おお》きな物音《ものおと》が聞《き》こえてきた。さっきマストにゆわえつけた帆《ほ》が、完全《かんぜん》に裂《さ》けて飛《と》んでいったのだ。

「どうする？　こんな嵐《あらし》の中《なか》じゃ、新《あたら》しい帆《ほ》を張《は》りなおすわけにはいかないぜ」

ドニファンが言《い》うと、ブリアンはこう答《こた》えた。

「だいじょうぶ。これだけ風《かぜ》があれば、帆《ほ》がなくたって勝手《かって》に進《すす》むよ」

「てきとうなこと言《い》うなよ。だいたい、おまえのやり方《かた》にしたがってたら――」

ドニファンがブリアンに食《く》ってかかったとき、モコがさけんだ。

「後《うし》ろから大波《おおなみ》が……！　しっかりつかまってないと、さらわれますよ！」

直後《ちょくご》、巨大《きょだい》な波《なみ》が船尾《せんび》をおそった。ブリアン、ドニファン、ゴードンの三人《にん》は、波《なみ》に運《はこ》ばれて昇降口《しょうこうぐち》に体《からだ》をたたきつけられたが、へりにつかまり、なんとかその場《ば》にとどまった。

波《なみ》は、甲板《かんぱん》にあったものをごっそりさらっていった。代用《だいよう》マストや二そうの小型《こがた》ボートの他《ほか》、大型《おおがた》ボートまでなくなっている。見当《みあ》たらないのはそれだけではない。ブリアンは起《お》きあがるなり、大声《おおごえ》でよんだ。

「モコ！　モコ！」

「ひょっとして、海《うみ》に落《お》ちたんじゃないのか？」

ドニファンがつぶやく。ゴードンは船《ふな》べりから身《み》を乗《の》りだし、海《うみ》をのぞきこんだ。

「まずい……どこにもいないぞ！」

「モコ！　モコー！」

ブリアンが声《こえ》を限《かぎ》りにさけんだとき、どこからか返事《へんじ》が聞《き》こえた。

「たすけて……たすけて……」

モコの声《こえ》だ！

「前《まえ》の方《ほう》から聞《き》こえたぞ！」とゴードン。

「ぼくが行《い》く！」

ブリアンは、ゆれる船上《せんじょう》をはって進《すす》み始《はじ》めた。甲板《かんぱん》がすべりやすいので、海《うみ》に落《お》ちないよう、そろりそろりと移動《いどう》する。

「モコー！」

名前《なまえ》をさけぶと、かぼそい声《こえ》が耳《みみ》に届《とど》いた。急《いそ》いでウィンチ（錨《いかり》を巻《ま》き上《あ》げる装置《そうち》）のそばまではっていき、手《て》さぐりであたりを探《さが》す。すると、何《なに》かやわらかいものに手《て》が当《あ》たった。

モコだ！

モコはロープに引《ひ》っかかって、船首《せんしゅ》のすみで手足《てあし》をじたばたさせていた。のど元《もと》に巻《ま》きついたロープは、もがけばもがくほどモコの首《くび》をしめあげている。

ブリアンはナイフを取《と》り出《だ》すと、急《いそ》いで太《ふと》いロープを断《た》ちきりにかかった。まもなくロープから自由《じゆう》になり、口《くち》がきけるようになったモコは、何度《なんど》もお礼《れい》を言《い》った。

「ありがとう、ブリアンさん。ほんとうにありがとう！」

二人《ふたり》はすぐさま、舵《かじ》のところにとってかえし、波《なみ》との闘《たたか》いを続《つづ》けた。

朝《あさ》の四時半《じはん》ごろ、空《そら》が明《あか》るくなり始《はじ》めた。大《おお》しけの海《うみ》をじっと見《み》つめていたモコが、ふいに声《こえ》をあげた。

「陸《りく》だ！　陸《りく》が見《み》えます！」

「陸《りく》だって⁉」

「ほら、あそこです。東《ひがし》の方《ほう》に――」

「本当《ほんとう》だ。陸《りく》だ！」

ブリアンが声《こえ》を張《は》りあげた。朝《あさ》もやの切《き》れ目《め》から、東《ひがし》の水平線《すいへいせん》に、十キロメートルほどにわたって陸地《りくち》が横《よこ》たわっているのが見《み》える。その陸地《りくち》に向《む》かって、スルーギ号《ごう》は鳥《とり》の羽《はね》のように、ふわふわと流《なが》されているのだった。

陸地《りくち》の海岸線《かいがんせん》が、白々《しらじら》とした空《そら》を背《せ》に、くっきりとうかびあがっている。浜辺《はまべ》の奥《おく》には切《き》り立《た》った崖《がけ》がそびえ、海岸《かいがん》の手前《てまえ》では、くだける波《なみ》の間《あいだ》から無数《むすう》の黒《くろ》い岩《いわ》が顔《かお》をのぞかせている。船《ふね》があの大《おお》きな岩《いわ》にぶちあたったら、ひとたまりもないだろう。

「みんな、上《あ》がってきて！」

ブリアンは昇降口《しょうこうぐち》のドアを開《あ》け、船室《せんしつ》にいる仲間《なかま》を呼《よ》んだ。もしものことを考《かんが》えたら、全員《ぜんいん》が甲板《かんぱん》にそろっている方《ほう》がいいと思《おも》ったからだ。

まっさきに犬《いぬ》がかけあがってきて、後《あと》から十人《にん》ほどの少年《しょうねん》たちが続《つづ》いた。

午前《ごぜん》六時前《じまえ》、スルーギ号《ごう》は流《なが》されるままに、大《おお》きな岩《いわ》の地帯《ちたい》までやってきた。

「しっかりふんばれ！」

ブリアンがさけんだ後《あと》、ふいに船《ふね》がこきざみにゆれだした。

ガガガガッ！

船底《せんてい》が岩礁《がんしょう》をかすったのだ。

運《うん》よく船《ふね》に穴《あな》は開《あ》かなかったが、その後《あと》、おしよせた大波《おおなみ》に持《も》ちあげられ、スルーギ号《ごう》は海岸《かいがん》から四百メートル手前《てまえ》のところまで、一気《いっき》に運《はこ》ばれた。

そして、大波《おおなみ》が引《ひ》いた後《あと》、スルーギ号《ごう》は岩礁《がんしょう》の間《あいだ》でかたむいたまま、動《うご》かなくなってしまった。

2　大波《おおなみ》に運《はこ》ばれて

少年《しょうねん》たちは身《み》をよせあった。泡《あわ》だつ波《なみ》が甲板《かんぱん》を洗《あら》うたびに、不安《ふあん》がどっとおしよせる。岩《いわ》の間《あいだ》にはさまって身動《みうご》きがとれなくなったスルーギ号《ごう》は、波《なみ》にもまれてミシミシ鳴《な》っている。ブリアンとゴードンは、下級生《かきゅうせい》たちを安心《あんしん》させようと、声《こえ》をかけた。

「心配《しんぱい》しなくてもだいじょうぶだよ。この船《ふね》はがんじょうだからね。陸《りく》はもうすぐそこだ。少《すこ》し待《ま》ってから、岸《きし》にたどり着《つ》く方法《ほうほう》をみんなで考《かんが》えよう」

「なんで待《ま》つ必要《ひつよう》があるんだよ」

「そうだよ。なんで待《ま》たなきゃいけないんだ？」

ドニファンと、ウィルコックスという十二歳《さい》の少年《しょうねん》が言《い》った。

「こんなに波《なみ》が荒《あら》いと、浜《はま》にたどり着《つ》く前《まえ》に、岩礁《がんしょう》にぶつかる可能性《かのうせい》が高《たか》いからだよ」

ブリアンが答《こた》える。と、今度《こんど》はウェッブという少年《しょうねん》が声《こえ》を張《は》りあげた。

「でも、待《ま》ってる間《あいだ》に船《ふね》が壊《こわ》れたら、どうするんだ？」

「今《いま》は引《ひ》き潮《しお》だから、その心配《しんぱい》はないと思《おも》う。脱出《だっしゅつ》するのは、もっと水位《すいい》が下《さ》がって、風《かぜ》もおさまってからにしよう」

ブリアンは言《い》った。今《いま》は海《うみ》の下《した》にかくれている岩《いわ》も、潮《しお》が引《ひ》くうちに、水面上《すいめんじょう》に現《あらわ》れるかもしれない。そうすれば、船《ふね》が岩《いわ》にぶつかる危険《きけん》はぐっと減《へ》る。

ドニファン、ウィルコックス、ウェッブ、そしてクロスという少年《しょうねん》は、ブリアンの説明《せつめい》を不満《ふまん》そうに聞《き》いていた。そして四人《にん》だけで船首《せんしゅ》に集《あつ》まり、ひそひそ話《ばなし》を始《はじ》めた。船《ふね》のことは分《わ》からないので、しかたなくブリアンの指示《しじ》にしたがっているが、本当《ほんとう》はブリアンのことが気《き》に食《く》わなくてしかたないのだ。

「みんな、ばらばらにならずに一か所《しょ》に集《あつ》まろう。海《うみ》に落《お》ちるといけないから」

ブリアンの言葉《ことば》を聞《き》きつけ、ドニファンが声《こえ》をあららげた。

「おいブリアン！　おまえ、おれたちに指図《さしず》する気《き》か？」

「そんなつもりはないよ。でも、助《たす》かるためには、全員《ぜんいん》が団結《だんけつ》しなくちゃ」

「ブリアンの言《い》う通《とお》りだ」

ゴードンが落《お》ちついた口《くち》ぶりで言《い》うと、下級生《かきゅうせい》たちも「そうだ、そうだ！」と、口々《くちぐち》に賛成《さんせい》した。ドニファンがくやしそうにひきさがる。

それにしても、目《め》の前《まえ》に見《み》える陸地《りくち》は、いったい何《なん》なのだろう？　太平洋《たいへいよう》に浮《う》かぶ島《しま》？　それともどこかの大陸《たいりく》だろうか。

陸地《りくち》の海岸線《かいがんせん》は大《おお》きな湾《わん》になっていて、南北《なんぼく》に岬《みさき》が見《み》える。砂浜《すなはま》の向《む》こうには岩壁《がんぺき》がそびえ、その崖《がけ》と浜《はま》の間《あいだ》には緑《みどり》が生《お》いしげっている。樹木《じゅもく》の種類《しゅるい》を見《み》るかぎり、ニュージーランドと似《に》たような温帯気候《おんたいきこう》のようだ。海岸《かいがん》の右《みぎ》の方《ほう》に、一本《ぽん》の川《かわ》が見《み》えた。

望遠鏡《ぼうえんきょう》でしばらく観察《かんさつ》しても、人《ひと》が住《す》んでいる気配《けはい》はまったくない。ブリアンは望遠鏡《ぼうえんきょう》を下《お》ろした。

「煙《けむり》一《ひと》つ見《み》えないな」

「船《ふね》の姿《すがた》も見《み》えませんね」モコも言《い》う。

「あたりまえだろ。港《みなと》がないんだから」

ドニファンがバカにした口調《くちょう》で言《い》うと、ゴードンが首《くび》をふった。

「いや、港《みなと》がないところに船《ふね》があったっておかしかないさ。たとえば漁船《ぎょせん》とかね。まあ、この嵐《あらし》じゃ、たとえ漁船《ぎょせん》があっても、どこかに避難《ひなん》してるだろうけどな」

潮《しお》は少《すこ》しずつ引《ひ》きつづけていた。でもそのせいで、スルーギ号《ごう》のかたむきはひどくなっていた。これ以上《いじょう》かたむいて横《よこ》だおしになったり、船内《せんない》に海水《かいすい》が入《はい》りこんだりしたら、たいへんな事態《じたい》になる。

とつぜん、船首《せんしゅ》の方《ほう》でワーッと歓声《かんせい》が上《あ》がった。波《なみ》にさらわれたとばかり思《おも》っていたボートが、支柱《しちゅう》の一つにひっかかっていたのだ。五、六人《にん》しか乗《の》れない小《ちい》さな木舟《きぶね》だが、あとでもっと潮《しお》が引《ひ》いたら、脱出《だっしゅつ》に使《つか》えるかもしれない。

ところが、そこでもめごとが起《お》こった。ドニファン、ウィルコックス、ウェッブ、クロスが、さっそくボートを海《うみ》に降《お》ろそうとしはじめたのを、ブリアンが止《と》めに入《はい》ったのだ。

「まさかと思《おも》うけど、今《いま》からボートに乗《の》りこむつもりじゃないよね」

「それがどうした？　おまえに関係《かんけい》ないだろ」とドニファン。

「関係《かんけい》あるよ。自分《じぶん》たちが見《み》すてられるのを、だまって見《み》ているわけにいかないからね」

「何言《なにい》ってんだ。岸《きし》に着《つ》いたら、だれか一人《ひとり》がボートをもどしにくるに決《き》まってるだろ」

「もどってこられなかったらどうする？　岩礁《がんしょう》にぶちあたってボートが壊《こわ》れるかもしれないじゃないか」

「いいから乗《の》ろうぜ」

ブリアンを押《お》しのけ、ウェッブが言《い》った。ウィルコックスとクロスが、ボートを海《うみ》に降《お》ろそうとする。

「だめだってば！」

ブリアンは言《い》いはった。みんなのためを考《かんが》えたら、ここでゆずるわけにはいかない。このボートは、潮《しお》が十分《じゅうぶん》に引《ひ》いてから、まず小《ちい》さい子《こ》たちを運《はこ》ぶために使《つか》うのだ。

「うるさいなあ。おまえに指図《さしず》されるすじあいはないって言《い》ってるだろ！」

ドニファンがどなった。

「いいや、あるね！」

いまにも取《と》っくみあいが始《はじ》まりそうになった。ウィルコックス、ウェッブ、クロスの三人《にん》が、ドニファンの脇《わき》をかため、バクスター、サービス、ガーネットがブリアンの味方《みかた》につく。あわやというところで、ゴードンが間《あいだ》に入《はい》った。

「まあまあ、ドニファン。ボートを出《だ》すのは、もう少《すこ》し波《なみ》がおさまってからにした方《ほう》がいいんじゃないか？　岩礁《がんしょう》にぶちあたって壊《こわ》れでもしたら、こまるだろう」

「おれはブリアンのやつに命令《めいれい》されたくないだけだ。調子《ちょうし》にのってああしろこうしろって、えらそうなんだよ」

ドニファンが文句《もんく》を言《い》うと、クロスとウェッブも声《こえ》をそろえた。

「そうだ、そうだ！」

「ぼくは命令《めいれい》なんてしてるつもりはないよ。みんなの命《いのち》がかかっているときに、勝手《かって》なまねをされたらこまるから言《い》ってるんだ」

「おれたちだって、みんなのことを考《かんが》えてるさ。やっと陸《りく》にたどりついたんだから――」

ゴードンがドニファンをさえぎった。

「まだたどりついちゃいない。ボートが出《だ》せるようになるまで、もう少《すこ》しがまんしてくれないか、ドニファン」

ようやくその場《ば》がおさまった。ゴードンはこれまでにも、こうして何度《なんど》か二人《ふたり》のけんかを止《と》めてきたのだ。

ブリアンは、岩礁《がんしょう》の様子《ようす》を調《しら》べようとマストによじ登《のぼ》った。六十センチほど潮《しお》が引《ひ》いた岩礁地《がんしょうち》帯《たい》で、小舟《こぶね》が岩《いわ》の間《あいだ》をぬって進《すす》めそうな道筋《みちすじ》を探《さが》す。一本《ぽん》、めぼしいルートを見《み》つけたが、これほど波《なみ》が荒《あら》いと、ボートを出《だ》すのは危険《きけん》だ。やはり、もう少《すこ》し待《ま》つしかない。それに、潮《しお》が完全《かんぜん》に引《ひ》いたら、岩《いわ》づたいに、浜《はま》まで歩《ある》いてわたれるようになるかもしれない。

甲板《かんぱん》の上《うえ》で待《ま》つ間《あいだ》、少年《しょうねん》たちは食事《しょくじ》をとることにした。缶《かん》づめを開《あ》け、一人《ひとり》ひとりにビスケットを配《くば》る。丸一日《まるいちにち》、ほとんど何《なに》も口《くち》にしていなかったので、幼《おさな》い下級生《かきゅうせい》たちは、こんなときでも大《おお》はしゃぎして食《た》べた。

昼食《ちゅうしょく》が終《お》わると、ブリアンは岩礁地帯《がんしょうちたい》の観察《かんさつ》にもどった。水《みず》の深《ふか》さを確認《かくにん》すると、二・五メートルもあった。この調子《ちょうし》だと、完全《かんぜん》に潮《しお》が引《ひ》いたところで、浜《はま》まで歩《ある》いてわたるのはもちろん、ボートで岩礁《がんしょう》を通《とお》りぬけることもむずかしそうだ。

「どうする？」

ゴードンがブリアンに意見《いけん》を聞《き》いた。

「わからない。でも、どのみちスルーギ号《ごう》からは脱出《だっしゅつ》しないと。今夜《こんや》もこの船《ふね》で過《す》ごすはめになったら、ぼくたちは助《たす》からないと思《おも》う」

「たしかに。この船《ふね》も、あと一晩《ひとばん》は持《も》たないだろうな。なんとかして脱出《だっしゅつ》しないと……」

「そうだ！」ブリアンが言《い》った。「船《ふね》から長《なが》いロープをわたして、浜辺近《はまべちか》くの岩《いわ》にくくりつけ、それをたどって上陸《じょうりく》するっていうのはどうかな」

「だれがロープを浜辺《はまべ》までわたすんだ？」

「ぼくがやるよ」

「ボートを使《つか》うのか？」

「いや、使《つか》わない。貴重《きちょう》なボートを壊《こわ》すわけにはいかないからね」

船《ふね》には、三十メートルほどの長《なが》さのロープがいくつか置《お》いてある。その中《なか》から一本選《ぼんえら》ぶと、ブリアンは服《ふく》を脱《ぬ》ぎ、腰《こし》に巻《ま》いたベルトにロープのはしを結《むす》びつけた。

「みんな！　ロープを少《すこ》しずつ、繰《く》りだしてくれ」

今回《こんかい》ばかりは、ドニファン、ウィルコックス、ウェッブ、クロスの四人《にん》も、文句《もんく》を言《い》わずに作業《さぎょう》を手伝《てつだ》った。なんといってもブリアンは、自分《じぶん》の命《いのち》を危険《きけん》にさらしてまで、ロープを岩《いわ》にわたそうとしているのだ。

ブリアンが海《うみ》に飛《と》びこむ直前《ちょくぜん》、弟《おとうと》のジャックがかけよってきた。

「兄《にい》さん！」

「ジャック。心配《しんぱい》しなくてもだいじょうぶだよ」

言《い》うが早《はや》いか、ブリアンは泳《およ》ぎはじめていた。腰《こし》につけたロープが、するするとのびていく。

岩礁地帯《がんしょうちたい》では、荒《あら》い波《なみ》が激《はげ》しく岩《いわ》に打《う》ちつけている。まっすぐ進《すす》むのは至難《しなん》の業《わざ》だ。それでもブリアンは、岸《きし》をめざしてがむしゃらに泳《およ》いだ。

ところが十五メートルも行《い》かないうちに、ブリアンはつかれきってしまった。目《め》の前《まえ》で波《なみ》がぶつかりあい、渦《うず》を巻《ま》いている。

（この渦《うず》さえ越《こ》えれば、向《む》こう側《がわ》の海面《かいめん》はおだやかだから、浜《はま》まで泳《およ》ぎきれそうだ……）

ブリアンは残《のこ》った力《ちから》をふりしぼり、渦《うず》をさけようとした。でも、流《なが》れには逆《さか》らえず、渦《うず》の中心《ちゅうしん》にどんどん引《ひ》きよせられていった。

「だめだ、ロープを引《ひ》いてくれ！」

叫《さけ》ぶと同時《どうじ》にブリアンは渦《うず》に飲《の》みこまれ、すがたを消《け》してしまった。

ブリアンの命《いのち》があぶない！

仲間《なかま》はあせってロープをたぐりよせた。

まもなく、ブリアンは船《ふね》に引《ひ》きあげられた。ぐったりした体《からだ》を、弟《おとうと》のジャックが抱《だ》きかかえる。やがてブリアンは、意識《いしき》をとりもどした。けれどもう、ロープ伝《づた》いに岩礁《がんしょう》をわたって上陸《じょうりく》する作戦《さくせん》は、あきらめるしかなくなった。

正午過《しょうごす》ぎ、潮《しお》がまた満《み》ちはじめた。このまま水位《すいい》が上《あ》がりつづけ、船体《せんたい》が岩《いわ》のはざまから押《お》しあげられた後《あと》に大波《おおなみ》が来《き》たら、スルーギ号《ごう》はあっという間《ま》に転《てん》ぷくしてしまうだろう。

午後《ごご》二時《じ》ごろ、絶《た》えまない荒波《あらなみ》を受《う》けるうち、スルーギ号《ごう》は前後《ぜんご》に大《おお》きくゆれだした。海《うみ》に投《な》げだされないよう、少年《しょうねん》たちはたがいにしがみついてこらえた。

白《しろ》い波頭《なみがしら》をむきだしにした波《なみ》が、スルーギ号《ごう》に向《む》かって押《お》しよせてきた。六メートル以上《いじょう》の高《たか》波《なみ》だ。波《なみ》は岩礁地帯《がんしょうちたい》をおおいつくし、スルーギ号《ごう》を岩《いわ》の間《あいだ》からすくいあげた。

山《やま》のような高波《たかなみ》に持《も》ちあげられたスルーギ号《ごう》は、あっという間《ま》に岩礁地帯《がんしょうちたい》を通《とお》りこし、陸地《りくち》へと運《はこ》ばれていった。

ひとたび波《なみ》が引《ひ》いてみると、スルーギ号《ごう》は崖下《がけした》に広《ひろ》がる森《もり》から六十メートルばかりはなれた、砂浜《すなはま》のど真《ま》ん中《なか》に打《う》ちあげられていた。

少年《しょうねん》たちは、ついに陸地《りくち》にたどりついたのだ。

3　スルーギ号《ごう》の少年《しょうねん》たち

　チェアマン学園《がくえん》は、ニュージーランドの首都《しゅと》オークランド（現在《げんざい》の首都《しゅと》はウェリントン）にある、寄宿制《きしゅくせい》の男子校《だんしこう》だ。生徒数《せいとすう》は約《やく》百人《にん》。植民地《しょくみんち》（当時《とうじ》のニュージーランドは、イギリスの植民《しょくみん》地《ち》だった）でも、本国《ほんごく》と同《どう》レベルの教育《きょういく》が受《う》けられるというので、ヨーロッパやアメリカからやってきた地主《じぬし》や貿易商《ぼうえきしょう》、役人《やくにん》などの息子《むすこ》たちが在学《ざいがく》している。

　ニュージーランドは、大《おお》きく分《わ》けて南北《なんぼく》二つの島《しま》からできている。現地《げんち》の言葉《ことば》で、北《きた》は「鳥《とり》の島《しま》」、南《みなみ》は「翡翠《ひすい》の地《ち》」と呼《よ》ばれているのだが、オークランドは「鳥《とり》の島《しま》」の北部《ほくぶ》に位置《いち》する港《みなと》町《まち》だ。チェアマン学園《がくえん》は、オークランド港《こう》の桟橋《さんばし》から続《つづ》く、クイーン通《どお》りにある。

　一八六〇年《ねん》二月中旬《がっちゅうじゅん》の、とある昼下《ひるさ》がり。保護者《ほごしゃ》につきそわれた寄宿生《きしゅくせい》たちが、チェアマン学《がく》園《えん》からいっせいに出《で》てきた。どの少年《しょうねん》も、かごから出《で》た小鳥《ことり》みたいに、晴《は》ればれとした顔《かお》をしている。それもそのはず、北半球《きたはんきゅう》とは季節《きせつ》が逆《ぎゃく》のニュージーランドでは、この日《ひ》からたっぷり二か月《げつ》の夏休《なつやす》みが始《はじ》まるのだ。

生徒《せいと》の中《なか》にはこの夏休《なつやす》みに、六週間《しゅうかん》の船旅《ふなたび》に出《で》る予定《よてい》の子《こ》どもたちもいた。その少年《しょうねん》たちが乗《の》りこむのは、保護者《ほごしゃ》たちが借《か》りあげた『スルーギ号《ごう》』という帆船《はんせん》だった。船《ふね》の持《も》ち主《ぬし》は学園《がくえん》の生徒《せいと》の保護者《ほごしゃ》の一人《ひとり》で、商船《しょうせん》の船長《せんちょう》をしていたこともあるガーネット氏《し》だ。船《ふね》には、ガーネット氏《し》が息子《むすこ》といっしょに乗《の》りこむことになっていたから、親《おや》たちも安心《あんしん》だった。子《こ》どもたちが安全《あんぜん》で快適《かいてき》な船旅《ふなたび》を送《おく》れるように、船《ふね》には食《た》べ物《もの》や生活用品《せいかつようひん》がたっぷり積《つ》まれた。子《こ》どもたちにとって、こんなにワクワクする夏休《なつやす》みは初《はじ》めてだった！

スルーギ号《ごう》に乗《の》りこんだのは、八歳《さい》から十四歳《さい》までの、計《けい》十四名《めい》。ここでその顔《かお》ぶれを紹介《しょうかい》しておこう。まずは、メンバーのほとんどを占《し》める、イギリス人《じん》からだ。

第五学年《だいがくねん》のドニファンとクロスは、大地主一族《おおじぬしいちぞく》のいとこ同士《どうし》で、十三歳《さい》だった。ドニファンは学校一《がっこういち》の優等生《ゆうとうせい》で、身《み》だしなみもきちんとしている。でも、いつもお高《たか》くとまっているので、ついたあだ名《な》は「殿《との》」だった。「殿《との》」はひどい負《ま》けずぎらいで、どんなときも一番《ばん》でないと気《き》がすまない。ブリアンのことは前《まえ》からライバル視《し》していたのだが、スルーギ号《ごう》が遭難《そうなん》してからは、みんながブリアンをたよりにするものだから、ますます敵意《てきい》をつのらせていた。クロスの方《ほう》は、とりたてて優秀《ゆうしゅう》でもなかったので、いとこのドニファンを尊敬《そんけい》し、まるで家来《けらい》のようにつきしたがっていた。

この二人《ふたり》と同《おな》い年《どし》の同学年《どうがくねん》にあたるのが、小《ちい》さな商店主《しょうてんしゅ》の息子《むすこ》のバクスターだ。落《お》ちつきがあって努力家《どりょくか》のバクスターは、手先《てさき》が器用《きよう》で、機械《きかい》などの工作《こうさく》が得意《とくい》だった。

第《だい》四学年《がくねん》、十二歳半《さいはん》のウェッブとウィルコックスは、どちらも父親《ちちおや》が裁判所《さいばんしょ》に勤《つと》める高官《こうかん》だ。二人《ふたり》とも気《き》が強《つよ》くてけんかっ早《ぱや》く、よく下級生《かきゅうせい》をこきつかった。

十二歳《さい》のガーネットとサービスは、その下《した》の第《だい》三学年《がくねん》。ガーネットは引退《いんたい》した船長《せんちょう》の、サービスは裕福《ゆうふく》な移民《いみん》の息子《むすこ》だが、実家同士《じっかどうし》が近所《きんじょ》なので、家族《かぞく》ぐるみで仲《なか》がよかった。どちらも人《ひと》なつっこくて気《き》がいいが、勉強《べんきょう》ぎらいで遊《あそ》んでばかりいる。とくにサービスの方《ほう》は、学校一《がっこういち》のお調《ちょう》子者《しもの》だった。いつか冒険旅行《ぼうけんりょこう》をするのが夢《ゆめ》で、愛読書《あいどくしょ》は無人島《むじんとう》が舞台《ぶたい》の『ロビンソン・クルーソー』と、『スイスのロビンソン』だ。

王立科学協会会長《おうりつかがくきょうかいかいちょう》の息子《むすこ》ジェンキンスと、牧師《ぼくし》の息子《むすこ》アイバーソンは、まだ九歳《さい》だというのに、学園《がくえん》でもお手本《てほん》になるような優等生《ゆうとうせい》。ドールとコスターはそれぞれ将校《しょうこう》の息子《むすこ》で、最年少《さいねんしょう》の八歳《さい》だ。ドールは思《おも》いこんだら一直線《いっちょくせん》のがんこ者《もの》で、コスターは食《く》いしんぼうだった。

以上《いじょう》がイギリス人《じん》のメンバーで、あとはアメリカ人《じん》が一人《ひとり》と、フランス人《じん》が二人《ふたり》。アメリカ人《じん》の方《ほう》は、グループ最年長《さいねんちょう》の十四歳《さい》で、名前《なまえ》をゴードンという。もともとアメリカのボストンで暮《く》らしていたが、両親《りょうしん》を亡《な》くした後《あと》、後見人《こうけんにん》にひきとられてニュージーランドに引《ひ》っ越《こ》してきた。

外見《がいけん》やしぐさは少々《しょうしょう》がさつなところがあるが、まじめで冷静沈着《れいせいちんちゃく》、だれにでも同《おな》じ態度《たいど》で接《せっ》するので、仲間《なかま》からの信頼《しんらい》が厚《あつ》かった。

最後《さいご》の二人《ふたり》は、年《とし》が三つはなれたフランス人《じん》の兄弟《きょうだい》、ブリアンとジャックだ。二人《ふたり》はエンジニアの父親《ちちおや》の仕事《しごと》の都合《つごう》で、二年半前《ねんはんまえ》にオークランドへやってきた。兄《あに》のブリアンは第《だい》五学年《がくねん》の十三歳《さい》。頭《あたま》のいい生徒《せいと》なのだが、なにしろ勉強《べんきょう》ぎらいなので、テストで最低点《さいていてん》をとることもある。でも、やる気《き》さえ出《だ》せば、持《も》ち前《まえ》の記憶力《きおくりょく》と理解力《りかいりょく》で、簡単《かんたん》に一番《ばん》をとってしまう。そんな風《ふう》だから、ドニファンにライバル意識《いしき》を燃《も》やされるのだった。

ブリアンは運動神経《うんどうしんけい》がばつぐんで、勇気《ゆうき》と行動力《こうどうりょく》のあるタイプだった。その上《うえ》優《やさ》しくてめんどう見《み》もいいので、ドニファンとその取《と》りまき以外《いがい》のみんなから、とても人気《にんき》があった。

弟《おとうと》のジャックの方《ほう》は、第《だい》三学年《がくねん》で一番《いちばん》のわんぱく坊主《ぼうず》だった。ただどういうわけか、スルーギ号《ごう》が港《みなと》を出《で》てからというもの、ずっとふさぎこんで黙《だま》りこむようになっていた。

十四人《にん》の少年《しょうねん》たちの他《ほか》に、船《ふね》の持《も》ち主《ぬし》のガーネット氏《し》も、スルーギ号《ごう》に乗《の》りこむことになっていた。ガーネット船長《せんちょう》は経験豊《けいけんゆた》かで、これまでに何度《なんど》もスルーギ号《ごう》で太平洋《たいへいよう》を航海《こうかい》し、フィリピンやインドネシアまで足《あし》をのばしたこともあった。

船長《せんちょう》の他《ほか》の乗組員《のりくみいん》は、航海士《こうかいし》一人《ひとり》、船員《せんいん》六人《にん》、調理師《ちょうりし》一人《ひとり》、そして見習《みなら》い船員《せんいん》が一人《ひとり》の予定《よてい》だった。見習《みなら》い船員《せんいん》は十二歳《さい》の、モコという黒人少年《こくじんしょうねん》だ。アメリカ産《さん》の猟犬《りょうけん》一匹《ぴき》も乗《の》っていた。ゴードンが飼《か》っている犬《いぬ》で、名前《なまえ》をファンという。

航海《こうかい》の出発日《しゅっぱつび》は、二月《がつ》十五日《にち》の予定《よてい》だった。

前《まえ》の晩《ばん》、少年《しょうねん》たちが桟橋《さんばし》につながれたスルーギ号《ごう》に乗《の》りこんだとき、船《ふね》には航海士《こうかいし》とモコの二人《ふたり》しかいなかった。ガーネット船長《せんちょう》は、つぎの日《ひ》の出航《しゅっこう》まぎわに来《く》ることになっていたし、他《ほか》の乗組員《のりくみいん》たちは七人《にん》が七人《にん》とも、出航前《しゅっこうまえ》に一杯《いっぱい》やろうと居酒屋《いざかや》にくりだしていたからだ。夜《よる》になって、少年《しょうねん》たちが船室《せんしつ》のベッドに入《はい》ったのを見届《みとど》けると、航海士《こうかいし》は船《ふね》を下《お》り、居酒屋《いざかや》にいる仲間《なかま》たちに合流《ごうりゅう》した。そして、みんなで夜中《よなか》の一時《じ》まで飲《の》みつづけるという、とりかえしのつかない失敗《しっぱい》をおかしてしまった。乗組員《のりくみいん》の中《なか》でただ一人《ひとり》、スルーギ号《ごう》に残《のこ》っていた見習《みなら》いのモコは、船《せん》員室《いんしつ》で眠《ねむ》りこんでいた。

その後《あと》、いったい何《なに》が起《お》きたのかは分《わ》からない。事故《じこ》なのか、はたまただれかのいたずらなのか……とにかくたしかなのは、船《ふね》を港《みなと》につなぐもやい綱《づな》が、いつのまにかほどけていたということだ。

少年《しょうねん》たちが何《なに》も知《し》らずに眠《ねむ》っている間《あいだ》、スルーギ号《ごう》は暗《くら》い海《うみ》の上《うえ》を、沖《おき》へ沖《おき》へと流《なが》されていった。

夜中《よなか》にモコがふと目《め》を覚《さ》ましたとき、スルーギ号《ごう》は大《おお》きく揺《ゆ》れていた。

（港《みなと》の桟橋《さんばし》につながれた船《ふね》が、こんな揺《ゆ》れかたをするはずがないぞ……）

そう思《おも》ったモコが、大急《おおいそ》ぎで甲板《かんぱん》に上《あ》がってみると――

見《み》わたすかぎり、海《うみ》が広《ひろ》がっていた！

モコは思《おも》わずさけび声《ごえ》をあげた。その声《こえ》を聞《き》きつけたゴードン、ブリアン、ドニファンたちが、船室《せんしつ》からかけあがってきた。船《ふね》の外《そと》には明《あ》かり一《ひと》つ見《み》えない。スルーギ号《ごう》は、すでに港《みなと》から五キロメートルも離《はな》れたところまで流《なが》されていたのだ。

ブリアンとモコは、船《ふね》を港《みなと》にもどそうと、仲間《なかま》たちに指示《しじ》を出《だ》して帆《ほ》を張《は》った。ところが、子《こ》どもたちだけの力《ちから》ではしっかり帆《ほ》が張《は》れなかったせいで、船《ふね》は流《なが》されつづけ、ついに外海《がいかい》まで出《で》てしまった。

もう、港《みなと》からの助《たす》けは期待《きたい》できない。かりに今《いま》ごろ救助船《きゅうじょせん》が出動《しゅつどう》しているとしても、スルーギ号《ごう》に追《お》いつくまでには、何時間《なんじかん》もかかるだろう。だいたいこの広《ひろ》い海《うみ》の上《うえ》で、ちっぽけなスルーギ号《ごう》を、どうやって見《み》つけるというのだ？

向《む》かい風《かぜ》の中《なか》、少年《しょうねん》たちはなんとかして西《にし》にもどろうとした。だが、努力《どりょく》のかいもなく、東《ひがし》へ東《ひがし》へと流《なが》されていった。

しばらく行《い》くと、数《すう》キロメートル先《さき》に明《あ》かりが見《み》えてきた。マストにつけられた白《しろ》い灯《ひ》に、赤《あか》と緑《みどり》の位置灯《いちとう》が見《み》える。

汽船《きせん》だ！　スルーギ号《ごう》に向《む》かって、まっすぐ突《つ》き進《すす》んでくる。

「おーい！」

「助《たす》けてくれー！」

少年《しょうねん》たちは、声《こえ》をかぎりにさけんだ。でも、吹《ふ》きすさぶ風《かぜ》とあれくるう波《なみ》の音《おと》、そして、蒸気《じょうき》船《せん》の轟音《ごうおん》で、さけび声《ごえ》はかき消《け》されてしまった。

声《こえ》が届《とど》かなくても、灯《ひ》なら気《き》づいてもらえるかもしれない。少年《しょうねん》たちは、スルーギ号《ごう》のマストについた信号灯《しんごうとう》に望《のぞ》みをかけた。

ところが運《うん》の悪《わる》いことに、船《ふね》がゆれたひょうしに、信号灯《しんごうとう》が海《うみ》に落《お》ちてしまった。スルーギ号《ごう》の存在《そんざい》を知《し》らせるものは、もう何《なに》もなくなった。

汽船《きせん》はスルーギ号《ごう》にぐんぐん近《ちか》づいてきた。まともにぶつかっていたら、小《ちい》さなスルーギ号《ごう》など、ひとたまりもなかったろう。でも、運《うん》よく汽船《きせん》は、スルーギ号《ごう》の船尾《せんび》をかすっただけだった。船名《せんめい》プレートが半分《はんぶん》もげたものの、船自体《ふねじたい》は無傷《むきず》だった。

汽船《きせん》はそのまま、スルーギ号《ごう》に気《き》づきもせずに、闇《やみ》の中《なか》を通《とお》りすぎていった。

やがて空《そら》が白《しら》んできた。あたりが明《あか》るくなってみると、見《み》わたすかぎりの大海原《おおうなばら》だ。どの方角《ほうがく》にも船一《ふねひと》つ見《み》えない。やがて夜《よる》が来《く》ると、天気《てんき》が怪《あや》しくなってきた。スルーギ号《ごう》は強風《きょうふう》にあおられ、東《ひがし》に流《なが》されつづけた。

そんな中《なか》、ブリアンは十三歳《さい》とは思《おも》えない働《はたら》きぶりで、モコと力《ちから》を合《あ》わせ、仲間《なかま》たちに指示《しじ》を出《だ》した。東《ひがし》に流《なが》されるのを止《と》めることはできなかったが、必死《ひっし》で舵《かじ》をとり、船《ふね》を沈没《ちんぼつ》から守《まも》ったのだ。

その後《あと》なにが起《お》きたかは、読者《どくしゃ》のみなさんが知《し》っている通《とお》りだ。海《うみ》に出《で》てから数日後《すうじつご》、スルーギ号《ごう》は嵐《あらし》にみまわれた。嵐《あらし》は二週間《しゅうかん》にもわたってすさまじい勢《いきお》いで吹《ふ》きあれ、ついにスルーギ号《ごう》は、太平洋《たいへいよう》のどこかにある、見知《みし》らぬ岸辺《きしべ》に打《う》ちあげられた。

ニュージーランドから九千キロメートルも離《はな》れた土地《とち》に流《なが》れ着《つ》いた少年《しょうねん》たちは、これからどんな運命《うんめい》をたどるのだろう？　はたして、無事《ぶじ》に助《たす》けだされる日《ひ》は来《く》るのだろうか？

少年《しょうねん》たちの家族《かぞく》は、もうすっかりあきらめていた。スルーギ号《ごう》が沈没《ちんぼつ》したと考《かんが》えるしかないようなできごとがあったからだ。

事件《じけん》が起《お》こった日《ひ》の真夜中《まよなか》、居酒屋《いざかや》から港《みなと》にもどってきた乗組員《のりくみいん》たちは、スルーギ号《ごう》が姿《すがた》を消《け》しているのを見《み》て、大《おお》あわてで船長《せんちょう》と家族《かぞく》に知《し》らせた。街中《まちじゅう》が大《おお》さわぎになり、すぐさま捜索船《そうさくせん》が送《おく》りだされた。だが翌朝《よくあさ》、その船《ふね》がもどってきたとき、家族《かぞく》の希望《きぼう》はこなごなにうちくだかれた。

捜索船《そうさくせん》は、海上《かいじょう》に漂《ただよ》っていたスルーギ号《ごう》の一部《いちぶ》を見《み》つけ、持《も》ち帰《かえ》ってきたのだ。それは、スルーギ号《ごう》に汽船《きせん》がかすったときに半分《はんぶん》もげた、船名《せんめい》プレートだった。

スルーギ号《ごう》は沖《おき》で嵐《あらし》にあい、少年《しょうねん》たちを乗《の》せたまま、海《うみ》の底《そこ》に沈《しず》んでしまったにちがいない——だれもがそう考《かんが》えたのだった。

4　浜辺《はまべ》の生活《せいかつ》

スルーギ号《ごう》が浜《はま》に打《う》ちあげられてから、かれこれ一時間《じかん》が経《た》っていた。だがその間《あいだ》、あたりには人影《ひとかげ》ひとつ見《み》えなかった。

「ここはいったいどこなんだ？　だれも住《す》んでいないみたいだけど……」

ゴードンがつぶやくと、ブリアンが言《い》った。

「うん。でも、住《す》めないことはなさそうだね。船《ふね》には食《た》べ物《もの》も飲《の》み物《もの》も積《つ》んであるから、とりあえず寝《ね》る場所《ばしょ》を見《み》つけないと。探《さが》しに行《い》こう！」

二人《ふたり》は、砂浜《すなはま》の奥《おく》に広《ひろ》がる森《もり》まで歩《ある》いていった。森《もり》の中《なか》はあちこちに倒木《とうぼく》が横《よこ》たわり、地面《じめん》には枯《か》れ葉《は》が積《つ》もっている。人《ひと》の気配《けはい》はまったくないが、鳥《とり》たちは二人《ふたり》の足音《あしおと》を聞《き》くと、警戒《けいかい》してバタバタと飛《と》びたった。

十分《ぷん》ほど森《もり》へ分《わ》け入《い》ると、岩壁《がんぺき》につきあたった。切《き》りたった崖《がけ》は、高《たか》さが六十メートルほどある。この崖《がけ》のふもとのどこかに洞穴《ほらあな》があれば、海《うみ》から吹《ふ》きつける風《かぜ》や波《なみ》を森《もり》の木《き》がさえぎってくれるから、寝泊《ねと》まりする場所《ばしょ》として言《い》うことなしだ。

だが、崖《がけ》に沿《そ》ってしばらく歩《ある》いても、洞穴《ほらあな》は一つも見《み》つからなかった。崖《がけ》をよじ登《のぼ》れそうな場《ば》所《しょ》も、どこにもない。

岩壁《がんぺき》に沿《そ》って三十分《ぷん》ほど南《みなみ》へ歩《ある》くと、一本《ぽん》の川《かわ》に行《い》き当《あ》たった。曲《ま》がりくねった川《かわ》の向《む》こう側《がわ》には、一本《ぽん》の木《き》も生《は》えていない。見《み》わたすかぎりの平《たい》らな土地《とち》――どうやら沼地《ぬまち》が広《ひろ》がっているようだ。

ゴードンとブリアンは、がっかりしてスルーギ号《ごう》まで引《ひ》きかえした。せめて崖《がけ》の上《うえ》に登《のぼ》れたなら、遠《とお》くまで見《み》わたすことができたのに……。

船《ふね》にもどった二人《ふたり》は、上級生《じょうきゅうせい》を集《あつ》めて相談《そうだん》した。その結果《けっか》、この土地《とち》についてもっとくわしいことが分《わ》かるまでは、船《ふね》をはなれないでおくことになった。

スルーギ号《ごう》は船体《せんたい》が壊《こわ》れ、かなり傾《かたむ》いてはいるが、寝《ね》るには困《こま》らない状態《じょうたい》だ。甲板《かんぱん》には穴《あな》が開《あ》いているが、船室《せんしつ》に行《い》けばとりあえず雨風《あめかぜ》はしのげる。調理室《ちょうりしつ》も無事《ぶじ》だ。

当面《とうめん》スルーギ号《ごう》で寝泊《ねと》まりすることが決《き》まったので、少年《しょうねん》たちはさっそく、傾《かたむ》いた船《ふな》べりにロープではしごをかけ、上《のぼ》り下《お》りしやすくした。

見習《みなら》い船員《せんいん》として調理場《ちょうりば》の手伝《てつだ》いもしていたモコが、サービスの手《て》を借《か》り、みんなの食事《しょくじ》を用《よう》意《い》した。おなかがいっぱいになると、下級生《かきゅうせい》たちは元気《げんき》をとりもどし、はしゃぎ始《はじ》めた。ところが、いつもならまっさきに騒《さわ》ぎだすはずのジャックだけは、一人《ひとり》ぽつんと席《せき》にすわり、おしだまっている。仲間《なかま》たちが心配《しんぱい》し、どうしたのかと聞《き》いても、答《こた》えようとしなかった。

食事《しょくじ》の後《あと》、少年《しょうねん》たちはすぐベッドに向《む》かった。来《く》る日《ひ》も来《く》る日《ひ》も荒波《あらなみ》に揺《ゆ》られつづけ、つかれはてていたからだ。ブリアン、ゴードン、ドニファンの三人《にん》だけは、野獣《やじゅう》や原住民《げんじゅうみん》が襲《おそ》ってきたときのことを考《かんが》えて、交代《こうたい》で見張《みは》りについた。

幸《さいわ》い、何《なに》ごともなく朝《あさ》が来《き》た。少年《しょうねん》たちは感謝《かんしゃ》の祈《いの》りをささげてから、仕事《しごと》にとりかかった。

はじめにやるべきなのは、船《ふね》に積《つ》まれた食料《しょくりょう》を調《しら》べることだ。この土地《とち》には人《ひと》が住《す》んでいないようだから、食料《しょくりょう》をどうやって手《て》に入《い》れるかを考《かんが》えなくてはならない。まずは船《ふね》に何《なに》がどれだけ積《つ》んであるかを、頭《あたま》に入《い》れておく必要《ひつよう》がある。

さっそく調《しら》べたところ、ビスケットだけはたっぷりあるが、肉《にく》や野菜《やさい》のびんづめ缶《かん》づめ類《るい》は、毎日《まいにち》食《た》べたらふた月《つき》と持《も》たないことが分《わ》かった。船《ふね》に積《つ》まれた食料《しょくりょう》は、非常用《ひじょうよう》にとっておき、あとはなるべくこの土地《とち》で、食《た》べ物《もの》を手《て》に入《い》れる必要《ひつよう》がありそうだ。

さっそくウェッブが提案《ていあん》した。

「食《た》べ物《もの》なら、海《うみ》の中《なか》にうようよいるじゃないか。今《いま》から釣《つ》りに行《い》こうぜ。いっしょに来《く》るやつ、いるか？」

「行《い》きたい！」

「ぼくも！」

下級生《かきゅうせい》が口々《くちぐち》に言《い》う。するとゴードンが言った。

「ちょっと待《ま》った。食料《しょくりょう》以外《いがい》の積《つ》み荷《に》も、ひととおり調《しら》べてからにしないと」

「昼《ひる》ごはん用《よう》に、近《ちか》くの浜辺《はまべ》で貝《かい》をとってくるくらいなら、そんなに人数《にんずう》もいらないし、かまわないんじゃない？」

サービスが言《い》う。

「それもそうだな。じゃ、下級生《かきゅうせい》にとってきてもらおう。モコ、連《つ》れていってくれるか？」

「はい、もちろん」モコが答《こた》える。

正直者《しょうじきもの》で勇敢《ゆうかん》なモコは、みんなから頼《たよ》りにされていた。モコの方《ほう》は、少年《しょうねん》たちの中《なか》で、ブリアンのことをとくべつ慕《した》っていた。ブリアンはモコのことを、船員《せんいん》としてではなく、対等《たいとう》な友《とも》だちとしてあつかってくれたからだ。

「さあ、行《い》こう！」

ジェンキンスが声《こえ》を張《は》りあげる。ブリアンは弟《おとうと》のジャックに聞《き》いた。

「みんないっしょに行《い》かないのか?」

だが、ジャックは首《くび》を横《よこ》にふるだけだった。下級生《かきゅうせい》たちはモコに連《つ》れられて船《ふね》を下《お》り、浜辺《はまべ》を歩《ある》いて行《い》った。

船《ふね》に残《のこ》った上級生《じょうきゅうせい》たちは、積《つ》み荷《に》の調査《ちょうさ》を続《つづ》けた。品目《ひんもく》ごとに数《かず》を数《かぞ》え、ゴードンが手帳《てちょう》に書《か》きつけていく。

船《ふね》の備品《びひん》の中《なか》には、帆布《はんぷ》の他《ほか》、麻縄《あさなわ》やもやい綱《づな》など、いろんな種類《しゅるい》のロープがあった。手綱《てあみ》や引《ひ》き網《あみ》といった、釣《つ》り道具《どうぐ》もそろっている。

武器《ぶき》は猟銃《りょうじゅう》が九丁《ちょう》、拳銃《けんじゅう》が十二丁《ちょう》、弾薬《だんやく》三百発分《ぱつぶん》に、火薬《かやく》の樽《たる》が二つ、散弾《さんだん》や小銃用《しょうじゅうよう》の弾《たま》まであった。船《ふね》に取《と》りつけられている大砲《たいほう》の砲弾《ほうだん》も、三十発分《ぱつぶん》ほど見《み》つかった。

洗面用具《せんめんようぐ》や食器《しょっき》も、十分《じゅうぶん》な数《かず》がそろっていた。洋服《ようふく》の方《ほう》は、少年《しょうねん》たちの着替《きが》えの他《ほか》、乗組員用《のりくみいんよう》のセーターやコートまである。もしこの土地《とち》で冬《ふゆ》を過《す》ごすことになっても、これだけあれば乗《の》りきれそうだ。

船《ふね》の計器類《けいきるい》は、気圧計《きあつけい》が二つに温度計《おんどけい》一つ、警笛《けいてき》、望遠鏡《ぼうえんきょう》、羅針盤《らしんばん》が数個《すうこ》ずつと、イギリス国《こっ》旗数枚《きすうまい》、手旗信号《てばたしんごう》の旗一式《はたいっしき》、折《お》りたたみ式《しき》のゴムボートが一そう。大工道具箱《だいくどうぐばこ》の中《なか》には、くぎやねじなどの金具《かなぐ》と裁縫道具《さいほうどうぐ》が入《はい》っていた。マッチや火打《ひう》ち金《がね》もある。

船室《せんしつ》の本棚《ほんだな》には、英語《えいご》とフランス語《ご》の本《ほん》がずらりとならんでいた。旅行記《りょこうき》と科学《かがく》の本《ほん》が多《おお》いが、中《なか》にはサービスの好《す》きな漂流《ひょうりゅう》ものの小説《しょうせつ》や、ゴードンが持《も》ってきた世界地図《せかいちず》もあった。

筆記用具《ひっきようぐ》は、羽根《はね》ペン、インク、えんぴつ、紙《かみ》がひととおりそろっていた。カレンダーもあったので、スルーギ号《ごう》が浜《はま》に漂着《ひょうちゃく》した三月十日《がつとおか》から、毎日印《まいにちしるし》をつけることになった。記入係《きにゅうがかり》はバクスターが買《か》ってでた。

金庫《きんこ》には、金貨《きんか》五百ポンドもの大金《たいきん》が入《はい》っていた。いつかこの土地《とち》を脱出《だっしゅつ》し、ふるさと行《い》きの船《ふね》に乗《の》る日《ひ》が来《き》たとき、きっと役《やく》にたつはずだ。

こうしてみると、船《ふね》にはなんでもそろっているので、当分生活《とうぶんせいかつ》に困《こま》ることはなさそうだった。でも、後々《のちのち》のことを考《かんが》えたら、考《かん》えなしにどんどん使《つか》ってしまうわけにはいかない。この土地《とち》にあるものだけで暮《く》らせるよう、工夫《くふう》してやっていこうと、少年《しょうねん》たちは決《き》めた。

昼時《ひるどき》になると、モコと下級生《かきゅうせい》たちが貝《かい》をどっさりとって帰《かえ》ってきた。浜辺《はまべ》を観察《かんさつ》してきたモコの話《はなし》では、岩壁《がんぺき》の上《うえ》にはイワバトがたくさんいて、巣《す》を作《つく》っていたという。

「猟銃《りょうじゅう》で二、三発撃《ぱつう》つだけで、軽《かる》く十羽《ぱ》はしとめられそうなくらい、たくさんいましたよ」

「だったら、明日《あした》の早朝《そうちょう》にでも、だれかに行《い》ってもらおう。ドニファン、どうだ？」

ゴードンが声《こえ》をかけると、ドニファンは二《ふた》つ返事《へんじ》で引《ひ》きうけた。

「任《まか》せてくれ。ウェッブ、クロス、ウィルコックス、おまえたちも来《く》るよな？」

「もちろん！」

はりきって答《こた》えた三人《にん》に、ブリアンが忠告《ちゅうこく》した。

「あんまり撃《う》ちすぎないようにね。銃弾《じゅうだん》には限《かぎ》りがあるから――」

「なんだよ、まだ撃《う》ってもいないうちからうるさいな」

ドニファンがぴしゃりと言《い》う。

一時間後《じかんご》、モコが作《つく》った貝料理《かいりょうり》をみんなで食《た》べた。どれもおいしく、とりわけムール貝《がい》は大好評《だいこうひょう》だった。貝料理《かいりょうり》の他《ほか》には、ビスケット、コンビーフ、川《かわ》から汲《く》んできた水《みず》が食卓《しょくたく》にならんだ。なかなかりっぱな昼食《ちゅうしょく》だ。

午後《ごご》は、船内《せんない》を整理《せいり》したり、片《かた》づけたりする作業《さぎょう》にあてられた。下級生《かきゅうせい》たちは仲間《なかま》と連《つ》れ立《だ》って川《かわ》まで行《い》き、たくさん魚《さかな》を釣《つ》った。

夕食《ゆうしょく》を済《す》ませると、見張《みは》り役《やく》を引《ひ》きうけたバクスターとウィルコックス以外《いがい》の全員《ぜんいん》が、ベッドに直行《ちょっこう》した。

こうして、漂流地《ひょうりゅうち》での二日目《ふつかめ》の夜《よる》が過《す》ぎていった。

5　最初《さいしょ》の探検《たんけん》

ここは島《しま》なのだろうか。それとも大陸《たいりく》か？

リーダー格《かく》の三人《にん》――ブリアン、ゴードン、ドニファンは、何度《なんど》も話《はな》しあったけれど、答《こた》えは出《で》ないままだ。

島《しま》か大陸《たいりく》かはともかく、ここが常夏《とこなつ》の国《くに》でないことは確《たし》かだった。カシやブナ、マツやモミといった木《き》が生《は》えているところをみると、ニュージーランドより南《みなみ》の、もっと南極《なんきょく》に近《ちか》い場所《ばしょ》のようだ。冬《ふゆ》はそうとうな寒《さむ》さになるだろう。

「だとすると、いつまでも浜辺《はまべ》で寝泊《ねと》まりするのは、いい考《かんが》えとは言《い》えないな」

ゴードンが言《い》った。

「ああ。冬《ふゆ》になるまでに、早《はや》いとこ人《ひと》のいる土地《とち》まで移動《いどう》しないと。何百《なんびゃっ》キロ歩《ある》くことになるか、分《わ》からないからな」と、ドニファン。

「あせらなくてもだいじょうぶじゃないかな。まだ三月中旬《がっちゅうじゅん》なんだし」

ブリアンが言《い》った。三月中旬《がっちゅうじゅん》は、南半球《みなみはんきゅう》では秋《あき》の初《はじ》めに当《あ》たる。

「冬《ふゆ》が始《はじ》まるまで、あと六週間《しゅうかん》ってとこか。その間《あいだ》にできるかぎりの距離《きょり》を移動《いどう》して――」

ドニファンの言葉《ことば》を、ブリアンがさえぎる。

「移動《いどう》できるって、どうして分《わ》かるんだい？」

ドニファンはむっとした。

「何言《なにい》ってるんだよ。どの方角《ほうがく》だろうと、歩《ある》いていけばどこかにたどり着《つ》くに決《き》まってるだろ」

「ここが大陸《たいりく》ならね。でも、もしここが島《しま》で、しかも無人島《むじんとう》だったら？」

ブリアンがさらに言《い》う。今度《こんど》はゴードンが口《くち》を開《ひら》いた。

「そう。だからこそ、ここが島《しま》なのか大陸《たいりく》なのか、確《たし》かめる必要《ひつよう》があるってわけだ」

ゴードンの言《い》うことはもっともだった。ドニファンもこれには反対《はんたい》できない。

「ぼく、確《たし》かめに行《い》ってくるよ」

さっそくブリアンが名乗《なの》り出《で》ると、ドニファンも負《ま》けじと言《い》った。

「おれも行《い》く」

「行《い》きたいのはみんな同《おな》じだ」ゴードンが、冷静《れいせい》な口調《くちょう》で言《い》った。「でも、下級生《かきゅうせい》たちをひき連《つ》れていくわけにはいかない。危険《きけん》かもしれないからな。上級生《じょうきゅうせい》二、三人《にん》で行《い》けば十分《じゅうぶん》だろう。まずは手近《てぢか》の、遠《とお》くまで見《み》わたせる場所《ばしょ》に行《い》って――」

「だったら、湾《わん》の北側《きたがわ》にある岬《みさき》に登《のぼ》るのはどうかな？」

ブリアンが提案《ていあん》する。ゴードンがうなずいた。

「おれもそれを考《かんが》えていたところなんだ」

「ぼく、行《い》ってくるよ」と、ブリアン。

「そんなとこ登《のぼ》って、何《なに》が見《み》えるっていうんだよ」

ドニファンが、あきれたように言《い》いすてた。北《きた》の岬《みさき》までは、海岸線《かいがんせん》をたどっていけば、おおよそ八キロメートルの距離《きょり》だ。岬《みさき》の標高《ひょうこう》は約《やく》百メートル。たしかにそれっぽっちの高《たか》さからでは、そう遠《とお》くまでは見《み》わたせないだろう。でも、少《すく》なくとも岬《みさき》の裏側《うらがわ》がどうなっているかは、確《たし》かめられるはずだ。

こうして、調査《ちょうさ》が行《おこな》われることが決《き》まった。ところがあいにく、霧《きり》や小雨《こさめ》の天気《てんき》が続《つづ》いたので、その後《あと》の数日間《すうじつかん》、計画《けいかく》はおあずけになった。

その間《あいだ》、少年《しょうねん》たちはいろいろな作業《さぎょう》に精《せい》を出《だ》した。下級生《かきゅうせい》たちのことは、ブリアンがあれこれ世話《せわ》を焼《や》いた。寒《さむ》くなってきたので厚手《あつで》のセーターを引《ひ》っぱりだし、モコにたのんで丈《たけ》を詰《つ》めてもらい、みんなに着《き》せてやった。

ガーネットとバクスターも、下級生《かきゅうせい》を引《ひ》きつれ、浜《はま》で貝《かい》をとったり、川《かわ》へ釣《つ》りに出《で》かけたりした。そのおかげで、下級生《かきゅうせい》たちは不安《ふあん》になったり、さびしい思《おも》いをしたりせずに過《す》ごせた。

ゴードン、ブリアン、サービスの三人《にん》は、スルーギ号《ごう》の修繕《しゅうぜん》にはげんだ。いつも明《あか》るいサービスは、作業《さぎょう》の間《あいだ》によくこう言《い》った。

「すごいよなあ。嵐《あらし》で打《う》ちあげられたっていうのに、これっぽっちの被害《ひがい》ですむなんて。ここまで運《はこ》んでくれた波《なみ》に感謝《かんしゃ》しないとね。ロビンソン・クルーソーと比《くら》べたら、ぼくたちすごくラッキーだよ！」

ジャックもブリアンのもとで、船《ふね》の修理《しゅうり》を手伝《てつだ》った。でも、話《はな》しかけてもほとんど返事《へんじ》をしないし、目《め》を合《あ》わせようともしない。ブリアンは、心配《しんぱい》でしかたなかった。ジャックは何《なに》かを後悔《こうかい》しているように見《み》える。その何《なに》かは、兄弟《きょうだい》にも言《い》えないようなことなんだろうか？　ときどき目《め》を赤《あか》くしているところを見《み》ると、かくれて泣《な》いているみたいだ。

「ジャック、どこか具合《ぐあい》でも悪《わる》いのか？」

ブリアンは聞《き》いてみた。でも、ジャックはただ一言《ひとこと》、「どこも悪《わる》くないよ」と答《こた》えるだけだった。

その間《あいだ》、ドニファンとウィルコックス、ウェッブ、クロスは、岩場《いわば》に出《で》かけては鳥打《とりう》ちに精《せい》を出《だ》した。ドニファンは銃《じゅう》、ウィルコックスは罠《わな》を使《つか》って獲物《えもの》をしとめるのが得意《とくい》だった。獲物《えもの》のうち、ハト、ガン、カモ、ミヤコドリなどは、おいしく食《た》べられることが分《わ》かった。脂《あぶら》が多《おお》い鳥《とり》はまずいが、それでも文句《もんく》を言《い》わずに食《た》べるよう、ゴードンからきびしく言《い》われていた。貯蔵品《ちょぞうひん》を節約《せつやく》するためには、味《あじ》のことなどあれこれ言《い》っていられないのだ。

ところで、ドニファンとその取《と》りまきがいつも四人《にん》でかたまって、他《ほか》のメンバーから孤立《こりつ》していることに、ゴードンは気《き》をもんでいた。もっと仲間《なかま》に溶《と》けこむようにと、四人《にん》に言《い》い聞《き》かせたのだが、効果《こうか》はなかった。

三月《がつ》十五日《にち》、天気《てんき》がようやく上向《うわむ》きになった。ここ何日《なんにち》か立《た》ちこめていた霧《きり》が晴《は》れ、陽光《ようこう》が岩《がん》壁《ぺき》を金色《きんいろ》に照《て》らしている。

調査《ちょうさ》には一人《ひとり》で行《い》こう――ブリアンはそう心《こころ》に決《き》めていた。ゴードンがいっしょに来《き》てくれれば心強《こころづよ》いけれど、もしなにか起《お》こった場合《ばあい》、残《のこ》される仲間《なかま》たちが心配《しんぱい》だからだ。

その夜《よる》、ブリアンは気圧計《きあつけい》で天気《てんき》を確《たし》かめ、翌日《よくじつ》の明《あ》け方《がた》に出発《しゅっぱつ》した。往復《おうふく》で十六、七キロメートルほどの距離《きょり》だから、夜《よる》までには帰《かえ》れるはずだ。望遠鏡《ぼうえんきょう》と食料《しょくりょう》の他《ほか》、野獣《やじゅう》などにおそわれたときのために、棒《ぼう》と拳銃《けんじゅう》を持《も》っていくことにした。

ドニファンたちが鳥打《とりう》ちをする岩場《いわば》を通《とお》りすぎ、海岸沿《かいがんぞ》いをどんどん歩《ある》く。最初《さいしょ》の一時間《じかん》は順《じゅん》調《ちょう》だった。このまま行《い》けば、あっという間《ま》に北《きた》の岬《みさき》に到着《とうちゃく》できそうだ。

ところがその後《ご》、浜辺《はまべ》がぐっと歩《ある》きにくくなった。断崖《だんがい》が海岸《かいがん》にせりだしてくるにつれて、すべりやすい岩場《いわば》や、海藻《かいそう》の生《は》えた場所《ばしょ》が増《ふ》えたせいだ。ぬかるみをさけて遠回《とおまわ》りしたり、ぐらついた岩《いわ》の上《うえ》を歩《ある》いたりしていたら、かなり時間《じかん》を食《く》ってしまった。

(満潮《まんちょう》までには岬《みさき》に着《つ》かないと、まずいぞ。急《いそ》がなくちゃ！)

ブリアンは近道《ちかみち》をしようと靴《くつ》をぬぎ、浅瀬《あさせ》に足《あし》を踏《ふ》みいれた。すべりやすい岩《いわ》の上《うえ》は、バランスをくずさないよう、気《き》をつけてわたった。

水辺《みずべ》では、ハトやミヤコドリ、カモなどが群《む》れていた。アザラシが二、三組《くみ》、波間《なみま》で遊《あそ》んでいるのも見《み》かけた。ブリアンを見《み》てもこわがらず、逃《に》げようともしない。

(アザラシがいるってことは、思《おも》ったより、もっと南極《なんきょく》に近《ちか》いのかもしれないな)

ブリアンは考《かんが》えた。どうやらスルーギ号《ごう》は、太平洋《たいへいよう》を真東《まひがし》ではなく、南東方向《なんとうほうこう》に流《なが》されたらしい。

ようやく岬《みさき》の崖下《がけした》に着《つ》いたとき、今度《こんど》はペンギンの群《む》れを見《み》かけた。百羽《ぱ》ほどのペンギンが、羽《はね》をうごかしながらよちよち歩《ある》いている。

(やっぱりこの土地《とち》は、南極《なんきょく》に近《ちか》いんだ！)

時間《じかん》は午前《ごぜん》十時《じ》をまわっていた。歩《ある》きつかれ、おなかも空《す》いていたので、ブリアンは波《なみ》が届《とど》かない岩《いわ》に腰《こし》をかけ、食事《しょくじ》をとることにした。

一時間休《じかんやす》んで、すっかり元気《げんき》をとりもどしたブリアンは、カバンをかつぎあげ、岩壁《がんぺき》を登《のぼ》り始《はじ》めた。岩《いわ》の出《で》っ張《ぱ》りを探《さが》し、そこに手足《てあし》をかけてよじ登《のぼ》るのだが、届《とど》く範囲《はんい》でつぎのとっかかりを探《さが》すのが大変《たいへん》だ。とちゅうで何度《なんど》も落《お》ちそうになりながら、なんとか崖《がけ》のてっぺんまでたどりついた。

ブリアンはさっそく望遠鏡《ぼうえんきょう》をかかげ、東《ひがし》の方角《ほうがく》をながめた。平《たい》らな森《もり》が、地平線《ちへいせん》まで続《つづ》いている。距離《きょり》にすると十キロメートルほどだろうか。その先《さき》が海《うみ》なのかどうかは、岬《みさき》から見《み》たかぎりでは分《わ》からなかった。

北《きた》の方角《ほうがく》に目《め》を向《む》けると、十数《じゅうすう》キロメートルにわたって、海岸線《かいがんせん》が広《ひろ》がっている。

南《みなみ》の方《ほう》は、反対側《はんたいがわ》の岬《みさき》の向《む》こうに海岸線《かいがんせん》がのびていて、内陸《ないりく》は沼地《ぬまち》だった。

ひととおり土地《とち》の観察《かんさつ》を終《お》えたブリアンは、西《にし》に広《ひろ》がる海《うみ》を望遠鏡《ぼうえんきょう》でながめた。

「あれは……船《ふね》かな？」

水平線《すいへいせん》に、三つの黒《くろ》い点《てん》が見《み》える。ブリアンは望遠鏡《ぼうえんきょう》のレンズをふき、もう一度《いちど》のぞきこんだ。

三つの黒点《こくてん》は、やっぱり船《ふね》みたいな形《かたち》をしている。でも、どの船《ふね》にもマストがない。汽船《きせん》なら煙《けむり》をあげているはずなのに、それも見《み》えない。

しばらくじっと見《み》つめていたら、三つの点《てん》がまったく動《うご》いていないことに気《き》がついて、ブリアンはがっかりした。

たぶん、あの三つの点《てん》は、海上《かいじょう》に突《つ》きでた小島《こじま》か岩《いわ》なのだ。スルーギ号《ごう》が流《なが》されてくるとき、そばを通《とお》ったはずだけれど、嵐《あらし》のせいで視界《しかい》がきかず、気《き》づかなかったのだろう。

時計《とけい》を見《み》ると、午後《ごご》二時《じ》になっていた。

（そろそろスルーギ号《ごう》にもどらなくちゃ）

最後《さいご》にブリアンは、東《ひがし》の方角《ほうがく》にもう一度《いちど》望遠鏡《ぼうえんきょう》を向《む》けてみた。

少《すこ》し太陽《たいよう》が傾《かたむ》いた分《ぶん》、さっきまで見《み》えなかったものが見《み》えるかもしれない、と思《おも》ったからだ。

ブリアンの予想《よそう》は当《あ》たっていた。見渡《みわた》すかぎり広《ひろ》がる緑《みどり》のカーテンの奥《おく》に、青《あお》い線《せん》がくっきりと見《み》えたのだ。

「あれはなんだろう？」

ブリアンはもう一度《いちど》、目《め》をこらした。

「海《うみ》……海《うみ》だ！」

ブリアンは、思《おも》わず望遠鏡《ぼうえんきょう》を落《お》っことしそうになった。

東《ひがし》にも海《うみ》が広《ひろ》がっているということは、ここは大陸《たいりく》ではなく、島《しま》なのだ。広《ひろ》い太平洋《たいへいよう》にぽつりと浮《う》かぶ離《はな》れ小島《こじま》。脱出《だっしゅつ》なんて、できるわけがない！

ブリアンは、心臓《しんぞう》が止《と》まりそうなほどの衝撃《しょうげき》を受《う》けた。それでも、必死《ひっし》で自分《じぶん》に言《い》い聞《き》かせた。

（へこたれちゃだめだ。たとえ、どんな未来《みらい》が待《ま》っているとしても……）

十五分後《ふんご》、ブリアンは崖《がけ》を降《お》り、朝来《あさき》た道《みち》を引《ひ》きかえし始《はじ》めた。そして夕方《ゆうがた》には、仲間《なかま》が待《ま》つスルーギ号《ごう》にもどった。

6　ウミガメと南十字星《みなみじゅうじせい》

その日《ひ》、夕食《ゆうしょく》の後《あと》で、ブリアンは上級生《じょうきゅうせい》を集《あつ》め、今日見《きょうみ》てきたことを報告《ほうこく》した。

「東《ひがし》の森林《しんりん》のかなたに、くっきりと青《あお》い線《せん》が見《み》えたんだ。あれはどう考《かんが》えても水平線《すいへいせん》だと思《おも》う。ここは大陸《たいりく》じゃなくて、島《しま》なんだよ」

上級生《じょうきゅうせい》たちはどよめいた。ここが島《しま》なら、どうやって脱出《だっしゅつ》すればいいのだろう？　近《ちか》くを帆船《はんせん》が通《とお》るまで、ひたすら待《ま》つしかないのだろうか？

「ブリアンの見《み》まちがいじゃないのか？」

ふいにドニファンが言《い》うと、クロスも口《くち》をそろえた。

「そうだよ。雲《くも》の筋《すじ》を水平線《すいへいせん》とかんちがいしたとかさ」

ブリアンはきっぱり首《くび》をふった。

「いや、あれはまちがいなく水平線《すいへいせん》だった」

「そんなこと言《い》われても、自分《じぶん》の目《め》で見《み》ないかぎりは、信《しん》じられないね」と、ドニファン。

「じゃあ、確《たし》かめに行《い》くか？」

ゴードンの言葉《ことば》に、ブリアンはうなずいた。

「実際《じっさい》に海《うみ》があるのかどうか確《たし》かめるんなら、ぼくも行《い》くよ。ドニファンも行《い》きたければ――」

「行《い》くに決《き》まってるだろ」

「ぼくも行《い》く！」

「おれも！」

ドニファンの後《あと》に、三、四人《にん》がつぎつぎ名乗《なの》りをあげたのを見《み》て、ゴードンが口《くち》を開《ひら》いた。

「待《ま》てよ、みんな。全員《ぜんいん》はむりだよ。下級生《かきゅうせい》まで連《つ》れて、森《もり》を横断《おうだん》するわけにいかないだろう？探検《たんけん》には、ドニファンとブリアンの他《ほか》に、あと二人《ふたり》くらい行《い》けば十分《じゅうぶん》だ」

「だったらおれが行《い》く！」

「ぼくも」

ウィルコックスとサービスが手《て》をあげた。

「よし、決《き》まりだ」と、ゴードン。

ドニファンとブリアンは、早《はや》く出発《しゅっぱつ》したくてうずうずしていたのだが、けっきょく探検《たんけん》は、しばらくおあずけになった。つぎの日《ひ》から天気《てんき》がくずれ、二週間《しゅうかん》にわたって冷《つめ》たい雨《あめ》と風《かぜ》が吹《ふ》きあれたからだ。少年《しょうねん》たちはスルーギ号《ごう》に閉《と》じこもり、雨《あま》もりの修理《しゅうり》に追《お》われた。やっぱり、なるべく早《はや》く新《あたら》しい住《す》まいを探《さが》す必要《ひつよう》がありそうだ。

その間《あいだ》、雨《あめ》と風《かぜ》が落《お》ちついたすきを見《み》はからって、少年《しょうねん》たちは狩《か》りや釣《つ》りに出《で》かけた。思《おも》いがけず、すごい獲物《えもの》を手《て》に入《い》れたこともあった。三月《がつ》二十七日《にち》のことだ。

その日《ひ》は午後《ごご》になって、一時的《いちじてき》に雨《あめ》が止《や》んだので、下級生《かきゅうせい》たちは釣《つ》り道具《どうぐ》を手《て》に、川《かわ》へ向《む》かった。すると少《すこ》ししてから、急《きゅう》に甲高《かんだか》いさけび声《ごえ》が、甲板《かんぱん》にいる上級生《じょうきゅうせい》たちのもとまで聞《き》こえてきた。

「たすけて！　こわいよー！」

悲鳴《ひめい》を聞《き》きつけたゴードン、ブリアン、サービス、モコが、大急《おおいそ》ぎで浜《はま》に下《お》りる。

「早《はや》く来《き》て！　逃《に》げられちゃうよ」

さけんでいるのはジェンキンスだ。

「コスターたちが何《なに》に乗《の》ってるか、見《み》てよ！」

アイバーソンが、コスターを指《ゆび》さして言《い》う。コスターは、わんわん声《こえ》を上《あ》げて泣《な》いていた。

「おろして！　こわいよぉ！」

「こら。歩《ある》け！　そっちじゃない。あっちだ！」

コスターの後《うし》ろでは、ドールが声《こえ》を張《は》りあげている。二人《ふたり》は、のそのそ動《うご》く岩《いわ》のようなものの上《うえ》にまたがっていた。

それは、巨大《きょだい》なウミガメだった。砂浜《すなはま》にいるところをつかまり、急《いそ》いで海《うみ》にもどろうとしているのだ。下級生《かきゅうせい》たちはカメの首《くび》にロープをくくりつけ、陸《りく》の方《ほう》へ引《ひ》っぱろうとしている。ところがカメは、ものすごい力《ちから》でみんなを引《ひ》きずり、海《うみ》に向《む》かってぐんぐん進《すす》んでいた。甲羅《こうら》の上《うえ》に乗《の》ったコスターとドールのことなど、おかまいなしだ。

「しっかりつかまってるんだぞ、コスター！」

「馬《うま》があばれないように、気《き》をつけろよ！」

ゴードンとサービスがからかうので、ブリアンは思《おも》わずふきだしてしまった。こわがっているコスターには気《き》の毒《どく》だけれど、実際《じっさい》のところ、ウミガメの背中《せなか》から落《お》っこちたところで、あぶないことなんて何《なに》もないのだ。

ただ、このままだと、カメが海《うみ》にもどってしまう。上級生《じょうきゅうせい》たちがいっしょになってロープを引《ひ》いたところで、巨大《きょだい》ウミガメの怪力《かいりき》にはかなわなそうだ。

「ウミガメの体《からだ》をひっくり返《かえ》すしか、方法《ほうほう》はないな」

ゴードンが言《い》った。

「え、どうやって？　重《おも》すぎてむりなんじゃ――」

サービスが言《い》いかけたとき、ブリアンが声《こえ》を張《は》りあげた。

「そうだ。マストを使《つか》おう！」

言《い》うなり、モコといっしょにスルーギ号《ごう》にかけもどる。その間《あいだ》にゴードンは、コスターとドールをウミガメの背《せ》からおろしてやった。その後《あと》、今《いま》にもカメが波《なみ》うちぎわにたどりつくというときに、ブリアンたちがマストを持《も》って、浜《はま》にもどってきた。

さっそく、マストをウミガメの体《からだ》の下《した》に差《さ》しこみ、グイと押《お》し下《さ》げる。てこの原理《げんり》を使《つか》って、どうにかひっくり返《かえ》した。おなかを見《み》せたウミガメは、手足《てあし》をじたばたさせてもがいている。

こうなればもう、逃《に》げられる心配《しんぱい》はない。ブリアンは狙《ねら》いをさだめると、斧《おの》をふりおろした。カメは一瞬《いっしゅん》で息絶《いきた》えた。

「コスター、だいじょうぶ？」

ブリアンが聞《き》くと、コスターはコクリとうなずいた。

「死《し》んじゃったから、もう平気《へいき》」

「でもさ、これを食《た》べろって言《い》われたら、むりだろ？」

サービスが、からかうように聞《き》いた。

「え？　ウミガメって食《た》べられるの？」

「もちろん」

「じゃあ、食《た》べる！　おいしければだけどね」

「ウミガメの肉《にく》は、おいしいですよ」

モコが請《う》けあった。食《く》いしんぼうのコスターは、すでに食《た》べる気満々《きまんまん》だ。

ウミガメは重《おも》すぎてスルーギ号《ごう》まで運《はこ》べないので、その場《ば》で解体《かいたい》することになった。胸《むね》が悪《わる》くなるような作業《さぎょう》だったが、こういうことにも慣《な》れないと、漂流生活《ひょうりゅうせいかつ》はやっていけない。少年《しょうねん》たちはカメの甲羅《こうら》を割《わ》り、肉《にく》を切《き》り分《わ》けて、スルーギ号《ごう》に持《も》ちかえった。

巨大《きょだい》ウミガメからは、たっぷり二十キロもの肉《にく》が取《と》れた。そこでその日《ひ》の夜《よる》は、みんなでウミガメのステーキとスープを、心《こころ》ゆくまで味《あじ》わったのだった。

四月一日《がつついたち》。気圧《きあつ》が少《すこ》しずつ上《あ》がり、風《かぜ》もおさまってきた。天気《てんき》が上向《うわむ》きになってきたサインだ。

そこで上級生《じょうきゅうせい》たちは、探検《たんけん》の日《ひ》どりについて話《はな》し合《あ》った。

「明日《あした》の朝《あさ》には、出発《しゅっぱつ》できるんじゃないか？」

ドニファンの発言《はつげん》に、ブリアンがうなずいた。

「そうだね。朝一番《あさいちばん》に出《で》られるように、今《いま》から準備《じゅんび》しよう」

「なあ、ブリアン。森《もり》の向《む》こうに見《み》たっていう、水平線《すいへいせん》のことだけど――」ゴードンが聞《き》く。

「岬《みさき》から十キロくらいのところだって言《い》ってたよな？」

「うん、だいたいね。でも、ここからだともっと近《ちか》いかもしれない」

「だったら、丸一日《まるいちにち》あれば帰《かえ》ってこられそうか？」

「まっすぐ東《ひがし》に森《もり》をつっきることができればね。でも、川《かわ》や沼地《ぬまち》に行《い》き当《あ》たって、てまどる可能《かのう》性《せい》もあるから、念《ねん》のために二、三日《にち》は見込《みこ》んでおいた方《ほう》がいいと思《おも》う」

「分《わ》かった。ところで探検《たんけん》では、崖《がけ》の向《む》こう側《がわ》の土地《とち》も調《しら》べてきてもらいたいんだ。海《うみ》から吹《ふ》きつける波《なみ》や風《かぜ》が届《とど》かない場所《ばしょ》に、引《ひ》っ越《こ》さないといけないから。スルーギ号《ごう》で冬《ふゆ》を越《こ》すのは、どうしたってむりだからな」

「うん、分《わ》かった。寝泊《ねと》まりができるような場所《ばしょ》を探《さが》してくるよ」

「ここが島《しま》じゃなくて大陸《たいりく》だってことが分《わ》かれば、そんな場所《ばしょ》、探《さが》す必要《ひつよう》ないけどな」

ドニファンが、鼻《はな》で笑《わら》った。いつだって、自分《じぶん》の考《かんが》えが正《ただ》しいと思《おも》っているのだ。

「よし。とにかく、出発《しゅっぱつ》は明日《あした》だ！」

ゴードンの一声《ひとこえ》で、出発《しゅっぱつ》の準備《じゅんび》が始《はじ》められた。四日分《よっかぶん》の食料《しょくりょう》、拳銃《けんじゅう》、斧《おの》、方位磁石《ほういじしゃく》、望遠鏡《ぼうえんきょう》、毛布《もうふ》、火打《ひう》ち石《いし》、マッチ。これだけ持《も》っていけば、困《こま》ることはないだろう。

スルーギ号《ごう》に残《のこ》って下級生《かきゅうせい》の面倒《めんどう》をみることになったゴードンは、探検中《たんけんちゅう》にドニファンとブリアンがけんかをするんじゃないかと、気《き》をもんでいた。そこでブリアンをそっと呼《よ》び、どんなことがあってもけんかは避《さ》けるように、と念《ねん》をおした。

その日《ひ》の夕方《ゆうがた》、空《そら》は雲一《くもひと》つなく晴《は》れわたった。やがて夜《よる》が訪《おとず》れると、海《うみ》の上《うえ》に満天《まんてん》の星《ほし》がまたたき始《はじ》めた。空《そら》にひときわ明《あか》るく輝《かがや》いているのは、南十字星《みなみじゅうじせい》だ。

探検《たんけん》に出《で》る四人《にん》の行《ゆ》く手《て》には、どんな危険《きけん》が待《ま》ち受《う》けているか分《わ》からない。少年《しょうねん》たちは、胸《むね》がしめつけられる思《おも》いだった。みんなで空《そら》をあおぎ、南十字星《みなみじゅうじせい》のもとにひざまずいて、もう二度《にど》と会《あ》えないかもしれない家族《かぞく》と、なつかしい祖国《そこく》のことを考《かんが》えた。

「神様《かみさま》に祈《いの》りなさい。そうすれば、きっと助《たす》けてくださるから……」

南十字星《みなみじゅうじせい》は、少年《しょうねん》たちにそう語《かた》りかけているような気《き》がした。

7　水平線《すいへいせん》を探《さが》して

午前七時《ごぜんじ》。ブリアン、ドニファン、ウィルコックス、サービスの四人《にん》は、スルーギ号《ごう》を出発《しゅっぱつ》した。ゴードンの提案《ていあん》で、犬《いぬ》のファンも連《つ》れていくことにした。何《なに》かのときに役《やく》にたつかもしれないからだ。

浜辺《はまべ》をつっきると、十五分《ふん》もしないうちに森《もり》にたどり着《つ》いた。さらに森《もり》の奥《おく》まで進《すす》み、岩壁《がんぺき》の前《まえ》に出《で》る。前《まえ》にブリアンが、ゴードンといっしょに洞穴《ほらあな》を探《さが》しに来《き》た場所《ばしょ》だ。

「このあたりに洞穴《ほらあな》はなかったよ。崖《がけ》をよじ登《のぼ》れそうな場所《ばしょ》もね」

ブリアンは言《い》ったが、ドニファンは耳《みみ》をかさない。目《め》の前《まえ》の崖《がけ》を登《のぼ》ろうとしたが、歯《は》が立《た》たないと分《わ》かって、ようやくあきらめた。

一時間《じかん》ほど崖《がけ》に沿《そ》って北《きた》に歩《ある》いたところで、崖《がけ》くずれの跡《あと》を見《み》つけた。その場所《ばしょ》だけ、崖《がけ》の傾《けい》斜《しゃ》がゆるやかになっている。足場《あしば》に気《き》をつければ、崖《がけ》のてっぺんまで登《のぼ》れそうだ。

まっさきにドニファンが、崖《がけ》の下《した》に積《つ》み重《かさ》なった岩《いわ》を登《のぼ》り始《はじ》めた。

「待《ま》って！　慎重《しんちょう》に登《のぼ》らないと！」

ブリアンが注意《ちゅうい》しても、ドニファンはやっぱり耳《みみ》をかさない。あっという間《ま》に、崖《がけ》を半分《はんぶん》ほど登《のぼ》ってしまった。

しかたなく、ブリアンも他《ほか》の二人《ふたり》といっしょに、後《あと》に続《つづ》いた。ぶじに登《のぼ》りきったときには、崖《がけ》の頂上《ちょうじょう》に一番乗《いちばんの》りしたドニファンが、得意《とくい》そうに望遠鏡《ぼうえんきょう》をかかげ、東《ひがし》に広《ひろ》がる森《もり》の向《む》こうをながめていた。

「何《なに》か見《み》えた？」

ウィルコックスが聞《き》く。

「いや、何《なに》も」

「おれにも見《み》せて」

ウィルコックスがドニファンから望遠鏡《ぼうえんきょう》を受《う》けとり、のぞきこむ。

「ほんとだ。水平線《すいへいせん》なんかどこにもないぜ」

「そんなもの、もともとないんじゃないか？　ブリアンが見《み》まちがえたんだよ」

ドニファンが言《い》う。ブリアンはきっぱりと反論《はんろん》した。

「見《み》まちがいなんかじゃないよ。ここは北《きた》の岬《みさき》より低《ひく》いところにあるから、遠《とお》くまで見《み》わたせないだけだと思《おも》う」

「どうだか」

ウィルコックスが肩《かた》をすくめてみせる。

「だからこそ、確《たし》かめに行《い》くんじゃないか。この崖《がけ》を越《こ》えて森《もり》を突《つ》っきった先《さき》に、何《なに》があるのかを」

ブリアンの言葉《ことば》に、ドニファンはふん、と鼻《はな》を鳴《な》らした。

「わざわざ確《たし》かめに行《い》くまでもないと思《おも》うけどな」

はなから信用《しんよう》していない口調《くちょう》に、ブリアンは思《おも》わずむっとしたが、ゴードンとの約束《やくそく》を思《おも》いだして、気持《きも》ちをおさえた。

「だったら無理《むり》して来《こ》なくてもいいよ。ぼくとサービスで行《い》ってくるから――」

「おれたちも行《い》くに決《き》まってるだろ。なあ、ドニファン！」

ウィルコックスが今《いま》にも歩《ある》き出《だ》そうとしたとき、サービスが言《い》った。

「あのさ、昼《ひる》ごはんを食《た》べてからにしない？」

確《たし》かに、出発前《しゅっぱつまえ》に腹《はら》ごしらえをしておく方《ほう》がよさそうだ。四人《にん》は昼《ひる》ごはんをかきこみ、また歩《ある》き始《はじ》めた。

あちこちに小石《こいし》が転《ころ》がり、苔《こけ》の生《は》えた崖《がけ》の上《うえ》を、一・五キロメートルほど進《すす》む。そこまでは順《じゅん》調《ちょう》だったが、台地《だいち》を横切《よこぎ》った後《あと》、崖《がけ》の反対側《はんたいがわ》に降《お》りるのはひと苦労《くろう》だった。海側《うみがわ》と同《おな》じように、高《たか》く切《き》り立《た》った斜面《しゃめん》だったからだ。崖《がけ》をジグザグに、ちょろちょろと流《なが》れる川《かわ》があったので、そこをたどってなんとか降《お》りた。

崖《がけ》を降《お》りると、その先《さき》にはうっそうとした森《もり》が広《ひろ》がっていた。背《せ》の高《たか》い草《くさ》が生《お》いしげり、あちこちに倒木《とうぼく》が転《ころ》がっている。少年《しょうねん》たちは、一歩《いっぽ》歩《ある》くごとに斧《おの》をふるって、道《みち》を切《き》りひらかなければならなかった。おかげで夕方《ゆうがた》までかかっても、進《すす》んだのはたった五、六キロメートルだった。

森《もり》の中《なか》を、人間《にんげん》が歩《ある》いた様子《ようす》はまったくない。でも、獣道《けものみち》はところどころにあって、ときどき動物《どうぶつ》が通《とお》りすぎる気配《けはい》を感《かん》じた。ツグミやガン、シギダチョウなど、鳥《とり》もたくさん見《み》かけた。もし、このあたりに住《す》まいを移《うつ》すとしても、狩《か》りの獲物《えもの》にこまることはなさそうだ。

午後《ごご》二時《じ》をまわったころ、探検隊《たんけんたい》は一本《ぽん》の小川《おがわ》のそばで、二度目《どめ》の休《きゅう》けいをとった。すきとおった川《かわ》の水《みず》が、川床《かわどこ》の黒《くろ》い岩《いわ》の上《うえ》を流《なが》れている。川《かわ》の中《なか》には大《おお》きな石《いし》がごろごろと転《ころ》がっていて、それを伝《つた》っていけば、向《む》こう岸《ぎし》まで足《あし》をぬらさずに渡《わた》れそうだった。

しばらく川《かわ》をながめていた四人《にん》は、あることに気《き》づいた。川床《かわどこ》に転《ころ》がった石《いし》が、まるで測《はか》ったように、同《おな》じ間隔《かんかく》でならんでいるのだ。

「なんかへんだな」

ドニファンがつぶやいた。

「うん。だれかが向《む》こう岸《ぎし》に渡《わた》るために、飛《と》び石《いし》を置《お》いたみたいに見《み》えるよね」

ブリアンが言《い》う。でも、人間《にんげん》の存在《そんざい》を示《しめ》すものは、他《ほか》に何《なに》も見当《みあ》たらない。

「やっぱり偶然《ぐうぜん》なのかな」

四人《にん》は飛《と》び石《いし》を渡《わた》って向《む》こう岸《ぎし》に移《うつ》ると、川《かわ》に沿《そ》って歩《ある》きはじめた。ところが、とちゅうで北《きた》の方角《ほうがく》に進《すす》んでいることに気《き》づいた。そこで川岸《かわぎし》をはなれ、東《ひがし》に向《む》かって森《もり》をつっきることにした。

うっそうと茂《しげ》る草木《くさき》が、少年《しょうねん》たちの行《ゆ》く手《て》をはばんだ。自分《じぶん》の背《せ》よりも高《たか》い茂《しげ》みをかきわけながら、四人《にん》ははぐれないよう、互《たが》いに名前《なまえ》を呼《よ》びあいながら歩《ある》いた。

夜《よる》の七時半《じはん》を過《す》ぎても、まだ森《もり》の中《なか》だ。だんだん夕闇《ゆうやみ》が濃《こ》くなってきた。今日《きょう》はこれ以上《いじょう》、進《すす》めそうにない。四人《にん》はその場《ば》で野宿《のじゅく》することに決《き》めた。獣《けもの》を近《ちか》づけないためには、火《ひ》を焚《た》くのが一番《いちばん》なのだが、この土地《とち》に原住民《げんじゅうみん》が住《す》んでいる場合《ばあい》のことを考《かんが》えて、やめておいた。見《み》つかる危《き》険《けん》があるからだ。

夕食《ゆうしょく》をとった後《あと》、四人《にん》はカバの木《き》の下《した》で寝《ね》ようとした。と、そのときサービスが、近《ちか》くで背《せ》の高《たか》い茂《しげ》みを見《み》つけた。暗《くら》くてぼんやりとしか見《み》えないけれど、茂《しげ》みの真《ま》ん中《なか》からは木《き》が突《つ》きでていて、地面《じめん》まで伸《の》びた枝《えだ》の下《した》に、枯《か》れ葉《は》が積《つ》もっている。四人《にん》は毛布《もうふ》にくるまると、枯《か》れ葉《は》のベッドに体《からだ》を横《よこ》たえ、あっという間《ま》に眠《ねむ》りこんでしまった。

翌朝《よくあさ》の七時頃《じごろ》、ぼんやり差《さ》しこむ朝日《あさひ》の下《した》で、四人《にん》は目《め》を覚《さ》ました。

一番先《いちばんさき》に茂《しげ》みを出《で》たサービスが、不意《ふい》に大声《おおごえ》を上《あ》げた。

「ブリアン、ドニファン、ウィルコックス！　こっちに来《き》てみなよ。早《はや》く！」

「どうしたの？」とブリアン。

「びっくりしたなあ、もう。サービスはいつも、声《こえ》がデカいんだよ……」

ウィルコックスがぼやく。

「いいから早《はや》く！　自分《じぶん》たちがいる場所《ばしょ》を、外《そと》から見《み》てみなって！」

サービスに急《せ》かされ、三人《にん》が寝床《ねどこ》から起《お》きでてみると、それは茂《しげ》みではなかった。木《こ》の葉《は》と小枝《こえだ》を組《く》み合《あ》わせてできた、小屋《こや》だったのだ。くずれかけた屋根《やね》や壁《かべ》がかろうじて残《のこ》っているところを見《み》ると、小屋《こや》はかなり古《ふる》いものにちがいなかった。

「だれかが住《す》んでるってことか？」

ドニファンが、あたりをすばやく見《み》まわす。

「今《いま》はどうか分《わ》からないけど、むかしは住《す》んでたみたいだね」と、ブリアン。

「あの川《かわ》に飛《と》び石《いし》がならんでた理由《りゆう》も、これで説明《せつめい》がついたな」

ウィルコックスがつぶやく。

「ぼくたちを泊《と》めるためにこんな小屋《こや》を建《た》てておいてくれたなんて、親切《しんせつ》な人《ひと》だなあ」

サービスが冗談《じょうだん》を言《い》った。

ここが南米大陸《なんべいたいりく》のどこかなら、小屋《こや》を建《た》てたのはおそらく南米《なんべい》の先住民《せんじゅうみん》だろう。オセアニア諸《しょ》島《とう》のどこかなら、ポリネシア人《じん》。もし乱暴《らんぼう》な人種《じんしゅ》だったとしたら……危険《きけん》なんてものじゃない。

少年《しょうねん》たちは、さっそく小屋《こや》を調《しら》べにかかった。地面《じめん》に敷《し》かれた枯《か》れ葉《は》をひっくり返《かえ》し、すみずみまで探《さが》す。すると、土器《どき》のかけらが見《み》つかった。これで、ここに人《ひと》が住《す》んでいたことは、まちがいない。が、それ以上《いじょう》の手《て》がかりは出《で》てこなかったので、四人《にん》は出発《しゅっぱつ》することにした。

少年《しょうねん》たちは方位磁石《ほういじしゃく》を手《て》に、東《ひがし》へ向《む》かった。ゆるやかな坂道《さかみち》を二時間《じかん》ほど、手斧《ておの》で道《みち》を切《き》り開《ひら》きながら下《お》りていく。

午前十時前《ごぜんじまえ》。果《は》てしなく続《つづ》く緑《みどり》のカーテンの向《む》こうに、草原《そうげん》が現《あらわ》れた。ジャコウソウやヒースがあちこちに生《は》えた原野《げんや》だ。一キロメートルほど行《い》くと、景色《けしき》は砂浜《すなはま》に変《か》わった。砂浜《すなはま》には、ブリアンが北《きた》の岬《みさき》から見《み》たあの海《うみ》が、静《しず》かに打《う》ちよせている。

ドニファンはだまっていた。ブリアンが正《ただ》しかったことを認《みと》めるのが、くやしかったのだ。でもブリアンの方《ほう》は、いっさい責《せ》めたりせずに、望遠鏡《ぼうえんきょう》をのぞきこんでいた。

これではっきりした。ここは大陸《たいりく》ではなく、島《しま》なのだ。この土地《とち》から脱出《だっしゅつ》する望《のぞ》みは絶《た》たれた。あとはもう、外《そと》からの助《たす》けを待《ま》つしかない。

砂浜《すなはま》にたどりついたところで、四人《にん》は昼食《ちゅうしょく》をとった。みんな暗《くら》い顔《かお》をして、ほとんど口《くち》をきかなかった。

ようやくドニファンが、荷物《にもつ》を拾《ひろ》いあげて言《い》った。

「行《い》くか」

最後《さいご》にちらりと東《ひがし》の海《うみ》をながめてから、四人《にん》は来《き》た道《みち》を引《ひ》きかえしはじめた。ところがそのとき、犬《いぬ》のファンが海《うみ》の方《ほう》へ駆《か》けだした。

「ファン！　そっちじゃないよ。もどっておいで！」

サービスが呼《よ》んでも、ファンは砂《すな》の匂《にお》いをクンクン嗅《か》ぎながら走《はし》りつづけた。そして、静《しず》かに打《う》ちよせる波《なみ》に飛《と》びこむと、水《みず》を飲《の》みはじめた。

「おい、ファンが水《みず》を飲《の》んでるぞ！」

ドニファンは大声《おおごえ》を上《あ》げると、砂浜《すなはま》をつっきり、ファンのもとに急《いそ》いだ。波《なみ》うちぎわの水《みず》を両《りょう》手《て》ですくって、口《くち》まで持《も》っていく。

真水《まみず》だ！

これは海《うみ》ではない。湖《みずうみ》なのだ！

8　人《ひと》が暮《く》らしていた形跡《けいせき》

島《しま》か大陸《たいりく》か。問題《もんだい》は、またしても振《ふ》りだしにもどってしまった。はっきりしているのは、目《め》の前《まえ》に広《ひろ》がる湖《みずうみ》が、向《む》こう岸《ぎし》が見《み》えないほど広大《こうだい》だということだ。

「これだけ大《おお》きな湖《みずうみ》があるってことは、ここは南米大陸《なんべいたいりく》のどこかなのかもしれないね」

ブリアンが言《い》うと、ドニファンは満足気《まんぞくげ》に言《い》った。

「最初《さいしょ》からそう思《おも》ってたんだ。やっぱりおれが正《ただ》しかったな」

ドニファンが言《い》うとおり、ここが大陸《たいりく》だとしても、今《いま》すぐ東《ひがし》へ移動《いどう》するわけにはいかない。これから冬《ふゆ》が来《く》るからだ。移動《いどう》するには、春《はる》を待《ま》たなければ。

となると、冬《ふゆ》を越《こ》すためのねぐらを見《み》つける必要《ひつよう》がある。四人《にん》はスルーギ号《ごう》に帰《かえ》る前《まえ》に、湖《みずうみ》の近《ちか》くにいい場所《ばしょ》がないか、探《さが》すことにした。このあたりには人《ひと》が住《す》んでいたようだから、それについてももっと調《しら》べることになった。

さっそく四人《にん》は、湖《みずうみ》に沿《そ》って南《みなみ》に向《む》かいはじめた。一日《にち》のうちに十五キロメートルほど歩《ある》いたが、人《ひと》の存在《そんざい》を示《しめ》すようなものはいっさい見当《みあ》たらなかった。湖《みずうみ》には船一《ふねいっ》そう浮《う》かんでいないし、森《もり》には煙一筋《けむりひとすじ》見《み》えない。

夜《よる》の七時《じ》、一行《いっこう》は足《あし》を止《と》めた。行《ゆ》く手《て》に湖《みずうみ》から流《なが》れだす川《かわ》が横《よこ》たわり、泳《およ》がなければ向《む》こう岸《ぎし》に渡《わた》れなかったからだ。

星空《ほしぞら》の下《した》、湖《みずうみ》も岸辺《きしべ》も、ひっそりと静《しず》まりかえっている。少年《しょうねん》たちは歩《ある》きつかれて、もうへとへとだった。夕食《ゆうしょく》を済《す》ませると、ブナの木《き》の根元《ねもと》に横《よこ》になり、ぐっすり眠《ねむ》った。

あくる日《ひ》の朝《あさ》、目《め》を覚《さ》ました四人《にん》は、あたりを見《み》まわしてはっとした。

「きのう、この川《かわ》を渡《わた》らなくてよかったな。泥沼《どろぬま》にはまって、抜《ぬ》けだせなくなるところだったぜ」

ウィルコックスがつぶやく。

「ほんとだ。川向《かわむ》こうには、沼地《ぬまち》が広《ひろ》がっているみたいだね」と、ブリアン。

後《うし》ろを振《ふ》りかえると、五、六メートルほどはなれたところに、切《き》り立《た》った岩壁《がんぺき》がそびえていた。岩壁《がんぺき》は直角《ちょっかく》にカーブしていて、南側《みなみがわ》は川《かわ》に、東側《ひがしがわ》は湖《みずうみ》に面《めん》している。

四人《にん》が崖《がけ》に向《む》かって歩《ある》きだすと、ふいにウィルコックスが声《こえ》を上《あ》げた。

「おい。あれを見《み》ろ！」

ウィルコックスの目《め》は、低《ひく》く積《つ》みかさねられた石《いし》に注《そそ》がれていた。

積《つ》み石《いし》のそばには、苔《こけ》むして半分腐《はんぶんくさ》りかけた木《き》の板《いた》が、何枚《なんまい》か横《よこ》たわっている。形《かたち》を見《み》るかぎり、どうやらボートの一部《いちぶ》のようだ。サビついた鉄《てつ》の輪《わ》もついていた。

四人《にん》はその場《ば》に立《た》ちつくし、あたりを見《み》まわした。石《いし》を積《つ》んでボートのための船着《ふなつ》き場《ば》を作《つく》っただれかが、今《いま》にもこの場《ば》に姿《すがた》を現《あらわ》すんじゃないか——そんな気《き》がしたのだ。

でも、だれの姿《すがた》も見《み》えはしなかった。船着《ふなつ》き場《ば》は、ずっと昔《むかし》にうち捨《す》てられたものなのだ。

ふいに、犬《いぬ》のファンが耳《みみ》をピンと立《た》て、地面《じめん》をクンクンかぎだした。

「ファンが何《なに》かをかぎつけたらしいぞ！」

草木《くさき》が生《お》いしげる岸《きし》の方《ほう》へ駆《か》けだしたファンを、四人《にん》が追《お》いかける。ファンは一本《ぽん》のブナの木《き》の前《まえ》で立《た》ちどまった。木《き》の幹《みき》には、こんな文字《もじ》が刻《きざ》まれていた。

F・B　一八〇七

四人《にん》はおどろいて、木《き》に刻《きざ》まれた文字《もじ》をしばらくの間見《あいだみ》つめていた。と、ファンがまたもや走《はし》りだし、岩壁《がんぺき》の角《かど》を曲《ま》がって見《み》えなくなってしまった。

「ファン！　もどってこい！」

ブリアンが呼《よ》んでも、ファンはもどってこない。激《はげ》しく吠《ほ》える声《こえ》が聞《き》こえた。

ひょっとしたら、だれかが近《ちか》くにひそんでいるのかもしれない。もしもそれが、よそ者《もの》を歓迎《かんげい》しない原住民《げんじゅうみん》だとしたら……。

四人《にん》は拳銃《けんじゅう》を手《て》に、崖《がけ》の角《かど》を曲《ま》がり、川岸《かわぎし》に沿《そ》って歩《ある》いた。二十歩《ぽ》もいかないうちにドニファンがしゃがみこみ、地面《じめん》から何《なに》かを拾《ひろ》いあげる。

それはつるはしだった。柄《え》が半分腐《はんぶんくさ》ってはいるけれど、しっかりしたつくりで、もともと上質《じょうしつ》の品《しな》だったことが分《わ》かる。多分《たぶん》、アメリカかヨーロッパで作《つく》られたものだろう。

岩壁《がんぺき》に目《め》をやると、ふもとに土地《とち》を耕《たがや》した跡《あと》があった。畑《はたけ》だ。

とつぜん、ファンが興奮《こうふん》して吠《ほ》えながら、四人《にん》のもとにもどってきた。ファンは辺《あた》りをぐるぐる回《まわ》りながら、少年《しょうねん》たちを見上《みあ》げてなにか言《い》いたげにしている。

それからファンは、少《すこ》し離《はな》れた岩壁《がんぺき》の前《まえ》まで行《い》って立《た》ちどまった。崖《がけ》は、木《き》の枝《えだ》がからみあった茂《しげ》みでおおわれている。

「動物《どうぶつ》の死体《したい》か何《なに》かを見《み》つけたのかな……」

ブリアンが茂《しげ》みの枝《えだ》をはらいのけると、岩壁《がんぺき》に穴《あな》が開《あ》いていることに気《き》づいた。

「洞穴《ほらあな》だ！」

ブリアンが思《おも》わず声《こえ》を上《あ》げる。

「中《なか》はどうなってるんだ？」と、ドニファン。

「調《しら》べてみよう」

ブリアンは斧《おの》をふるって、洞穴《ほらあな》をふさいでいる小枝《こえだ》を切《き》りおとした。耳《みみ》を澄《す》まして、中《なか》の様子《ようす》をうかがう。何《なに》も聞《き》こえない。

ブリアンは、そばにあった枯《か》れ草《くさ》に火《ひ》をつけ、穴《あな》の入《い》り口《ぐち》から放《ほう》りこんだ。枯《か》れ草《くさ》は洞穴《ほらあな》の床《ゆか》に落《お》ち、パチパチと勢《いきお》いよく燃《も》えた。中《なか》に酸素《さんそ》があるという証拠《しょうこ》だ。

「入《はい》ってみようぜ」

ウィルコックスとドニファンが言《い》う。

「ちょっと待《ま》ってて。明《あ》かりを持《も》ってくるから」

ブリアンは言《い》って、川岸《かわぎし》に生《は》えているマツの枝《えだ》を切《き》りおとし、火《ひ》をつけた。マツヤニを含《ふく》んだ枝《えだ》が、パチパチと音《おと》を立《た》てて燃《も》える。ブリアンはたいまつを手《て》に、先頭《せんとう》に立《た》って洞穴《ほらあな》に足《あし》を踏《ふ》みいれた。

洞穴《ほらあな》の入《い》り口《ぐち》はせまく、高《たか》さが一メートル五十センチ、幅《はば》は六十五センチほどだった。でも、奥《おく》に進《すす》むにつれて広《ひろ》くなり、高《たか》さも幅《はば》も約《やく》二倍《ばい》になった。地面《じめん》は細《こま》かい砂《すな》でおおわれている。

ガタッ！

ウィルコックスが、木《き》の椅子《いす》につまずいた。椅子《いす》のそばにはテーブルがあり、その上《うえ》には土器《どき》、貝《かい》がら、さびて刃《は》が欠《か》けたナイフ、釣《つ》り針《ばり》、ブリキのコップなどが置《お》いてあった。洞穴《ほらあな》の壁《かべ》ぎわには、木材《もくざい》で作《つく》ったチェストがあり、中《なか》にはぼろぼろの洋服《ようふく》が入《はい》っていた。

この洞穴《ほらあな》に人《ひと》が住《す》んでいたことは、まちがいない。でも、いったいいつ、だれが住《す》んでいたのだろう？

洞穴《ほらあな》の奥《おく》には古《ふる》いベッドがあり、ぼろぼろの毛布《もうふ》が掛《か》けてあった。ベッドわきのナイトテーブルには、コップと木《き》の燭台《しょくだい》が載《の》っている。

（もしかして、ベッドには死体《したい》が……？）

ブリアンの頭《あたま》に、ぞっとするような考《かんが》えがよぎった。勇気《ゆうき》をふりしぼり、ベッドに近《ちか》づく。中《なか》は空《から》っぽだ。

少年《しょうねん》たちは洞穴《ほらあな》の外《そと》に出《で》た。入《い》り口《ぐち》で四人《にん》を待《ま》っていたファンが、まだなにか言《い》いたげにワンワン吠《ほ》えている。みんなが後《あと》をついて川岸《かわぎし》に向《む》かって歩《ある》くと、二十歩《ぽ》ほど先《さき》で、ファンが足《あし》を止《と》めた。と、つぎの瞬間《しゅんかん》、四人《にん》は恐怖《きょうふ》で身《み》を凍《こお》りつかせた。

ブナの木《き》の前《まえ》に、がい骨《こつ》が横《よこ》たわっている！

洞穴《ほらあな》で暮《く》らしていた人物《じんぶつ》は、この場所《ばしょ》で死《し》んだのだ。

9　フランス人《じん》の洞穴《ほらあな》

四人《にん》はしばらくの間《あいだ》、だまって立《た》ちつくしていた。

目《め》の前《まえ》のがい骨《こつ》は、生《い》きているとき、いったいどんな人間《にんげん》だったのだろう？　少年《しょうねん》たちと同《おな》じように、船《ふね》が遭難《そうなん》したのだろうか？　だとしたら、どの国《くに》の人《ひと》で、歳《とし》はいくつだったのだろう？　一人《ひとり》ぼっちだったのか、それとも他《ほか》に仲間《なかま》がいたのか……。疑問《ぎもん》はつぎつぎ浮《う》かんでくる。

一つだけ確《たし》かなのは、この気《き》の毒《どく》な人物《じんぶつ》が、病気《びょうき》のせいか、歳《とし》のせいかは分《わ》からないけれど、洞穴《ほらあな》にもどる前《まえ》に力《ちから》つき、ブナの木《き》の下《もと》で死《し》んだということだ。そこまで弱《よわ》っていたなら、どうして助《たす》けを求《もと》めたり、別《べつ》の場所《ばしょ》に移動《いどう》したりしなかったのだろう？

四人《にん》は、洞穴《ほらあな》の中《なか》をもう一度《いちど》よく調《しら》べてみることにした。死《し》んだ人《ひと》の身元《みもと》が分《わ》かるようなものが、見《み》つかるかもしれないからだ。それに、洞穴《ほらあな》が冬《ふゆ》の間《あいだ》の住《す》み家《か》として使《つか》えるかどうかも、調《しら》べておきたかった。

洞穴《ほらあな》にもどった四人《にん》は、壁《かべ》に取《と》りつけられた棚《たな》に、ろうそくが束《たば》にして置《お》いてあるのを見《み》つけた。麻糸《あさいと》を油《あぶら》でかためた、手作《てづく》りのものだ。サービスがさっそく一本《ぽん》とって火《ひ》をともし、燭台《しょくだい》に立《た》てた。

洞穴《ほらあな》の広《ひろ》さを測《はか》ったところ、幅《はば》六メートル、奥行《おくゆ》きが十メートルくらいあった。出入《でい》り口《ぐち》は一つしかないので、中《なか》は暗《くら》いが、壁《かべ》にいくつか穴《あな》を開《あ》けて窓《まど》を作《つく》れば、明《あか》るくなるだろう。

この広《ひろ》さの部屋《へや》に十五人《にん》が暮《く》らすとなると、かなりきゅうくつなのはまちがいない。でもそれも、冬《ふゆ》を越《こ》すまでのがまんだ。もし、もっと長《なが》いあいだ暮《く》らすことになったら、洞穴《ほらあな》を掘《ほ》りひろげることを考《かんが》えてもいい。

洞穴《ほらあな》の中《なか》に残《のこ》されていたものは、びっくりするほど少《すく》なかった。刃《は》が欠《か》けた二本《ほん》のナイフ、方位磁石《ほういじしゃく》、やかんの他《ほか》、船《ふね》で使《つか》う道具《どうぐ》がいくつかあるだけだ。望遠鏡《ぼうえんきょう》や羅針盤《らしんばん》もなければ、銃《じゅう》も見当《みあ》たらない。ここに住《す》んでいた人《ひと》に比《くら》べれば、スルーギ号《ごう》の少年《しょうねん》たちは、船《ふね》に積《つ》まれていた蓄《たくわ》えがある分《ぶん》、ずっとめぐまれている。

ウィルコックスが、ひもでつながれた二つの丸《まる》い石《いし》を見《み》つけ、手《て》に取《と》った。

「なんだこれ？　なんかのゲームに使《つか》うのかな」

「ああ、それは南米《なんべい》の人々《ひとびと》が使《つか》う、《ボーラ》っていう狩《か》りの道具《どうぐ》だよ。動物《どうぶつ》の足《あし》に引《ひ》っかけて、生《い》けどりにするんだ」

ブリアンが言《い》う。

同《おな》じような狩猟道具《しゅりょうどうぐ》で、長《なが》い革《かわ》ひもで作《つく》った《ラゾ》も見《み》つかった。どちらも洞穴《ほらあな》の住人《じゅうにん》が、自分《じぶん》で作《つく》ったもののようだ。

ベッド脇《わき》には、懐中時計《かいちゅうどけい》が置《お》いてあった。銀製《ぎんせい》の高級品《こうきゅうひん》だ。ふたの内《うち》がわには、時計《とけい》メーカーと製造地《せいぞうち》の名前《なまえ》が刻《きざ》まれている。

デルプーシュ　サン・マロ

ブリアンは思《おも》わず声《こえ》を上《あ》げた。

「サン・マロ……フランスの港町《みなとまち》の名前《なまえ》だ。あの人《ひと》は、ぼくと同《おな》じフランス人《じん》だったんだ！」

その後《あと》、もう一つの手《て》がかりが見《み》つかった。ベッドの下《した》にノートが落《お》ちていたのだ。字《じ》は色《いろ》あせていて、ほとんど読《よ》めなかったが、《フランソワ・ボードワン》という名前《なまえ》は読《よ》みとれた。ブナの木《き》に刻《きざ》まれていた《F・B》という文字《もじ》は、そのイニシャルだろう。《デュゲ・トゥルアン号《ごう》》という船《ふね》の名前《なまえ》と、一八〇七という数字《すうじ》も書《か》いてある。どうやらこれは、一八〇七年《ねん》に遭難《そうなん》した《デュゲ・トゥルアン号《ごう》》に乗《の》っていた、ボードワンという人物《じんぶつ》の日記《にっき》のようだ。

五十三年前《ねんまえ》にこの土地《とち》に流《なが》れついたボードワンは、だれにも助《たす》けられないまま、一人《ひとり》で死《し》んでいった――ということなのだろう。

ドニファンが、日記《にっき》の中《なか》に一枚《まい》の紙《かみ》がはさまっているのを見《み》つけた。

「地図《ちず》だ！」

「ボードワンが描《か》いたんだね、きっと」

と、ブリアン。

「こんなにちゃんとした地図《ちず》が描《か》けるってことは、ただの船乗《ふなの》りじゃないな。高《たか》い教育《きょういく》を受《う》けた航海士《こうかいし》だったはずだ」

ウィルコックスが分析《ぶんせき》する。

その地図《ちず》が、この土地《とち》を描《か》いたものだということは、一目見《ひとめみ》れば分《わ》かった。スルーギ湾《わん》（スルーギ号《ごう》が漂着《ひょうちゃく》した湾《わん》のことを、少年《しょうねん》たちはこう呼《よ》んでいた）、岩礁地帯《がんしょうちたい》、きのう見《み》つけた湖《みずうみ》、川沿《かわぞ》いにそびえる岩壁《がんぺき》、西《にし》の沖《おき》に見《み》えた三つの

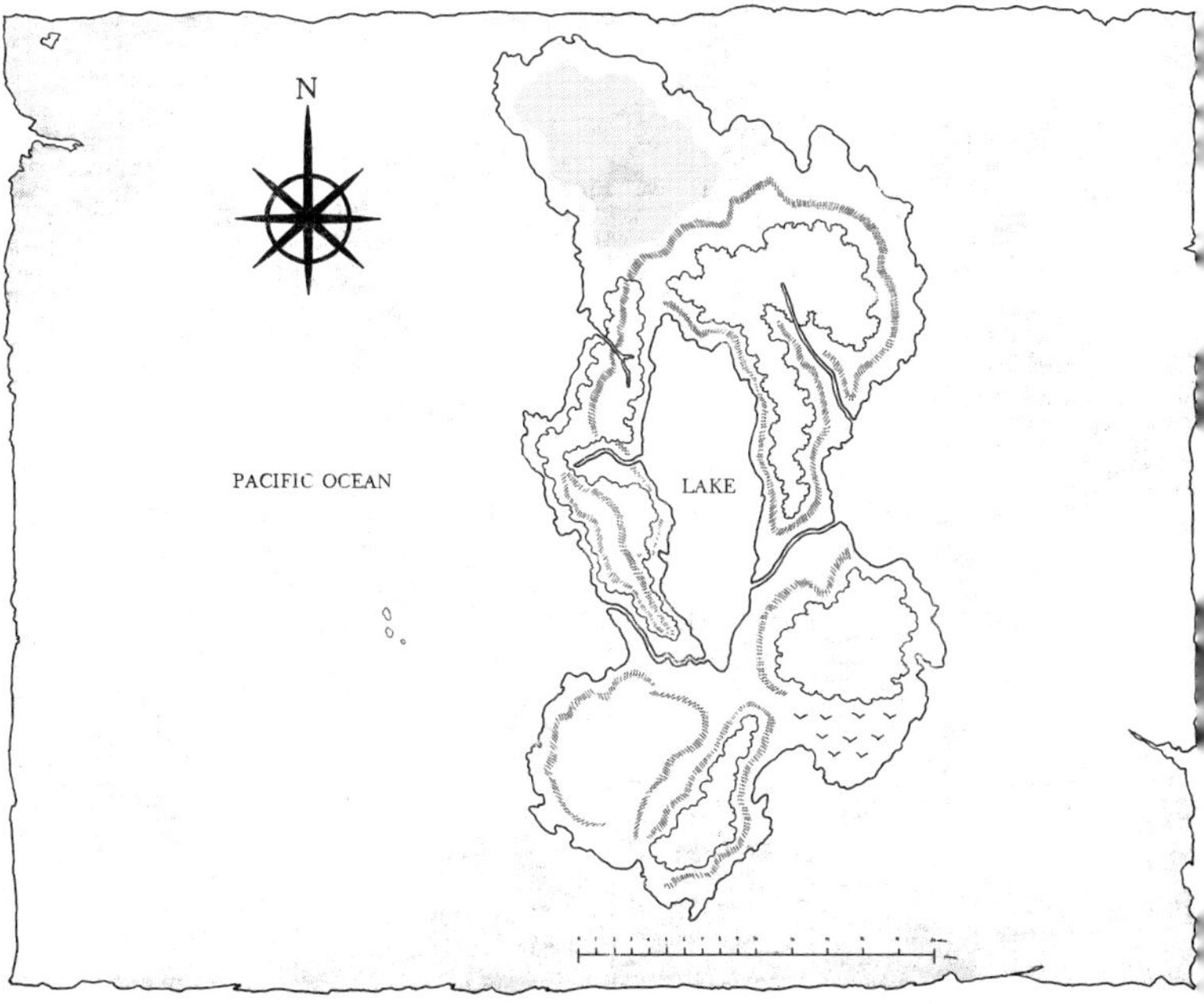

小島《こじま》、内陸《ないりく》に広《ひろ》がる森林地帯《しんりんちたい》——なにもかもがきっちり描《か》きこんである。

地図《ちず》を見《み》ると、湖《みずうみ》の東側《ひがしがわ》も、海岸線《かいがんせん》ぎりぎりまで森《もり》が続《つづ》いていた。北《きた》と南《みなみ》も、やっぱり海岸《かいがん》だ。ブリアンの予想《よそう》は当《あ》たっていた。この土地《とち》は、四方《しほう》を海《うみ》に囲《かこ》まれた島《しま》なのだ。だからボードワンは、脱出《だっしゅつ》できずにここで死《し》んだのだ。

地図《ちず》はかなり正確《せいかく》に描《か》かれていた。ボードワンは島《しま》の中《なか》を歩《ある》いてまわり、かかった時間《じかん》から距離《きょり》を計算《けいさん》したようだ。島《しま》は南北《なんぼく》に八十キロ、東西《とうざい》に四十キロメートルほどの大《おお》きさで、羽《はね》を広《ひろ》げた蝶《ちょう》のような形《かたち》をしていた。内陸《ないりく》に広《ひろ》がる森《もり》の真《ま》ん中《なか》に大《おお》きな湖《みずうみ》があって、そこから数本《すうほん》の川《かわ》が流《なが》れでていた。そのうちの一つは、スルーギ湾《わん》に通《つう》じる、少年《しょうねん》たちにおなじみの川《かわ》だった。

これだけ詳《くわ》しい地図《ちず》にも、この島《しま》が太平洋《たいへいよう》のどのあたりにあるのかまでは、記《しる》されていなかった。だがどちらにしろ、この土地《とち》から出《で》られないことだけは、はっきりしていた。冬《ふゆ》の突風《とっぷう》が吹《ふ》きつけ、スルーギ号《ごう》がばらばらに壊《こわ》れてしまう前《まえ》に、この洞穴《ほらあな》に引《ひ》っ越《こ》さないといけない。

そうと決《き》まったら、早《はや》いところスルーギ号《ごう》にもどるのが先決《せんけつ》だ。探検《たんけん》に出《で》てから、すでに三日《みっか》目《め》。ゴードンは今《いま》ごろ、心配《しんぱい》でやきもきしていることだろう。

四人《にん》は、帰《かえ》りのルートについて話《はな》しあった。ボードワンの地図《ちず》によると、岩壁《がんぺき》をよじ登《のぼ》らなくても、西《にし》へ流《なが》れる川《かわ》に沿《そ》って歩《ある》けば、スルーギ湾《わん》まで出《で》られるらしい。距離《きょり》にすると十キロメートルちょっと。今日《きょう》のうちに帰《かえ》れるはずだ。

出発前《しゅっぱつまえ》、四人《にん》はボードワンの骨《ほね》が横《よこ》たわるブナの木《き》までもどった。イニシャルが刻《きざ》まれた木《き》の根元《ねもと》に穴《あな》を掘《ほ》り、がい骨《こつ》を中《なか》に埋《う》めると、十字架《じゅうじか》を立《た》ててお墓《はか》を作《つく》った。

その後《あと》、動物《どうぶつ》が入《はい》りこまないよう、洞穴《ほらあな》の入《い》り口《ぐち》を元《もと》のように木《き》の枝《えだ》でふさいでから、一行《いっこう》は川岸《かわぎし》を西《にし》に下《くだ》った。

(スルーギ湾《わん》から引《ひ》っ越《こ》しするときに、この川《かわ》は使《つか》えそうだな)

ブリアンは、歩《ある》きながら川《かわ》の様子《ようす》を観察《かんさつ》した。どうやら、水深《すいしん》も川幅《かわはば》もたっぷりありそうだ。ボートやいかだで荷物《にもつ》を運《はこ》ぶことができたら、引《ひ》っ越《こ》しはずいぶん楽《らく》になるだろう。

午後《ごご》の四時《じ》ごろ、川岸《かわぎし》がぬかるんできて、先《さき》に進《すす》めなくなった。湿地帯《しっちたい》に突入《とつにゅう》したのだ。しかたがないので、川岸《かわぎし》をはなれ、森《もり》の中《なか》をつっきることにした。

方位磁石《ほういじしゃく》を手《て》に、まっすぐスルーギ湾《わん》をめざしたのだが、うっそうと茂《しげ》る草木《くさき》に行《ゆ》く手《て》をじゃまされて、なかなか先《さき》へ進《すす》めない。がむしゃらに三キロメートルほど、森《もり》に分《わ》け入《い》って歩《ある》いたが、気《き》づいたら、今《いま》いる場所《ばしょ》が分《わ》からなくなっていた。ブリアンは地図《ちず》を確《たし》かめ、言《い》った。

「このまま西《にし》に進《すす》めば、スルーギ湾《わん》に出《で》るはずだよ」

と、ドニファンが口《くち》をとがらせて言《い》った。

「その地図《ちず》、まちがってるんじゃないか？」

ドニファンときたら、ここが島《しま》だと認《みと》めるのがくやしくて、ボードワンの地図《ちず》がまちがっていることにしたいのだ。でも、けんかはしたくないので、ブリアンは何《なに》も言《い》わず、歩《ある》きだした。

夜《よる》の八時《じ》を過《す》ぎ、森《もり》の中《なか》は真《ま》っ暗《くら》だ。それでも、四人《にん》は歩《ある》きつづけた。どこまで行《い》っても森《もり》は続《つづ》く。自分《じぶん》たちが今《いま》どのあたりを歩《ある》いているのか、見当《けんとう》もつかなかった。

そんなある時《とき》、ふいに、木々《きぎ》の間《あいだ》からまぶしい光《ひかり》が立《た》ちのぼるのが見《み》えた。

「何《なに》？　今《いま》の」

サービスが首《くび》をかしげる。

「流《なが》れ星《ぼし》……じゃないよな」と、ウィルコックス。

「花火《はなび》だよ！　スルーギ号《ごう》から打《う》ちあげられたんだ」

ブリアンが言《い》った。四人《にん》が道《みち》に迷《まよ》ったんじゃないかと心配《しんぱい》したゴードンが、帰《かえ》る方向《ほうこう》を知《し》らせるために打《う》ちあげたのだろう。ドニファンは空《そら》に向《む》かって銃《じゅう》を撃《う》ち、ゴードンに返事《へんじ》を送《おく》った。

夜空《よぞら》に二発目《はつめ》の花火《はなび》が上《あ》がった。四人《にん》は、花火《はなび》の見《み》えた方角《ほうがく》を目指《めざ》し、森《もり》の中《なか》を急《いそ》いだ。そして四十五分後《ふんご》、ぶじにスルーギ号《ごう》にたどり着《つ》いたのだった。

10　大《おお》いかだで川上《かわのぼ》り

ブリアンたちは、今《いま》か今《いま》かと帰《かえ》りを待《ま》っていた仲間《なかま》たちから、もみくちゃにされんばかりの大歓迎《だいかんげい》を受《う》けた。でも、一日中歩《いちにちじゅうある》きづめで疲《つか》れきっていたので、報告《ほうこく》はつぎの日《ひ》にすることにして、ベッドに引《ひ》きあげた。

翌朝《よくあさ》、四人《にん》は上級生《じょうきゅうせい》と相談役《そうだんやく》のモコを集《あつ》めて、探検《たんけん》の報告《ほうこく》をした。東《ひがし》に見《み》えた水平線《すいへいせん》は海《うみ》ではなく、大《おお》きな湖《みずうみ》だったこと。ずっと昔《むかし》、五十年《ねん》ほど前《まえ》に海《うみ》で遭難《そうなん》し、この土地《とち》に流《なが》れついた人《ひと》が住《す》んでいた洞穴《ほらあな》を見《み》つけたこと。その人《ひと》が残《のこ》した地図《ちず》で、この土地《とち》が島《しま》だと分《わ》かったこと——

少年《しょうねん》たちは、胸《むね》をしめつけられる思《おも》いで地図《ちず》を見《み》つめた。ただ一人《ひとり》、前向《まえむ》きなのはゴードンだけだった。ゴードンには、後見人《こうけんにん》の他《ほか》に、ニュージーランドで待《ま》つ人《ひと》がいない。だからこの土地《とち》で仲間《なかま》たちと生《い》きていこうと、決心《けっしん》したのだ。ゴードンは言《い》った。

「みんなで力《ちから》を合《あ》わせれば、なんとか暮《く》らしていけるさ」

「そうだね。とにかく今《いま》は、早《はや》いところ川《かわ》のほとりの洞穴《ほらあな》に引《ひ》っ越《こ》すことにしよう」

ブリアンが提案《ていあん》する。

「洞穴《ほらあな》の広《ひろ》さは、どれくらいなの？」

バクスターが聞《き》くと、ドニファンが答《こた》えた。

「十五人《にん》が暮《く》らすには、かなりせまい。でも、洞穴《ほらあな》を掘《ほ》りひろげることもできると思《おも》う」

スルーギ号《ごう》は風雨《ふうう》にさらされ、もうぼろぼろだった。すきま風《かぜ》が通《とお》りぬけ、雨《あま》もりもひどく、船体《せんたい》もますます傾《かたむ》いてきている。ブリアンの言《い》うとおり、一刻《いっこく》も早《はや》く住《す》まいを移《うつ》した方《ほう》がよさそうだ。

とは言《い》っても、引《ひ》っ越《こ》し作業《さぎょう》はそうかんたんではない。荷物《にもつ》を移動《いどう》するだけでなく、スルーギ号《ごう》を取《と》りこわさないといけないからだ。船《ふね》をていねいに分解《ぶんかい》して、保存《ほぞん》しておけば、後《あと》で何《なに》かを作《つく》るときに、色々役《いろいろやく》にたつはずだ。

少年《しょうねん》たちは、川岸《かわぎし》にキャンプを張《は》ることにした。三本《ぼん》のブナの木《き》を柱《はしら》にして、てっぺんから船《ふね》の帆《ほ》をかけ、ロープで固定《こてい》してテントをつくる。テントの中《なか》には、食料《しょくりょう》や生活用品《せいかつようひん》を運《はこ》びこんだ。

テントづくりと荷物《にもつ》の移動《いどう》が終《お》わったら、いよいよ船《ふね》の解体作業《かいたいさぎょう》だ。ペンチや金《かな》づちでもって、船体《せんたい》の外板《がいはん》をはがしていく。これが大変《たいへん》な仕事《しごと》で、なかなかはかどらなかった。ところがある日《ひ》、たまたま吹《ふ》き荒《あ》れた強風《きょうふう》が、作業《さぎょう》を省《はぶ》いてくれた。何《なに》もしなくても、風《かぜ》が船《ふね》を取《と》りこわしてくれたのだ。

四月《がつ》も下旬《げじゅん》に入《はい》ると、ぐっと寒《さむ》くなってきた。朝《あさ》のうちは、気温《きおん》が零度《れいど》まで下《さ》がる。少年《しょうねん》たちは体《からだ》を壊《こわ》さないよう、セーターや上着《うわぎ》をしっかり着《き》こんだ。下級生《かきゅうせい》たちの体調《たいちょう》には、ブリアンが気《き》を配《くば》り、風邪《かぜ》気味《ぎみ》の子《こ》がいると、大事《だいじ》をとって一日中《いちにちじゅう》火《ひ》をたき、そばに寝《ね》かせた。モコも、救急箱《きゅうきゅうばこ》の中《なか》の薬《くすり》を煎《せん》じてやった。

暴風《ぼうふう》のおかげで船《ふね》の解体《かいたい》がすんだら、つぎは残《ざん》がいをテントに運《はこ》ぶ作業《さぎょう》だ。鉄《てつ》の塊《かたまり》や大《おお》きな木材《もくざい》など、重《おも》いものはロープでしばり、力《ちから》を合《あ》わせて引《ひ》きずった。ウィンチや調理用《ちょうりよう》のかまどなど、重《おも》すぎて引《ひ》きずれないものは、工作《こうさく》の得意《とくい》なバクスターがこしらえた滑車装置《かっしゃそうち》で、持《も》ち上《あ》げて運《はこ》んだ。

すべてを川岸《かわぎし》に運《はこ》びおえると、いかだ作《づく》りが始《はじ》まった。引《ひ》っ越《こ》し荷物《にもつ》を一度《いちど》に運《はこ》べるだけの、巨大《きょだい》いかだを作《つく》るのだ。

まず、スルーギ号《ごう》の梁《はり》や柱《はしら》、マストといった材木《ざいもく》を組《く》んで、ロープで固定《こてい》し、縦《たて》十メートル、横《よこ》五メートルの骨組《ほねぐ》みを作《つく》る。それから船体《せんたい》の外板《がいはん》を使《つか》って、いかだの床《ゆか》を張《は》った。

床板《ゆかいた》を張《は》る作業《さぎょう》には、数日《すうじつ》かかった。その間《あいだ》に、川岸《かわぎし》や海岸線《かいがんせん》には、氷《こおり》が張《は》りはじめていた。

夜《よる》が来《く》ると、少年《しょうねん》たちは火《ひ》をたいたテントの中《なか》で、毛布《もうふ》にくるまり身《み》を寄《よ》せあって、寒《さむ》さをしのいだ。

作業中《さぎょうちゅう》のある日《ひ》、ブリアンが提案《ていあん》した。

「ここ四日以内《よっかいない》に、出発《しゅっぱつ》した方《ほう》がいいと思《おも》うんだ」

「どうしてだ？」ゴードンが聞《き》く。

「あさっては新月《しんげつ》で、その前後《ぜんご》は潮《しお》の満《み》ち引《ひ》きの差《さ》が大《おお》きくなるからだよ。水位《すいい》の差《さ》を利用《りよう》すれば、川《かわ》を楽《らく》にさかのぼれる。これだけの荷物《にもつ》を載《の》せたいかだを、自分《じぶん》たちの力《ちから》だけでこぐとなると、大変《たいへん》だからね」

「なるほど。じゃあ、おそくても三日後《みっかご》には出発《しゅっぱつ》できるように、準備《じゅんび》しよう」

さっそく、いかだへの荷積《にづ》み作業《さぎょう》が始《はじ》まった。バランスをくずさないよう、考《かんが》えながら積《つ》みこんでいく。重《おも》いものや食料《しょくりょう》は上級生《じょうきゅうせい》が、日用品《にちようひん》や道具《どうぐ》などの軽《かる》いものは、下級生《かきゅうせい》が運《はこ》んだ。さらにバクスターが、川岸《かわぎし》に二本《ほん》の柱《はしら》を立《た》ててクレーンをつくり、荷物《にもつ》を運《はこ》びやすくした。

五月五日《がついつか》の午後《ごご》、荷積《にづ》みが完了《かんりょう》した。あとは翌日《よくじつ》、満《み》ち潮《しお》を待《ま》って出発《しゅっぱつ》するだけだ。そんなとき、ゴードンがみんなに提案《ていあん》をした。

「岩壁《がんぺき》の頂上《ちょうじょう》に、旗《はた》を立《た》てないか？ 洞穴《ほらあな》に引《ひ》っ越《こ》したら、これまでとちがって海《うみ》が見《み》えないから、沖《おき》を船《ふね》が通《とお》っても助《たす》けを呼《よ》べなくなる。だから代《か》わりに岩壁《がんぺき》の上《うえ》に旗《はた》を立《た》てて、この島《しま》におれたちがいることを、船《ふね》に知《し》らせるんだ」

全員《ぜんいん》が、ゴードンの案《あん》に賛成《さんせい》した。そこでさっそく、マストを一本《ぽん》、苦労《くろう》しながらもなんとか岩壁《がんぺき》の上《うえ》まで運《はこ》び上《あ》げ、打《う》ちたてたマストの上《うえ》に、イギリス国旗《こっき》を掲《かか》げた。

つぎの日《ひ》は、明《あ》け方《がた》に起《お》きてテントをたたみ、毛布類《もうふるい》を船《ふね》に積《つ》みこんだ。いかだの上《うえ》では料理《りょうり》ができないので、モコが数日分《すうじつぶん》の食事《しょくじ》を用意《ようい》した。

一人《ひとり》ずついかだに乗《の》りこむと、上級生《じょうきゅうせい》はオールの代《か》わりに竿《さお》やマストを持《も》ち、いかだの縁《へり》にスタンバイした。九時《じ》になると、いよいよ潮《しお》が満《み》ちてきた。

「いつでも出発《しゅっぱつ》できるぞ！」

ドニファンが声《こえ》を張《は》りあげる。

「よし。じゃあ、もやい綱《づな》を解《と》いて！」

ブリアンの号令《ごうれい》とともに、ボートを後《うし》ろにつないだいかだが、ゆっくり動《うご》きだした。

「すごいなあ」

「動《うご》いたぞ！」

口々《くちぐち》に歓声《かんせい》が上《あ》がった。大型船《おおがたせん》をつくるエンジニアだって、このときの少年《しょうねん》たちが感《かん》じたほどの誇《ほこ》らしい気持《きも》ちは、味《あじ》わったことがないだろう。

出発《しゅっぱつ》して二時間《じかん》のうちに、いかだは一・五キロメートルほど進《すす》んだ。ブリアンが計算《けいさん》したところ、湖《みずうみ》からスルーギ湾《わん》の河口《かこう》までは、約《やく》十キロメートル。湖《みずうみ》に着《つ》くまでには、数回分《すうかいぶん》の満《み》ち潮《しお》に乗《の》る必要《ひつよう》がある。

午前《ごぜん》十一時《じ》になると、潮《しお》が引《ひ》きはじめ、それ以上《いじょう》はさかのぼれなくなった。いかだが下流《かりゅう》におし流《なが》されないよう、川岸《かわぎし》につなぎとめる。つぎの日《ひ》、また日中《にっちゅう》に満《み》ち潮《しお》が訪《おとず》れるまで、そこでキ

ャンプを張《は》ることになった。

ドニファンと仲間《なかま》たちは狩《か》りに出《で》かけ、ノガンやシギダチョウを何羽《なんわ》もしとめて帰《かえ》ってきた。

「フレンチ・デン（「フランス人《じん》の洞穴《ほらあな》」という意味《いみ》）に着《つ》いたら、さっそくさばいて食《た》べましょう」

モコが言《い》った。

つぎの朝《あさ》、満《み》ち潮《しお》を待《ま》って、少年《しょうねん》たちはいかだを出《だ》した。潮《しお》の流《なが》れだけが頼《たよ》りなので、一時間《じかん》に一キロメートルほどしかさかのぼれない。午後《ごご》一時《じ》ごろ、引《ひ》き潮《しお》に変《か》わったので、いかだを川《かわ》岸《ぎし》につないだ。そこはちょうど、ブリアンたちが探検《たんけん》から帰《かえ》るときに迂回《うかい》した湿地帯《しっちたい》だった。

湿地帯《しっちたい》の夜《よる》は静《しず》かで、こごえるように寒《さむ》かった。風《かぜ》が吹《ふ》きすさび、川面《かわも》にはうすく氷《こおり》が張《は》っている。少年《しょうねん》たちは防寒具《ぼうかんぐ》を着《き》こみ、帆布《はんぷ》にくるまった。あちこちで不平《ふへい》や弱音《よわね》が聞《き》こえる中《なか》、ブリアンが仲間《なかま》を元気《げんき》づけて回《まわ》った。

三度目《どめ》の満《み》ち潮《しお》に乗《の》ったいかだが、フレンチ・デン近《ちか》くの川岸《かわぎし》に着《つ》いたのは、翌日《よくじつ》の午後《ごご》三時《じ》半《はん》ごろのことだった。

11　新《あたら》しい住《す》み家《か》

「やったあ！」

下級生《かきゅうせい》たちは、大《おお》はしゃぎで岸《きし》にあがった。ドールは土手《どて》をかけまわり、アイバーソンとジェンキンスは湖《みずうみ》に向《む》かって走《はし》りだす。コスターは、まっさきにモコのそばに行《い》き、こうたずねた。

「ねえ、モコ！　今日《きょう》はおいしい夕《ゆう》ごはんを作《つく》ってくれるんでしょう？」

「ざんねんでした。今日《きょう》は夕《ゆう》ごはんぬきです。今《いま》からじゃ、夕方《ゆうがた》にまにあいませんから」

「ええっ、そんなあ！」

「でも、かわりに晩《ばん》ごはんを作《つく》ります。メニューはおいしいシギダチョウの焼《や》き肉《にく》ですよ！」

白《しろ》い歯《は》を見《み》せて、モコが冗談《じょうだん》を言《い》う。コスターは笑《わら》いながら走《はし》っていった。

ブリアンは弟《おとうと》に声《こえ》をかけた。

「ジャック。みんなといっしょに遊《あそ》ばないの？」

「うん、ぼくはいいんだ」

「少《すこ》しは体《からだ》を動《うご》かした方《ほう》がいいと思《おも》うけどな。ねえジャック、何《なに》かかくしていることがあるなら言《い》ってごらん。どこか体《からだ》の調子《ちょうし》でも悪《わる》いんじゃないか？」

「べつに。なんでもないよ」

いつもと同《おな》じ返事《へんじ》だ。いつかちゃんと話《はなし》をして、ジャックがふさぎこんでいる理由《りゆう》を聞《き》きだそう、とブリアンは思《おも》った。

いかだが川岸《かわぎし》につなぎとめられると、ブリアンは仲間《なかま》たちに手《て》まねきし、洞穴《ほらあな》に向《む》かった。入《い》り口《ぐち》にかぶせておいた枝《えだ》を取《と》りはらい、中《なか》に足《あし》を踏《ふ》みいれる。モコがカンテラで中《なか》を照《て》らすと、バクスターが思《おも》わずつぶやいた。

「うわ、せまいな……。寝《ね》るときがたいへんそうだ」

「船室《せんしつ》みたいに、ベッドを二段《だんぐ》組みにしたらどうかな」

ガーネットが提案《ていあん》すると、ウィルコックスが言《い》った。

「そんなめんどくさいことしなくても、ふつうに床《ゆか》にならべれば入《はい》るだろう」

「いや、それだとたぶん、人《ひと》が通《とお》る場所《ばしょ》がなくなるぜ」

今度《こんど》はウェッブが反対《はんたい》する。

「ちょっとくらい不便《ふべん》なのはがまんしようよ。新《あたら》しいアパートに引《ひ》っ越《こ》したわけじゃないんだからさ」とサービス。

「まあな。でも、せめて台所《だいどころ》ぐらいはないと困《こま》るよな」

クロスの言葉《ことば》に、モコが首《くび》をふる。

「台所《だいどころ》は、なくても平気《へいき》です。料理《りょうり》なら外《そと》でやりますから」

「でも、それだと天気《てんき》が悪《わる》い日《ひ》はどうするんだい？　やっぱり、かまどは洞穴《ほらあな》の中《なか》に運《はこ》び入《い》れる方《ほう》がいいと思《おも》うな」

ブリアンが意見《いけん》する。

「寝《ね》る場所《ばしょ》と台所《だいどころ》がいっしょなんて、ありえないだろ……」

ドニファンが顔《かお》をゆがめる。それを見《み》て、サービスがプッとふきだした。

「これだから、おぼっちゃんは困《こま》るよ」

ドニファンがむっとしたところで、ゴードンが間《あいだ》に入《はい》る。

「まあ、しばらくはがまんしようや。かまどがあれば、洞穴《ほらあな》の中《なか》が温《あたた》まっていいじゃないか。住《す》んでみてどうしてもせまければ、あとで洞穴《ほらあな》を掘《ほ》りひろげればいいんだし」

その後《あと》、少年《しょうねん》たちは夕方《ゆうがた》までかかって洞穴《ほらあな》の中《なか》を掃除《そうじ》し、家具《かぐ》を運《はこ》びこんだ。ベッドをならべ、大《おお》きなテーブルを真《ま》ん中《なか》に置《お》く。食器類《しょっきるい》も運《はこ》び、食卓《しょくたく》の準備《じゅんび》をした。

モコはサービスに手伝《てつだ》いをたのみ、夕食作《ゆうしょくづく》りに取《と》りかかった。崖下《がけした》に石《いし》をならべてかまどを作《つく》り、枯《か》れ枝《えだ》をたく。しばらくすると、肉《にく》と野菜《やさい》を煮《に》こんだスープの、いい匂《にお》いがしてきた。十数《じゅうすう》羽《わ》のシギダチョウは、鉄串《てつぐし》に刺《さ》され、火《ひ》の上《うえ》で焼《や》かれた。

やがて食卓《しょくたく》には、スープと鳥《とり》のロースト の他《ほか》、コンビーフ、ビスケット、チーズなど、ごちそうがずらりとならんだ。

おなかいっぱい食《た》べたら、後《あと》は寝《ね》るだけだ。でも、その前《まえ》にゴードンが言《い》った。

「今夜《こんや》のうちに、ボードワンのお墓《はか》まいりをしておこう。これから、彼《かれ》の洞穴《ほらあな》を使《つか》わせてもらうんだからね」

少年《しょうねん》たちは断崖《だんがい》にそって暗《くら》い夜道《よみち》を歩《ある》き、一本《ぽん》のブナの木《き》の根元《ねもと》に向《む》かった。小《ちい》さな木《き》の十字《じゅうじ》架《か》が立《た》つ盛《も》り土《つち》の前《まえ》で立《た》ちどまる。下級生《かきゅうせい》はひざまずき、上級生《じょうきゅうせい》は頭《あたま》をたれ、ボードワンのために祈《いの》った。

つぎの日《ひ》から四日間《よっかかん》かけて、いかだから荷物《にもつ》を下《お》ろした。食料《しょくりょう》や弾丸《だんがん》は洞穴《ほらあな》におさめ、他《ほか》の荷《に》物《もつ》で入《はい》りきらない分《ぶん》は、防水布《ぼうすいふ》にくるんで岩壁《がんぺき》沿《ぞ》いに積《つ》みあげた。

スルーギ号《ごう》から持《も》ち出《だ》した調理用《ちょうりよう》ストーブは、重《おも》たいので丸太《まるた》をならべ、その上《うえ》を転《ころ》がしながら洞穴内《ほらあなない》まで運《はこ》びこんだ。ぶじに入《い》り口近《ぐちちか》くの壁《かべ》ぎわにすえた後《あと》は、換気口《かんきこう》をこしらえる作業《さぎょう》にとりかかった。壁《かべ》は石灰岩《せっかいがん》でやわらかかったので、バクスターがつるはしで穴《あな》を開《あ》け、うまく煙《えん》突《とつ》をとりつけた。これで、いつでも家《いえ》の中《なか》で料理《りょうり》ができるようになった。

つぎの週《しゅう》からは、狩《か》りにもさかんに出《で》かけた。主《おも》なメンバーは、ドニファンとその取《と》りまきのウェッブ、ウィルコックス、クロスに、ガーネットとサービスを加《くわ》えた六人《にん》だ。

ある日《ひ》この六人《にん》は、フレンチ・デン近《ちか》くのブナの森《もり》で、人間《にんげん》が掘《ほ》ったものらしい、古《ふる》い落《お》とし穴《あな》を見《み》つけた。穴《あな》は木《き》の枝《えだ》でかくされているけれど、中《なか》は深《ふか》く、いったん落《お》ちたらはいあがれないようになっている。穴《あな》の中《なか》には、白骨化《はっこつか》した動物《どうぶつ》が横《よこ》たわっていた。

「かなり大《おお》きい動物《どうぶつ》だな」

拾《ひろ》いあげた骨《ほね》を観察《かんさつ》しながら、ウィルコックスが言《い》った。

「うん。四本足《ほんあし》の獣《けもの》だ」とウェッブ。

「そりゃそうだ。五本足《ほんあし》だったらモンスターだよ」

サービスがおどけると、ドニファンが口《くち》を開《ひら》いた。

「ふざけてる場合《ばあい》じゃないぜ。これはまちがいなく猛獣《もうじゅう》だ。あごの牙《きば》を見《み》てみろ。たぶんピューマか何《なに》かだぞ」

「なるほど。だとしたら、気《き》をつけないと」

「あんまり森《もり》の奥深《おくふか》くには行《い》かない方《ほう》がよさそうだな」

ウェッブとクロスが口々《くちぐち》に言《い》う。

一同《いちどう》がそのまま帰《かえ》りかけたとき、ウィルコックスが提案《ていあん》した。

「そうだ！　この落《お》とし穴《あな》を、木《き》の枝《えだ》でふさごうぜ。わなにかかる獲物《えもの》がいるかもしれない」

さっそく、新《あたら》しいわながしかけられ、それから毎日《まいにち》、少年《しょうねん》たちは交代《こうたい》で落《お》とし穴《あな》を確認《かくにん》しに行《い》った。獣《けもの》をおびきよせるため、穴《あな》の中《なか》に肉《にく》の切《き》れはしを入《い》れてみたりもしたけれど、なかなか成《せい》果《か》が出《で》ない。

そんなある日《ひ》、ドニファン、ブリアンと仲間《なかま》の数人《すうにん》が落《お》とし穴《あな》まで見回《みまわ》りに行《い》くと、穴《あな》から動《どう》物《ぶつ》の声《こえ》が聞《き》こえてきた。見《み》ると、重《かさ》ねておいた木《き》の枝《えだ》が、ごっそり下《した》に落《お》ちている。

「ファン、行《い》け！」

ファンは激《はげ》しく吠《ほ》えながら突進《とっしん》した。後《あと》からブリアンとドニファンが走《はし》っていき、穴《あな》の中《なか》をのぞきこむ。ウェッブとクロスがたずねた。

「ピューマか？　それともジャガー？」

「ちがう。ダチョウだ！」と、ドニファン。

「生《い》けどりにしようぜ！」

ウィルコックスの一声《ひとこえ》で、みんなはダチョウを捕《つか》まえにかかった。まず、ダチョウの頭《あたま》めがけてコートを投《な》げ、目《め》かくしして身動《みうご》きをとれなくしてから、ハンカチで脚《あし》をしばる。その後《あと》、力《ちから》をあわせて穴《あな》から引《ひ》きずり上《あ》げた。

「やったぜ！」と、ウェッブ。

「捕《つか》まえたはいいけど、どうするんだよ、このダチョウ……」

クロスがつぶやくと、サービスがきっぱりと答《こた》えた。

「フレンチ・デンに連《つ》れてかえって飼《か》いならそう。背中《せなか》に乗《の》れるように、ぼくが調教《ちょうきょう》するよ」

六人《にん》がダチョウを連《つ》れて帰《かえ》ると、下級生《かきゅうせい》たちは大《おお》はしゃぎして、調教《ちょうきょう》したら自分《じぶん》も乗《の》せてほしい、と口々《くちぐち》にせがんだ。

「いいよ。いい子《こ》にしていたらね」

サービスが言《い》うと、コスターははりきってうなずいた。

「うん！　ぼく、いい子《こ》にしてる！」

「えっ、コスターも乗《の》るつもりなのか？　ウミガメの背中《せなか》に乗《の》るのだってこわがってたのに？」

サービスがからかう。

「平気《へいき》だよ！　だって、ダチョウは海《うみ》の中《なか》にもぐったりしないもん」

「でも、代《か》わりに空《そら》を飛《と》ぶかもよ？」

となりにいたドールが真顔《まがお》で言《い》うと、コスターはぎょっとして考《かんが》えこんだ。二人《ふたり》とも、ダチョウが飛《と》べない鳥《とり》だということを知《し》らないのだ。

フレンチ・デンでの新《あたら》しい暮《く》らしが落《お》ちついたころ、ゴードンは一つの提案《ていあん》をした。島《しま》で暮《く》らす間《あいだ》も、勉強《べんきょう》は続《つづ》けようというのだ。

「本《ほん》があれば勉強《べんきょう》はできる。とくに下級生《かきゅうせい》には、教《おし》えられる限《かぎ》りのことをちゃんと教《おし》えるのが上《じょう》級生《きゅうせい》の役目《やくめ》だと、おれは思《おも》うんだ」

ブリアンはうなずいた。

「そうだね。いつか家族《かぞく》のもとにもどったとき、あんまり勉強《べんきょう》が遅《おく》れていたら困《こま》るもんね」

こうして、少年《しょうねん》たちは時間割《じかんわり》を作《つく》ることにしたのだった。

12　統治者《とうちしゃ》の誕生《たんじょう》

少年《しょうねん》たちは、倉庫《そうこ》として使《つか》える別《べつ》の洞穴《ほらあな》がないかどうか、近《ちか》くを探《さが》してまわった。でも、けっきょく見《み》つからなかったので、フレンチ・デンを掘《ほ》りひろげることに決《き》めた。洞穴《ほらあな》の右側《みぎがわ》をななめに掘《ほ》っていき、湖《みずうみ》に面《めん》した岩壁《がんぺき》に出入《でい》り口《ぐち》をつくれば、ぐっと便利《べんり》になるだろう。バクスターの提案《ていあん》で、まずはせまい通路《つうろ》を掘《ほ》り、洞穴《ほらあな》が崩《くず》れてこないことを確認《かくにん》してから、掘《ほ》りすすめることにした。

工事《こうじ》は五月《がつ》二十七日《にち》から、三日間《みっかかん》続《つづ》いた。洞穴《ほらあな》の壁《かべ》は石灰質《せっかいしつ》でやわらかかったから、つるはしでかんたんに削《けず》れた。けれどその分《ぶん》、壁《かべ》を木材《もくざい》で補強《ほきょう》するのが大変《たいへん》だった。掘《ほ》り出《だ》した石灰岩《せっかいがん》は代《か》わる代《が》わる外《そと》に運《はこ》び、みんなで力《ちから》を合《あ》わせて働《はたら》いた。

細《ほそ》い通路《つうろ》を一・五メートルほど掘《ほ》りすすんだとき、不思議《ふしぎ》なことが起《お》こった。トンネルの先頭《せんとう》で作業《さぎょう》していたブリアンが、壁《かべ》の内側《うちがわ》から何《なに》かの声《こえ》を聞《き》いたのだ。

ブリアンがゴードンとバクスターに知《し》らせると、ゴードンは言《い》った。

「まさか、そんなことあるはずがない。空耳《そらみみ》じゃないのか？」

「本当《ほんとう》に聞《き》こえたんだ。壁《かべ》に耳《みみ》を当《あ》てて聞《き》いてみてよ」

ブリアンが言《い》いはるので、ゴードンはトンネルに入《はい》っていった。と、しばらくして駆《か》けでてきて、言《い》った。

「ブリアンの言《い》う通《とお》りだ。遠《とお》くの方《ほう》で、うなるような声《こえ》が聞《き》こえたぞ！」

話《はなし》を聞《き》いて、下級生《かきゅうせい》たちはふるえあがった。上級生《じょうきゅうせい》たちは一人《ひとり》ずつトンネルに入《はい》り、耳《みみ》をそばだてた。でも、声《こえ》は聞《き》こえなかった。

夕食後《ゆうしょくご》、作業《さぎょう》を再開《さいかい》すると、またうなり声《ごえ》が聞《き》こえてきた。今度《こんど》こそ、まちがいない。ファンがトンネルに飛《と》びこんでいったかと思《おも》うと、毛《け》を逆《さか》だて、牙《きば》をむきだしにして走《はし》りでてきた。

下級生《かきゅうせい》たちは、おびえきってしまった。幽霊《ゆうれい》がいると思《おも》いこんだのだ。ブリアンがベッドまで連《つ》れていき、だいじょうぶだと言《い》いきかせて、なんとか寝《ね》かしつけた。

翌朝《よくあさ》、トンネルの先《さき》は静《しず》まりかえっていた。いったいあの声《こえ》はなんだったのだろう。さすがに幽霊《ゆうれい》ということはないだろうけれど……。正体《しょうたい》が分《わ》からずに不安《ふあん》なまま、少年《しょうねん》たちはトンネル掘《ほ》りを進《すす》めることにした。

夕方《ゆうがた》になって、ファンの姿《すがた》が見《み》えないことにみんなは気《き》づいた。食事《しょくじ》の時間《じかん》になってももどってこない。心配《しんぱい》だ。

「おーい、ファン！」

ドニファンとウィルコックスが、川《かわ》べりや湖《みずうみ》の方《ほう》を探《さが》したが、ファンはいなかった。ゴードンが呼《よ》んでも、答《こた》えは返《かえ》ってこない。何《なに》が起《お》こったのだろう。獣《けもの》にでも襲《おそ》われたのだろうか。夜《よる》の九時《じ》、少年《しょうねん》たちは探《さが》すのをあきらめ、洞穴《ほらあな》にもどった。

頼《たよ》りになる愛犬《あいけん》がいなくなり、みんな心細《こころぼそ》い気持《きも》ちになっていた。だれもがふさぎこんで、フレンチ・デンの中《なか》は静《しず》まりかえっている。と、ふいにまた、例《れい》のうなり声《ごえ》がトンネルの奥《おく》から聞《き》こえてきた。今度《こんど》は動物《どうぶつ》が吠《ほ》えているような声《こえ》だ。そしてその後《あと》に、痛《いた》みをこらえるような、長《なが》い悲鳴《ひめい》が続《つづ》いた。

ブリアンがトンネル内《ない》にかけこんだかと思《おも》うと、急《いそ》いで出《で》てきた。

「たぶん、トンネルの向《む》こうに、もう一《ひと》つ、別《べつ》の洞穴《ほらあな》があるんだと思《おも》う」

「ああ、そうだな。その洞穴《ほらあな》に、何《なに》かの動物《どうぶつ》が入《はい》りこんでいるんだろう」と、ゴードン。

「明日《あした》、調《しら》べてみるか」

ドニファンがそう言《い》ったとき、はげしく吠《ほ》える声《こえ》と、低《ひく》いうなり声《ごえ》が同時《どうじ》に聞《き》こえた。ウィルコックスが、はっとしてさけぶ。

「今《いま》の声《こえ》、ファンじゃないか？　壁《かべ》の向《む》こうの洞穴《ほらあな》で、何《なに》かに襲《おそ》われてるのかもしれないぞ！」

朝《あさ》になっても、ファンはもどってこなかった。外《そと》を探《さが》したが、やはり見《み》つからない。

フレンチ・デンでは、ブリアンとバクスターが、トンネル掘《ほ》りの作業《さぎょう》を続《つづ》けた。ときどき手《て》を休《やす》めて耳《みみ》を澄《す》ましたが、壁《かべ》の奥《おく》からは、もう何《なに》も聞《き》こえてこない。それでも、向《む》こう側《がわ》の洞穴《ほらあな》とつながったときに、どんな獣《けもの》が飛《と》びだしてくるか分《わ》からないので、下級生《かきゅうせい》はみんな外《そと》に避難《ひなん》させた。念《ねん》のため、ドニファン、ウィルコックス、ウェッブの三人《にん》が、トンネルの後方《こうほう》で銃《じゅう》を構《かま》えた。

午後《ごご》二時《じ》ごろ、ブリアンのつるはしがついに壁《かべ》を突《つ》きくずし、トンネルの向《む》こうにぽっかりとと走《はし》りでてきた。
仲間《なかま》に知《し》らせようと、ブリアンがトンネルの出口《でぐち》までもどったとき、後《うし》ろから、なにかがさっ
「やったぞ！」
穴《あな》が開《あ》いた。

「ファン！」

ファンは水《みず》を張《は》ったバケツのもとまで駆《か》けていって、ガブガブ飲《の》んだ。ちぎれんばかりにしっぽを振《ふ》り、ゴードンの周《まわ》りを走《はし》りまわる。

ブリアンはカンテラを手《て》に、トンネルを進《すす》んでいった。後《うし》ろにゴードン、ドニファン、ウィルコックス、バクスター、モコが続《つづ》く。壁《かべ》の穴《あな》をまたぎ、向《む》こう側《がわ》に足《あし》を踏《ふ》みいれた。

となりの洞穴《ほらあな》は、フレンチ・デンと同《おな》じくらいの幅《はば》で、奥行《おくゆ》きはもっと深《ふか》かった。広《ひろ》さにして四十平方《へいほう》メートルはありそうだ。中《なか》は真《ま》っ暗《くら》だが、カンテラの火《ひ》が消《き》えないということは、どこかに外《そと》とつながる出入《でい》り口《ぐち》があるのだろう。でなければ、ファンが入《はい》れたはずがない。

と、ふいにウィルコックスが何《なに》かにつまずいた。ブリアンがカンテラを近《ちか》づける。

「山犬《やまいぬ》の死体《したい》だ！」バクスターがさけぶ。

「きっと、ファンがやっつけたんだね」と、ブリアン。

「なるほど。これでうめき声《ごえ》の謎《なぞ》が解《と》けたな」ゴードンが言《い》う。

ブリアンはフレンチ・デンから外《そと》に出《で》ると、湖《みずうみ》に面《めん》した崖《がけ》に沿《そ》って歩《ある》きながら、大声《おおごえ》で「おーい」と呼《よ》びかけた。と、ある地点《ちてん》まで歩《ある》いたところで、岩壁《がんぺき》の内側《うちがわ》から、仲間《なかま》が答《こた》える声《こえ》が聞《き》こえてきた。立《た》ちどまって、岩壁《がんぺき》の前《まえ》に生《お》いしげる草木《くさき》をかき分《わ》けてみると、壁《かべ》に小《ちい》さな穴《あな》が開《あ》いている。第《だい》二の洞穴《ほらあな》の出入《でい》り口《ぐち》だ！

ファンがもどってきた上《うえ》に、新《あたら》しい洞穴《ほらあな》まで見《み》つかって、みんな大喜《おおよろこ》びだった。

その後《あと》は、天井《てんじょう》が低《ひく》く幅《はば》のせまいトンネルを掘《ほ》りひろげ、廊下《ろうか》にする作業《さぎょう》にとりかかった。第《だい》二の洞穴《ほらあな》は広《ひろ》いので、《ホール》と名《な》づけられ、寝室《しんしつ》および勉強部屋《べんきょうべや》として使《つか》うことになった。もともと使《つか》っていた洞穴《ほらあな》の方《ほう》は、キッチン兼《けん》ダイニングだ。食料《しょくりょう》や物資《ぶっし》も保管《ほかん》されているので、《貯蔵室《ちょぞうしつ》》と呼《よ》ぶことになった。

ホールには、ベッドや椅子《いす》、テーブルといった家具《かぐ》の他《ほか》、ストーブも運《はこ》びこまれた。湖側《みずうみがわ》に開《あ》いた穴《あな》は、人《ひと》が通《とお》れる大《おお》きさに広《ひろ》げ、スルーギ号《ごう》で使《つか》われていたドアを取《と》りつけた。ドアの両脇《りょうわき》には、明《あ》かりとり用《よう》の穴《あな》を開《あ》け、窓《まど》を取《と》りつけた。

こうした作業《さぎょう》を終《お》えるのに、だいたい二週間《しゅうかん》かかった。その間《あいだ》に、本格的《ほんかくてき》な冬《ふゆ》がやってきた。突風《とっぷう》が吹《ふ》いて、湖《みずうみ》は海《うみ》のように波《なみ》だっている。

六月十日《がつとおか》の夜《よる》。夕食《ゆうしょく》の後《あと》、みんながストーブの周《まわ》りで暖《だん》をとっていると、「島《しま》の主《おも》な場所《ばしょ》に名《な》前《まえ》をつけよう」という話《はなし》になった。

「名前《なまえ》をつけると、たしかにいろいろ便利《べんり》だよな」

「ロビンソン・クルーソーもそうしたしね」

みんなが賛成《さんせい》し、さっそく名《な》づけ会議《かいぎ》が始《はじ》まった。

「《スルーギ湾《わん》》は、このままの名前《なまえ》でいいよな」

「うん。《フレンチ・デン》という呼《よ》び名《な》も残《のこ》したいね」

ドニファンとブリアンの意見《いけん》に、みんながうなずく。

「じゃあ、スルーギ湾《わん》に注《そそ》ぐ川《かわ》は、何《なん》て呼《よ》ぼうか？」

「ニュージーランドにちなんで、《ジーランド川《がわ》》っていうのは？」と、バクスター。

「そうしよう！」

一同《いちどう》、声《こえ》をそろえて言《い》った。

「じゃあ、湖《みずうみ》は？」

「川《かわ》がふるさとの名前《なまえ》なら、湖《みずうみ》は家族《かぞく》を思《おも》い出《だ》すように、《ファミリー・レイク》なんてどうだ？」

ドニファンが提案《ていあん》する。

こうして、岩壁《がんぺき》は《オークランドの丘《おか》》、ダチョウを捕《つか》まえた森《もり》は《罠《わな》の森《もり》》、島《しま》の南側《みなみがわ》に広《ひろ》がる沼地《ぬまち》は《南沼《みなみぬま》》、ホール前《まえ》の草地《くさち》は《運動場《うんどうじょう》》という具合《ぐあい》に、つぎつぎに名前《なまえ》がつけられていった。あとは、島《しま》の名前《なまえ》を決《き》めるだけだ。

「ぼく、いい名前《なまえ》を思《おも》いついたよ！」

下級生《かきゅうせい》のコスターが発言《はつげん》した。

「いい名前《なまえ》って、コスターに言《い》われてもな」

ドニファンが鼻《はな》で笑《わら》う。サービスまで、ふざけてこんなことを言《い》った。

「あ、分《わ》かった。《がきんちょ島《じま》》だろ？」

「そんな風《ふう》にからかったらかわいそうだよ。どんな名前《なまえ》か聞《き》いてみようじゃない」

ブリアンが言《い》うと、コスターが口《くち》を開《ひら》いた。

「ぼくたち、チェアマン学園《がくえん》の生徒《せいと》だよね。だから、《チェアマン島《とう》》っていうのはどうかな」

これ以上《いじょう》ぴったりの名前《なまえ》が、他《ほか》にあるだろうか。全員《ぜんいん》、拍手《はくしゅ》で賛成《さんせい》した。コスターは鼻高々《はなたかだか》だ。

名《な》づけ会議《かいぎ》が終《お》わり、ベッドにひきあげようというとき、ブリアンが声《こえ》を上《あ》げた。

「ねえ、みんな。島《しま》の名前《なまえ》を決《き》めたついでに、この島《しま》の統治者《とうちしゃ》を決《き》めない？」

「統治者《とうちしゃ》？」

ドニファンが鋭《するど》い声《こえ》で聞《き》き返《かえ》した。

「うん。どんな国《くに》にも首相《しゅしょう》や大統領《だいとうりょう》はいるよね。だからチェアマン島《とう》にも、リーダーがいた方《ほう》がいいと思《おも》うんだ」

「それはいいね。統治者《とうちしゃ》を選《えら》ぼう！」

みんなが口々《くちぐち》に言《い》った。

「だったら任期《にんき》を決《き》めようぜ。たとえば一年《ねん》とかさ」

ドニファンの提案《ていあん》に、ブリアンがうなずく。

「一年《ねん》か。いいね」

「よし。じゃあ……だれを選《えら》ぶ？」

ドニファンが、みんなの顔色《かおいろ》をうかがいながら言《い》った。もしブリアンが選《えら》ばれたらと思《おも》うと、気《き》が気《き》でなかったのだ。でも、その心配《しんぱい》はいらなかった。ブリアンがこう言《い》ったからだ。

「決《き》まってるよ。ゴードンさ」

「賛成《さんせい》！」

「統治者《とうちしゃ》ゴードン、ばんざい！」

ゴードンは最初《さいしょ》、断《ことわ》ろうとした。統治者《とうちしゃ》なんて、自分《じぶん》には向《む》いていないと思《おも》ったからだ。でも、仲間《なかま》われが起《お》きたりしないように、やっぱり引《ひ》きうける方《ほう》がいいと思《おも》い直《なお》した。こうしてゴードンは、チェアマン島《とう》の初代統治者《しょだいとうちしゃ》になったのだった。

13　長《なが》くて寒《さむ》い冬《ふゆ》

チェアマン島《とう》に冬《ふゆ》が来《き》た。この島《しま》がニュージーランドより南《みなみ》、つまり南極《なんきょく》に近《ちか》いなら、冬《ふゆ》は五か月以上続《げついじょうつづ》くはずだ。その間《あいだ》は、ほとんど洞穴《ほらあな》にこもりきりの生活《せいかつ》になるだろう。外《そと》に出《で》られない間《あいだ》も健康《けんこう》で過《す》ごせるように、ゴードンは一日《にち》の時間割《じかんわり》を作《つく》った。

まず、朝《あさ》と夜《よる》は二時間《じかん》ずつ、ホールで勉強《べんきょう》をする。下級生《かきゅうせい》には上級生《じょうきゅうせい》が交代《こうたい》で、算数《さんすう》と社会《しゃかい》、歴史《れきし》を教《おし》える。上級生向《じょうきゅうせいむ》けの討論会《とうろんかい》は、週《しゅう》に二回《かい》。科学《かがく》や歴史《れきし》など、日常生活《にちじょうせいかつ》に関《かか》わりのあるテーマを選《えら》んで議論《ぎろん》する。また、天気《てんき》がゆるす限《かぎ》り、外《そと》で体《からだ》を動《うご》かすことになった。

六月《がつ》に入《はい》ると、寒《さむ》さはますます厳《きび》しくなった。温度計《おんどけい》はマイナス十度《ど》を下回《したまわ》り、外《そと》は一面《いちめん》、深《ふか》い雪《ゆき》におおわれた。少年《しょうねん》たちは、少《すこ》しでも気温《きおん》が上《あ》がると外《そと》に出《で》て、雪合戦《ゆきがっせん》をして遊《あそ》んだ。

ある日《ひ》のこと、雪遊《ゆきあそ》びをしていたクロスが勢《いきお》いよく投《な》げた雪玉《ゆきだま》が、見物《けんぶつ》していたジャックに当《あ》たった。

「痛《いた》っ！」

ジャックが思《おも》わず声《こえ》を上《あ》げると、クロスが言《い》った。

「わざとじゃないぜ」

弟《おとうと》の悲鳴《ひめい》を聞《き》いて、かけつけたブリアンが言《い》う。

「わざとじゃなくても、そんなに強《つよ》く投《な》げたら危《あぶ》ないよ」

「たいして痛《いた》くもないのに、大《おお》げさに騒《さわ》ぐ方《ほう》がおかしいんだよ」

ドニファンが、クロスの肩《かた》をもつ。

「悪《わる》いけど、口《くち》を出《だ》さないでくれるかな」と、ブリアン。

「なんだよ、その言《い》い方《かた》」

ドニファンがつっかかる。そのとき、ゴードンがやってきて間《あいだ》に入《はい》ったので、けんかは始《はじ》まらずにすんだ。ドニファンは、不満《ふまん》げに文句《もんく》を言《い》いながら、フレンチ・デンに引《ひ》きあげた。

六月《がつ》の末《すえ》になると、雪《ゆき》が一メートル以上《いじょう》積《つ》もり、外《そと》に出《で》ることすらできなくなった。少年《しょうねん》たちは丸《まる》二週間《しゅうかん》、フレンチ・デンに閉《と》じこめられ、その間《あいだ》、勉強《べんきょう》に精《せい》をだした。討論会《とうろんかい》では、いつもドニファンが優勝《ゆうしょう》した。成績《せいせき》を鼻《はな》にかけることさえしなければ、みんなから尊敬《そんけい》されるのだが……。

厳《きび》しい寒《さむ》さにもかかわらず、病気《びょうき》にかかった者《もの》はだれもいなかった。少《すこ》しでも体調《たいちょう》をくずしたら、大事《だいじ》をとって寝《ね》かされ、温《あたた》かい飲《の》み物《もの》を飲《の》まされたおかげだ。

真冬《まふゆ》に入《はい》ってからの問題《もんだい》は、水《みず》についてだった。川面《かわも》に分厚《ぶあつ》い氷《こおり》が張《は》ったら、これまでのように水《みず》をくみ上《あ》げることができなくなる。そこで少年《しょうねん》たちの《エンジニア》、バクスターが、水道《すいどう》を引《ひ》くことを考《かんが》えついた。外気《がいき》に触《ふ》れるとパイプが凍《こお》ってしまうので、川岸《かわぎし》に沿《そ》って土《つち》の中《なか》に埋《う》めるのだ。難《むずか》しい工事《こうじ》だったが、バクスターはスルーギ号《ごう》に使《つか》われていた水道管《すいどうかん》を利用《りよう》し、フレンチ・デンまで水《みず》を引《ひ》いた。

冬《ふゆ》の間《あいだ》のもう一つの心配《しんぱい》ごとは、食《た》べ物《もの》のことだった。狩《か》りや釣《つ》りができないので、貯蔵品《ちょぞうひん》を少《すこ》しずつ取《と》りくずさなければならない。少年《しょうねん》たちは、樽詰《たるづ》めにしておいたカモやノガンの肉《にく》、そして鮭《さけ》の塩漬《しおづ》けを少《すこ》しずつ食《た》べた。

七月九日《がつここのか》の朝《あさ》、外《そと》に出《で》たブリアンは、あまりの寒《さむ》さにおどろいた。温度計《おんどけい》を見《み》ると、マイナス十七度《ど》を指《さ》している。かまどで火《ひ》がたかれている貯蔵室《ちょぞうしつ》すら、気温《きおん》は五度《ど》だ。ブリアンは、さっそくゴードンに報告《ほうこく》した。

「薪《まき》のストックを増《ふ》やさないと。この寒《さむ》さが続《つづ》いたら、燃料《ねんりょう》がすぐ底《そこ》をついてしまうよ」

さっそく朝食後《ちょうしょくご》、薪集《まきあつ》めをしに、みんなで罠《わな》の森《もり》まで行《い》くことになった。近所《きんじょ》といっても、薪《まき》を集《あつ》めて持《も》ち帰《かえ》るとなると、重《おも》たいのでひと苦労《くろう》だ。そこで、モコがいいことを思《おも》いついた。貯《ちょ》蔵室《ぞうしつ》にある大《おお》きなダイニング・テーブルを裏返《うらがえ》し、そりのように雪《ゆき》の上《うえ》を引《ひ》っぱろうというのだ。テーブルはさっそく外《そと》に運《はこ》びだされ、脚《あし》にくくりつけたロープを、上級生《じょうきゅうせい》たちが引《ひ》っぱった。

下級生《かきゅうせい》たちは、テーブルのそりに飛《と》び乗《の》ったり、かと思《おも》うとそりから落《お》っこちそうになったりと、大《おお》はしゃぎだ。元気《げんき》いっぱいの声《こえ》が、冷《つめ》たく乾《かわ》いた外気《がいき》に響《ひび》きわたった。

森《もり》に着《つ》くと、少年《しょうねん》たちはさっそく木《き》を伐《き》りだし、枝《えだ》を取《と》りはらった薪《まき》をそりに積《つ》んでいった。薪集《まきあつ》めを一日《にち》二回《かい》、一週間《しゅうかん》ちかく続《つづ》けると、貯蔵室《ちょぞうしつ》におさまりきらないくらいの薪《まき》が集《あつ》まった。

八月《がつ》の初《はじ》め、外《そと》の気温《きおん》が、さらにマイナス二十七度《ど》まで下《さ》がった。吐《は》く息《いき》が凍《こお》りつくほどの寒《さむ》さだ。少年《しょうねん》たちはフレンチ・デンから一歩《いっぽ》も出《で》ず、なんとか乗《の》りきった。

二週間後《しゅうかんご》、気温《きおん》がマイナス十二度《ど》までもどった。ようやく、冬《ふゆ》が終《お》わりに向《む》かい始《はじ》めたのだ。

八月末《がつまつ》からは風向《かざむ》きも変《か》わり、急激《きゅうげき》に暖《あたた》かくなった。雪《ゆき》が解《と》けだし、湖《みずうみ》に張《は》った氷《こおり》は、バリバリと音《おと》を立《た》てて割《わ》れだした。そして九月《がつ》の中旬《ちゅうじゅん》には、氷《こおり》が完全《かんぜん》に消《き》えた。

スルーギ号《ごう》がチェアマン島《とう》に流《なが》れついてから、半年《はんとし》が経《た》っていた。

14　探検隊《たんけんたい》、北《きた》へ

少年《しょうねん》たちが冬《ふゆ》の間《あいだ》にあたためていた計画《けいかく》を、実行《じっこう》に移《うつ》せる季節《きせつ》が、ついにやってきた。島《しま》の西側《にしがわ》に大陸《たいりく》がないことは、明《あき》らかだ。けれど、南《みなみ》や北《きた》、東《ひがし》の方角《ほうがく》はどうだろう？　ボードワンの地図《ちず》には、周辺《しゅうへん》の島《しま》や陸地《りくち》のことは、何《なに》も描《か》かれていなかった。でも、少年《しょうねん》たちには、ボードワンが持《も》っていなかった望遠鏡《ぼうえんきょう》がある。ボードワンには見《み》えなかった陸地《りくち》を、発見《はっけん》できるかもしれない。

確認《かくにん》したいことは他《ほか》にもあった。島《しま》の反対側《はんたいがわ》や、ファミリー・レイク、オークランドの丘《おか》、罠《わな》の森《もり》の周辺《しゅうへん》がどんな様子《ようす》なのか、調《しら》べておきたい。そこで少年《しょうねん》たちは、十分暖《じゅうぶんあたた》かくなった十一月《がつ》の初《はじ》めに、探検隊《たんけんたい》を送《おく》りだすことに決《き》めた。

サービスも、春《はる》になったらやろうと、心《こころ》に決《き》めていたことがあった。ダチョウを飼《か》いならし、背中《せなか》に乗《の》れるようにするのだ。ダチョウには、その気《き》はまったくなさそうだったが、サービスの方《ほう》はやる気満々《きまんまん》だった。

『スイスのロビンソン』では、主人公《しゅじんこう》がダチョウを乗《の》りこなしてたよね。だったらぼくにだってできるはずだよ！」

そんなサービスに、ゴードンが言《い》った。

「いいか、サービス。『スイスのロビンソン』に出《で》てくるダチョウと、このダチョウには、決定的《けっていてき》なちがいが一つあるんだ」

「どんなちがい？」

「物語《ものがたり》の中《なか》のダチョウと、現実《げんじつ》のダチョウのちがいだよ」

「そんなの関係《かんけい》ないって。まあ見《み》てなよ、きっと飼《か》いならして見《み》せるから」

サービスはさっそく、帆布《はんぷ》でつくった手綱《たづな》をダチョウにとりつけた。そして運動場《うんどうじょう》で、ダチョウに試《ため》しのりすることになった。下級生《かきゅうせい》たちは、サービスがケガでもするんじゃないかと心配《しんぱい》しながらも、うらやましそうに見守《みまも》った。上級生《じょうきゅうせい》たちは、無謀《むぼう》なことは止《や》めるよう説得《せっとく》したのだが、サービスが聞《き》かないので、好《す》きにさせることにした。

サービスは、目《め》かくししたダチョウをガーネットにおさえておいてもらい、背中《せなか》によじのぼった。

「ガーネット、もう手《て》を放《はな》してだいじょうぶだよ」

それまでじっとしていたダチョウは、目《め》かくしを外《はず》されたとたん、猛烈《もうれつ》な勢《いきお》いで森《もり》に向《む》かって駆《か》けだした。サービスは必死《ひっし》で首《くび》っ玉《たま》にしがみついたが、ダチョウが森《もり》に飛《と》びこむ寸前《すんぜん》、ついに振《ふ》りおとされてしまった。

仲間《なかま》たちは、あわててサービスのもとに駆《か》けつけた。ダチョウはあっという間《ま》に、森《もり》の奥《おく》に消《き》えていった。運《うん》のいいことに、サービスが落《お》ちたのは、フカフカした草地《くさち》の上《うえ》だったので、ケガはせずにすんだ。

「ばかダチョウめ！　今度《こんど》捕《つか》まえたら、ただじゃおかないぞ！」

サービスが毒《どく》づくと、ドニファンが鼻《はな》で笑《わら》った。

「おまえには、もう二度《にど》と捕《つか》まらないと思《おも》うぜ」

ゴードンがなぐさめる。

「ざんねんだったな、サービス。でも、ダチョウを飼《か》いならそうなんて考《かんが》えるのは、やめた方《ほう》がいい。『スイスのロビンソン』は、作《つく》り話《ばなし》なんだから」

こうして、ダチョウの飼《か》いならし作戦《さくせん》は、失敗《しっぱい》に終《お》わったのだった。

十一月五日《がついつか》の朝《あさ》、フレンチ・デンから探検隊《たんけんたい》が送《おく》りだされた。目標《もくひょう》は、ファミリー・レイクの西側《にしがわ》を、北端《ほくたん》まで調査《ちょうさ》することだ。地図《ちず》によると、島《しま》の西側《にしがわ》には二つの川《かわ》がある。そこで探検《たんけん》には、折《お》りたたみ式《しき》のゴムボートを持《も》っていくことになった。

今回《こんかい》のメンバーは、ゴードン、ドニファン、バクスター、ウィルコックス、ウェッブ、クロス、サービスの七人《にん》だ。ブリアンとガーネットは、下級生《かきゅうせい》たちといっしょにフレンチ・デンに残《のこ》ることになった。

探検隊《たんけんたい》の七人《にん》は、犬《いぬ》のファンを先頭《せんとう》に、湖《みずうみ》の岸《きし》を北《きた》へ歩《ある》きだした。自分《じぶん》たちの背丈《せたけ》ほどもある草《くさ》をかきわけながら歩《ある》いていると、ファンが小動物《しょうどうぶつ》の巣穴《すあな》を見《み》つけた。さっそく銃《じゅう》を構《かま》えたドニファンを、ゴードンが止《と》める。

「弾《たま》がもったいないから、なるべく銃《じゅう》は使《つか》わないでほしいんだ」

すると、ウィルコックスが言《い》った。

「銃《じゅう》を使《つか》わなくても、捕《つか》まえられるよ。巣穴《すあな》を煙《けむり》でいぶして、おびきだせばいい」

さっそく、巣穴《すあな》のまわりの枯《か》れ草《くさ》に火《ひ》をつけると、一分《ぷん》もたたないうちに、穴《あな》の中《なか》から小動物《しょうどうぶつ》が何匹《なんびき》も飛《と》びだしてきた。ツコツコと呼《よ》ばれる、大《おお》きなネズミに似《に》た動物《どうぶつ》だ。穴《あな》の前《まえ》で手斧《ておの》をかまえて待《ま》ち受《う》けていたサービスとウェッブ、そして犬《いぬ》のファンが、それぞれ数匹《すうひき》ずつしとめた。

これで、昼《ひる》はおいしい焼《や》き肉《にく》にありつける。

ふたたび歩《ある》きはじめると、行《ゆ》く手《て》に砂丘《さきゅう》が現《あらわ》れ、さらに行《い》くと、小川《おがわ》が湖《みずうみ》に流《なが》れこむ場所《ばしょ》にたどりついた。ボードワンが飛《と》び石《いし》を並《なら》べた《飛《と》び石川《いしがわ》》の河口《かこう》だ。一行《いっこう》はそこで一休《ひとやす》みし、さっきしとめたツコツコを焼《や》いて食《た》べた。草《くさ》の香《かお》りがする、おいしい肉《にく》だった。

昼食《ちゅうしょく》の後《あと》、小川《おがわ》を渡《わた》り、湿地《しっち》をさけながら歩《ある》いた。と、夕方近《ゆうがたちか》くになって、幅《はば》が十メートル以上《いじょう》ある大《おお》きな川《かわ》に行《い》きあたった。探検隊《たんけんたい》は手前《てまえ》の岸《きし》で一泊《ぱく》することにし、川《かわ》には《足《あし》どめ川《がわ》》と名《な》づけた。

あくる朝一番《あさいちばん》に、ゴムボートで足《あし》どめ川《がわ》をわたった。ゴムボートには一人《ひとり》しか乗《の》れないので、ロープ伝《づた》いに川岸《かわぎし》の間《あいだ》を六往復半《おうふくはん》しなければならなかった。川《かわ》を渡《わた》った後《あと》、北《きた》を目指《めざ》してひたすら歩《ある》きつづけると、ようやく夕方《ゆうがた》に湖《みずうみ》の北端《ほくたん》にたどりついた。その先《さき》には、生《い》き物《もの》の気配《けはい》がほとんどない、みわたす限《かぎ》りの砂地《すなち》が広《ひろ》がっている。一行《いっこう》は、湖畔《こはん》でキャンプを張《は》ることにした。たき火《び》にする薪《まき》すらない荒《あ》れた土地《とち》で、七人《にん》は砂《すな》の上《うえ》に毛布《もうふ》をしいて眠《ねむ》った。

15　お茶《ちゃ》の木《き》、ビクーニャ、グアナコ

つぎの日《ひ》、探検隊《たんけんたい》は湖近《みずうみちか》くの砂丘《さきゅう》に上《のぼ》り、望遠鏡《ぼうえんきょう》で一帯《いったい》を観察《かんさつ》した。きのう見《み》たとおり、島《しま》の北側《きたがわ》には、どこまでも砂漠《さばく》が広《ひろ》がっている。

これ以上《いじょう》、北《きた》に向《む》かっても何《なに》もなさそうなので、一行《いっこう》は引《ひ》きかえすことにした。帰《かえ》りは、《足《あし》どめ川《がわ》》をふたたびボートで渡《わた》ってから、罠《わな》の森《もり》を西《にし》へつっきり、オークランドの丘《おか》の崖沿《がけぞ》いに、フレンチ・デンを目指《めざ》すというルートを選《えら》んだ。

森《もり》の中《なか》では、植物《しょくぶつ》にくわしいゴードンが、貴重《きちょう》な発見《はっけん》をした。調味料《ちょうみりょう》として使《つか》える《ウィンターズ》という木《き》の皮《かわ》と、葉《は》っぱを煎《せん》じて飲《の》める《ペルネティア》という木《き》を見《み》つけたのだ。

「ペルネティアは、お茶《ちゃ》の代《か》わりになるんだ。今回《こんかい》は少《すこ》しだけ摘《つ》んでいくことにして、今度《こんど》たくさん取《と》りにこよう」ゴードンが言《い》った。

夕方《ゆうがた》、オークランドの丘《おか》にたどりつき、しばらく岩壁沿《がんぺきぞ》いに歩《ある》いたところで、《飛《と》び石川《いしがわ》》の上流《じょうりゅう》に行《い》きあたった。そこでその夜《よる》は、川辺《かわべ》でキャンプを張《は》ることにした。

夕食《ゆうしょく》の時間《じかん》にはまだ早《はや》かったので、ゴードンとバクスターは、二人《ふたり》で森《もり》の中《なか》へ散歩《さんぽ》に出《で》かけた。と、動物《どうぶつ》たちが集団《しゅうだん》でいるところにでくわした。

「あれって、ヤギかな」

小声《こごえ》でバクスターが言《い》った。群《む》れは、二人《ふたり》の存在《そんざい》に気《き》づいていない。

「そうみたいだな。生《い》け捕《ど》りにできるかどうか、やってみよう」と、ゴードン。

バクスターは、群《む》れにそっと近《ちか》づき、数《すう》メートル離《はな》れたところからボーラを投《な》げた。ひもはうまいこと、群《む》れの中《なか》の一匹《ぴき》の脚《あし》にからみついた。いっしょにいた仲間《なかま》はたちまち逃《に》げていったが、捕《つか》まった母親《ははおや》ヤギのそばを離《はな》れようとしない子《こ》ヤギが二匹《ひき》いる。二人《ふたり》はそれも捕《つか》まえた。バクスターが声《こえ》を弾《はず》ませる。

「やったあ！　すごいや。けど、これって……本当《ほんとう》にヤギなのかな」

「いや……たぶん、ビクーニャだと思《おも》う」

ゴードンが言《い》った。ビクーニャはヤギよりも脚《あし》が長《なが》く、小《ちい》さな頭《あたま》には角《つの》がない。また、毛《け》が短《みじか》くて絹《きぬ》のようなさわり心地《ごこち》だ。

「ビクーニャっていうのか。ヤギみたいに乳《ちち》は出《で》るの？」

「もちろん！」

三匹《びき》のビクーニャを連《つ》れ、二人《ふたり》が川辺《かわべ》にもどると、仲間《なかま》たちは歓声《かんせい》を上《あ》げてむかえた。

その夜《よる》、眠《ねむ》りについた七人《にん》は、夜中《よなか》の三時《じ》に飛《と》びおきた。野獣《やじゅう》のうなり声《ごえ》が聞《き》こえたのだ。ファンも激《はげ》しく吠《ほ》えている。

「野獣《やじゅう》の群《む》れだ。近《ちか》いぞ」

ドニファンが銃《じゅう》を構《かま》える。他《ほか》のメンバーもそれぞれ拳銃《けんじゅう》を手《て》にした。

「たき火《び》があるから、これ以上近《いじょうちか》づいてくることはないと思《おも》うけど……」ゴードンが言《い》う。

きっと野獣《やじゅう》たちは、小川《おがわ》に水《みず》を飲《の》みに来《き》たのだろう。自分《じぶん》たちのなわばりが、よそ者《もの》に占領《せんりょう》されているのを知《し》って、怒《おこ》っているのだ。

気《き》づくと、暗闇《くらやみ》の中《なか》で光《ひか》る野獣《やじゅう》たちの眼《め》は、ほんの数《すう》メートル先《さき》まで迫《せま》っていた。

バーン！

ドニファンが引《ひ》き金《がね》を引《ひ》いた。いきりたったうなり声《ごえ》が聞《き》こえる。とっさにバクスターが、たき火《び》の中《なか》から燃《も》える薪《まき》を一本《ぽん》つかみとり、光《ひか》る眼《め》に向《む》かって投《な》げつけた。

とたんに野獣《やじゅう》の群《む》れは、森《もり》の奥《おく》に逃《に》げていった。

「撃退《げきたい》してやったぜ！」クロスが言《い》う。

「さようならあ！　お達者《たっしゃ》でー！」

おどけてみせるサービスの横《よこ》で、ゴードンが言《い》った。

「もうもどってはこないだろうけど、念《ねん》のため、朝《あさ》まで見張《みは》ろう」

あくる朝《あさ》、辺《あた》りが明《あか》るくなってみると、たき火《び》の近《ちか》くに、血《ち》の跡《あと》が点々《てんてん》とついているのが見《み》つかった。ドニファンに撃《う》たれた野獣《やじゅう》は、森《もり》の奥《おく》に逃《に》げたらしい。でも、何《なん》の動物《どうぶつ》だったのかは、分《わ》からずじまいだった。

探検隊《たんけんたい》は川辺《かわべ》のキャンプ地《ち》を引《ひ》きはらい、岩壁《がんぺき》に沿《そ》って歩《ある》きはじめた。右手《みぎて》に断崖《だんがい》、左手《ひだりて》に森《もり》と、同《おな》じ景色《けしき》がどこまでも続《つづ》く。

午後三時《ごごさんじ》ごろ、ゴードンの耳《みみ》に銃声《じゅうせい》が届《とど》いた。音《おと》がしたのは、ファンといっしょに先頭《せんとう》を歩《ある》く、ドニファン、ウェッブ、クロスたちの方《ほう》だ。森《もり》の木《き》にかくれて姿《すがた》は見《み》えないが、ドニファンがさけぶ声《こえ》が聞《き》こえた。

「つかまえろ！　そっちに行《い》ったぞ！」

声《こえ》が聞《き》こえたのと同時《どうじ》に、森《もり》の中《なか》から大《おお》きな動物《どうぶつ》が飛《と》びだしてきた。おりよくラゾを手《て》に持《も》っていたバクスターが、動物《どうぶつ》の頭《あたま》を狙《ねら》って投《な》げた。

投《な》げ輪《わ》はみごとに獲物《えもの》の首《くび》に引《ひ》っかかった。動物《どうぶつ》は逃《に》げようとしたが、ゴードン、ウィルコックス、サービスが三人《にん》がかりでラゾを木《き》の幹《みき》に巻《ま》きつけ、身動《みうご》きをとれなくした。

「ちぇっ。おれとしたことが、撃《う》ちそこなうとは」

かけつけたドニファンが、くやしそうに言《い》う。

「殺《ころ》さずに生《い》けどりにできたんだから、よかったじゃない」と、サービス。

「生《い》けどりにしてどうするんだよ。どっちみち殺《ころ》すのに」

「殺《ころ》すなんてとんでもないよ。荷車《にぐるま》を引《ひ》かせるのにぴったりな動物《どうぶつ》を見《み》つけたんだからな。これはグアナコといって、南《みなみ》アメリカの農場《のうじょう》でも飼《か》われている動物《どうぶつ》なんだ」

ゴードンが言《い》った。ベージュの毛《け》でおおわれたグアナコは、首《くび》がひょろりと長《なが》く、脚《あし》も細長《ほそなが》い。飼《か》いならせば馬《うま》のように使《つか》えるそうだ。

グアナコはおくびょうな性質《せいしつ》なので、ラゾを綱《つな》がわりに引《ひ》っぱると、おとなしくついてきた。

探検隊《たんけんたい》はフレンチ・デンをめざし、帰《かえ》り道《みち》をいそいだ。じつを言《い》うと、サービスはさっそくグアナコの背《せ》に乗《の》りたがったのだが、ゴードンにきっぱり却下《きゃっか》された。

「サービス、まだ早《はや》いって。この間《あいだ》、ダチョウに乗《の》ろうとしてどうなったか、わすれたのか？」

夕方《ゆうがた》六時《じ》、フレンチ・デンに到着《とうちゃく》した探検隊《たんけんたい》は、仲間《なかま》たちの大歓声《だいかんせい》で迎《むか》えいれられた。

16　クリスマスのお祝《いわ》い

ゴードンたちが探検《たんけん》に出《で》ている間《あいだ》、フレンチ・デンの下級生《かきゅうせい》たちはみんな、ブリアンの言《い》うことをよく聞《き》いて、毎日《まいにち》をすごしていた。

でも、ブリアンには一つ、気《き》がかりなことがあった。弟《おとうと》の様子《ようす》があいかわらずおかしいのだ。何度理由《なんどりゆう》を聞《き》いても、弟《おとうと》は「なんでもない」と、首《くび》を振《ふ》るばかりだった。

「なんでもないって言《い》うけど、最近《さいきん》ますますふさぎこんでるじゃないか。いったい何《なに》があったんだい？　兄弟《きょうだい》なんだから話《はな》してくれよ」

ブリアンが食《く》いさがると、ジャックは辛《つら》そうにこうつぶやいた。

「兄《にい》さんなら、ぼくを許《ゆる》してくれるかもしれない。けど、みんなは……」

「許《ゆる》す？　いったい何《なに》をしたんだ？」

「いつか話《はな》すよ。いつかね……」

ジャックは目《め》に涙《なみだ》を浮《う》かべていた。そして、それ以上《いじょう》はどうしても話《はな》そうとしなかった。

困《こま》りはてたブリアンは、探検《たんけん》から帰《かえ》ってきたゴードンに、このことを相談《そうだん》してみた。すると、ゴードンはこう言《い》った。

「ジャックが自分《じぶん》から話《はな》したくなるまで、そっとしておけばいいよ。何《なに》かしたっていっても、そんなたいしたことじゃないだろうし」

探検隊《たんけんたい》がもどったつぎの日《ひ》から、少年《しょうねん》たちは狩《か》りに精《せい》を出《だ》した。冬《ふゆ》の間《あいだ》に減《へ》ってしまった食料《しょくりょう》のストックを、増《ふ》やさなければならないからだ。銃弾《じゅうだん》は貴重《きちょう》なのでなるべく使《つか》わないようにして、かわりに罠《わな》をたくさん作《つく》った。

ビクーニャとグアナコのための飼育場《しいくじょう》と小屋《こや》も、ホールのそばに作《つく》ることになった。木《き》を伐《き》りだして、家畜《かちく》を狙《ねら》う野獣《やじゅう》が入《はい》ってこられないような、頑丈《がんじょう》で背《せ》の高《たか》い柵《さく》をこしらえるのだ。小屋《こや》づくりには、スルーギ号《ごう》の外板《がいはん》を使《つか》った。できあがった飼育場《しいくじょう》には、グアナコ一頭《とう》と、つがいのビクーニャがさらに加《くわ》わり、敷地《しきち》の隅《すみ》には鳥小屋《とりごや》も作《つく》られた。ノガンやシギダチョウを飼《か》うためだ。

ビクーニャからはミルクが、鳥《とり》からは卵《たまご》がとれるとなると、あとは砂糖《さとう》さえあれば、甘《あま》いお菓《か》子《し》を作《つく》ることができる。何度《なんど》も森《もり》へ足《あし》を運《はこ》ぶうち、ゴードンはとうとう、メープルシロップがとれるカエデの木《き》を見《み》つけた。

こうして、必要《ひつよう》なものはほとんど、チェアマン島《とう》のものでまかなえるようになった。ただ野菜《やさい》だけは、湖《みずうみ》のそばでとれるセロリ以外《いがい》は、手《て》に入《はい》らなかった。ブリアンが山芋《やまいも》の栽培《さいばい》に挑戦《ちょうせん》してみたのだが、これは失敗《しっぱい》に終《お》わった。

十二月《がつ》の初旬《しょじゅん》、アザラシ狩《が》りに、スルーギ湾《わん》へ行《い》くことになった。ろうそくや灯油《とうゆ》が底《そこ》をつきかけたので、アザラシから油《あぶら》をとろうと思《おも》いついたのだ。今回《こんかい》は、下級生《かきゅうせい》もいっしょに、全員《ぜんいん》で行《い》くことに決《き》まった。

バクスターが作《つく》った荷車《にぐるま》に、食料《しょくりょう》と大鍋《おおなべ》、空《から》の樽《たる》を六つばかり積《つ》みこみ、グアナコに引《ひ》かせた。狩《か》ったアザラシはその場《ば》でさばき、油《あぶら》だけ樽《たる》に入《い》れて持《も》ち帰《かえ》る計画《けいかく》だ。

夜明《よあ》けとともに出発《しゅっぱつ》し、午前《ごぜん》十時《じ》ごろスルーギ湾《わん》に着《つ》いた。川岸《かわぎし》で一休《ひとやす》みしていると、砂浜《すなはま》で、アザラシの集団《しゅうだん》がひなたぼっこしているのが見《み》えた。

上級生《じょうきゅうせい》たちは、襲撃《しゅうげき》の準備《じゅんび》を始《はじ》めた。川《かわ》の土手《どて》にかくれ、姿《すがた》を見《み》られないように前《まえ》かがみで浜《はま》まで出《で》ると、アザラシの一団《いちだん》を取《と》りかこむようにして銃《じゅう》を構《かま》える。ドニファンの号令《ごうれい》でいっせいに撃《う》つと、弾《たま》はことごとく命中《めいちゅう》した。

銃弾《じゅうだん》をまぬがれたアザラシたちは、あわてて起《お》きあがると、後《うし》ろ足《あし》をばたつかせながら、海《うみ》に向《む》かって逃《に》げた。上級生《じょうきゅうせい》たちがその後《あと》を追《お》いかけ、さらに銃弾《じゅうだん》をあびせる。数分後《すうふんご》、砂浜《すなはま》には二十頭《とう》ほどの傷《きず》ついたアザラシが残《のこ》された。

その後《あと》は、胸《むね》の悪《わる》くなるような作業《さぎょう》が待《ま》っていた。まず、石《いし》をならべて作《つく》ったかまどの上《うえ》に、川《かわ》の水《みず》を入《い》れた大鍋《おおなべ》をのせる。その中《なか》に、切《き》りわけたアザラシの肉《にく》を入《い》れ、ゆでるのだ。お湯《ゆ》の表面《ひょうめん》に油《あぶら》が浮《う》かんできたら、上《うわ》ずみだけすくいあげて、持《も》ってきた樽《たる》の中《なか》に流《なが》しこんでいく。あたり一面《いちめん》に、アザラシの生臭《なまぐさ》い臭《にお》いが漂《ただよ》った。みんなは鼻《はな》をつまみ、「くさい、くさい」ともんくを言《い》いあいながらも、協力《きょうりょく》して作業《さぎょう》を続《つづ》けた。

つぎの日《ひ》までかかって、千リットルもの油《あぶら》を集《あつ》めた。フレンチ・デンにもどってから、さっそく集《あつ》めた油《あぶら》に火《ひ》をともしてみると、少《すこ》し暗《くら》いが、じゅうぶんに使《つか》えることが分《わ》かった。これだけ量《りょう》があれば、つぎの冬《ふゆ》の間《あいだ》も心配《しんぱい》はいらない。

いそがしく過《す》ごすうちに、年末《ねんまつ》が近《ちか》づいていた。統治者《とうちしゃ》ゴードンは、この島《しま》で迎《むか》えるクリスマスを、祖国《そこく》や家族《かぞく》を思《おも》いながら過《す》ごしたいと考《かんが》えた。そこで、クリスマスとそのつぎの日《ひ》は、仕《し》事《ごと》も勉強《べんきょう》も休《やす》んで、盛大《せいだい》に祝《いわ》うことにした。

料理係《りょうりがかり》のモコは、助手《じょしゅ》のサービスと、ごちそうのメニューについて相談《そうだん》しあった。コスターとドールはメニューが知《し》りたくて、何日《なんにち》も前《まえ》からうずうずしていた。ホールはスルーギ号《ごう》にあった旗《はた》で飾《かざ》りつけられ、フレンチ・デンはすっかりお祭《まつ》りムードだった。

いよいよクリスマス当日《とうじつ》になると、少年《しょうねん》たちは運動場《うんどうじょう》でミニゴルフやサッカー、ボウリングなどをして遊《あそ》んだ。その後《あと》は、おまちかねのディナーだ。鳥《とり》のワイン煮《に》、シギダチョウのサラミ、ノウサギの香草焼《こうそうや》き、ノガンの丸焼《まるや》き、野菜《やさい》の缶《かん》づめ、そしてデザートは、モコ特製《とくせい》のピラミッド形《がた》クリスマスプディング。年《ねん》に一度《ど》のお祝《いわ》いにふさわしい、特《とく》別《べつ》なごちそうだった。

「メリー・クリスマス。統治者《とうちしゃ》ゴードンに、乾杯《かんぱい》！」

ブリアンが音頭《おんど》をとると、ゴードンが礼《れい》を言《い》った。すると、今度《こんど》は、下級生《かきゅうせい》のコスターが立《た》ちあがって言《い》った。

「ブリアン、いつもぼくたちの世話《せわ》をしてくれてありがとう！」

仲間《なかま》たちから拍手《はくしゅ》がわきおこり、ブリアンは感激《かんげき》で胸《むね》がいっぱいになった。でも、そんな心温《こころあたた》まる光《こう》景《けい》を、ドニファンはしらけた目《め》で眺《なが》めるだけだった。

17　ジャックのうちあけ話《ばなし》

　チェアマン島《とう》に漂着《ひょうちゃく》してから、十か月《げつ》が経《た》った。初《はじ》めのころに比《くら》べれば、ずいぶん暮《く》らしやすくなったし、ゴードンの気配《きくば》りのおかげで、みんな健康《けんこう》に過《す》ごしている。それでもやはり、いつかはこの島《しま》を脱出《だっしゅつ》したい――ブリアンはそう願《ねが》っていた。少年《しょうねん》たち、とりわけ下級生《かきゅうせい》は、家族《かぞく》を必要《ひつよう》としているのだ。

　とりあえず今《いま》できることは、外《そと》からの助《たす》けを待《ま》つことと、つぎの冬《ふゆ》に備《そな》えることだ。まずは、厳《きび》しい寒《さむ》さを乗《の》りきるのに十分《じゅうぶん》な薪《まき》をたくわえ、家畜小屋《かちくごや》にも暖炉《だんろ》をとりつける必要《ひつよう》がある。食料《しょくりょう》も、もっと増《ふ》やさないといけない。

　けれどそれだけでなく、島《しま》から脱出《だっしゅつ》する可能性《かのうせい》をさぐるために、探検《たんけん》もしておきたい。ブリアンはゴードンに相談《そうだん》をもちかけた。

「島《しま》の東側《ひがしがわ》の海岸《かいがん》に行《い》ってみたいんだ。ボードワンの地図《ちず》では、この島《しま》のまわりには海《うみ》しかないように描《か》いてあるけど、ぼくたちには望遠鏡《ぼうえんきょう》がある。ボードワンには見《み》えなかった陸地《りくち》が、見《み》えるかもしれないと思《おも》うんだ」

「分《わ》かった。それじゃあ、探検隊《たんけんたい》を組《く》もう」

「メンバーは二、三人《にん》におさえたいんだ。木製《もくせい》ボートで湖《みずうみ》を横断《おうだん》しようと思《おも》ってるから」

「なるほど、ボートか。でも、操縦《そうじゅう》できるのか？」

「操縦《そうじゅう》は、モコに頼《たの》むよ。もう一人《ひとり》、ジャックを連《つ》れていきたいんだけど、いいかな。ずっとふさぎこんでいるわけをじっくり聞《き》くのに、いい機会《きかい》だと思《おも》うんだ」

「もちろんかまわないよ。じゃあ、さっそく準備《じゅんび》にかかってくれ」

すぐにボートの整備《せいび》が始《はじ》まった。持《も》ち物《もの》は、猟銃《りょうじゅう》二丁《ちょう》、拳銃《けんじゅう》三丁《ちょう》、弾薬《だんやく》、毛布《もうふ》、水《みず》と食料《しょくりょう》、雨《あま》がっぱに、船《ふね》をこぐオール四本《ほん》だ。ドニファンは、自分《じぶん》も探検《たんけん》に参加《さんか》したいと言《い》って、ゴードンにさんざん抗議《こうぎ》した。でもそれでも聞《き》きいれられないと分《わ》かると、クロスとウェッブ、ウィルコックスに当《あ》たりちらした。

二月四日《がつよっか》の朝《あさ》八時《じ》、探検隊《たんけんたい》はボートで出発《しゅっぱつ》した。モコがとりつけた帆《ほ》のおかげで、ボートは風《かぜ》を受《う》け、ぐんぐん前《まえ》に進《すす》んだ。あいにく、とちゅうで風《かぜ》が止《や》んだので帆《ほ》をおろし、それからはモコとブリアンで、オールをこいだ。北東《ほくとう》に向《む》かってこぎつづけ、夕方《ゆうがた》六時《じ》ごろ、とうとう湖岸《こがん》に到着《とうちゃく》した。ブリアンが、湖《みずうみ》から流《なが》れでている川《かわ》を指《ゆび》さして言《い》う。

「あれが、ボードワンの地図《ちず》に描《か》かれていた川《かわ》だね」

「さっそく、川《かわ》に名前《なまえ》をつけましょうか」モコが言《い》う。

「そうだね。《東川《ひがしがわ》》っていうのはどうかな」

「いいですね。じゃあ、東川《ひがしがわ》を下《くだ》りますか」

「いや、それは明日《あした》にして、今夜《こんや》はこの辺《あた》りでキャンプを張《は》ろうよ」

三人《にん》は岸《きし》に上《あ》がってボートをつなぐと、食事《しょくじ》をとり、ブナの木《き》の下《した》で毛布《もうふ》にくるまって眠《ねむ》った。

翌朝《よくあさ》六時《じ》。三人《にん》はふたたびボートに乗《の》った。水《みず》の流《なが》れは速《はや》く、ボートはすいすい川《かわ》を下《くだ》っていった。森《もり》の中《なか》ではダチョウ、グアナコ、ビクーニャなどが走《はし》りまわり、鳥《とり》たちがさえずっている。

昼《ひる》ごろになると、両岸《りょうぎし》に見《み》える森《もり》の樹木《じゅもく》が、目《め》に見《み》えて少《すく》なくなってきた。風《かぜ》に乗《の》って、潮《しお》の香《かお》りも漂《ただよ》ってくる。数分後《すうふんご》、木々《きぎ》の向《む》こうに海《うみ》が見《み》えてきた。

河口《かこう》でボートを岸《きし》につなぎ、海岸《かいがん》に出《で》る。目《め》の前《まえ》には、島《しま》の西側《にしがわ》とはずいぶんちがう景色《けしき》が広《ひろ》がっていた。海岸線《かいがんせん》に、無数《むすう》の岩山《いわやま》が、にょきにょきと立《た》ちならんでいる。岩山《いわやま》のあちこちに、洞穴《ほらあな》が口《くち》を開《あ》けているのが見《み》えた。

沖《おき》の方《ほう》に目《め》をやると、水平線《すいへいせん》がくっきりと見《み》えた。船影《せんえい》はもちろん、大陸《たいりく》も島《しま》もいっさい見《み》えない。望遠鏡《ぼうえんきょう》をのぞいてみたが、むだだった。やはりこの島《しま》は孤島《ことう》なのだ。西《にし》にも東《ひがし》にも、あるのは海《うみ》だけ。

（まあ、半分予想《はんぶんよそう》していたことだけど……）

ブリアンはこの場所《ばしょ》を、《がっかり湾《わん》》と名《な》づけた。

午後《ごご》は、海岸沿《かいがんぞ》いを歩《ある》いてみることにした。岩《いわ》の塊《かたまり》に開《あ》いた洞穴《ほらあな》の前《まえ》を、いくつも通《とお》りすぎた。海風《うみかぜ》が直接吹《ちょくせつふ》きつけるのが難点《なんてん》だが、洞穴《ほらあな》の中《なか》は居心地《いごこち》がよさそうだ。

三人《にん》は、ひときわ大《おお》きな、クマのような形《かたち》をした岩山《いわやま》の上《うえ》によじ登《のぼ》り、あたりを観察《かんさつ》した。西《にし》には森《もり》が広《ひろ》がっている。南《みなみ》は砂丘地帯《さきゅうちたい》で、北側《きたがわ》は荒《あ》れはてた砂漠《さばく》だ。

「ブリアンさん……あそこにあるのはなんでしょうね？」

望遠鏡《ぼうえんきょう》を手《て》にしたモコが、北東《ほくとう》の沖《おき》を指《ゆび》さした。

ブリアンが望遠鏡《ぼうえんきょう》を向《む》けると、水平線《すいへいせん》の上《うえ》に白《しろ》っぽい点《てん》が見《み》えた。空《そら》は真《ま》っ青《さお》で晴《は》れわたっているから、雲《くも》のはずはない。白《しろ》い点《てん》は、ずっと眺《なが》めていても、ぴくりとも動《うご》かなかった。

「山《やま》みたいに見《み》えるけど……そんなわけないか」

太陽《たいよう》が西《にし》に傾《かたむ》くにつれ、白《しろ》い点《てん》は見《み》えなくなっていった。本当《ほんとう》に山《やま》なのだろうか。それとも、光《ひかり》の反射《はんしゃ》でそう見《み》えただけなのか……。

三人《にん》は、《クマ岩港《いわこう》》と名《な》づけた浜辺《はまべ》から、ボートにもどって夕食《ゆうしょく》をとった。その後《あと》は、月《つき》が明《あか》るい夜《よる》だったので、朝《あさ》まで待《ま》たず、夜《よる》十時頃《じごろ》に始《はじ》まる満《み》ち潮《しお》に乗《の》って、川《かわ》をさかのぼることにした。出発《しゅっぱつ》までの数時間《すうじかん》、ブリアンとジャックは浜《はま》を散歩《さんぽ》し、モコは川岸《かわぎし》でマツカサを拾《ひろ》い集《あつ》めてまわった。マツの実《み》はおいしいのだ。

モコがボートにもどったとき、二人《ふたり》の姿《すがた》は見《み》えなかった。

だが、浜辺《はまべ》の方《ほう》からだれかの大声《おおごえ》とすすり泣《な》きが聞《き》こえてきて、モコはぎょっとした。

(まさか、二人《ふたり》の身《み》に何《なに》かあったんじゃ……)

心配《しんぱい》して浜辺《はまべ》にかけつけたモコは、岩陰《いわかげ》で、はたと足《あし》を止《と》めた。

ジャックがブリアンの前《まえ》で、ひざまずいて泣《な》きじゃくっているのが見《み》えたからだ。

立《た》ち聞《ぎ》きしては悪《わる》いと、モコは静《しず》かにその場《ば》

を立《た》ちさろうとした。でもその間《あいだ》に、二人《ふたり》の会話《かいわ》が耳《みみ》に入《はい》ってしまった。

「なんだって⁉　ジャック、おまえのせいだっていうのか？　おまえのせいで……」

「ごめんなさい……兄《にい》さん、ごめんなさい……」

「そうか、だからみんなからはなれていたんだな。自分《じぶん》のやったことを知《し》られるのがこわくて……。こんなこと、だれにも言《い》っちゃやだめだぞ」

モコは、秘密《ひみつ》を聞《き》いてしまったことを後悔《こうかい》した。でも、聞《き》いてしまった以上《いじょう》、ブリアンに黙《だま》っているわけにはいかない。そこで、ブリアンたちがボートにもどってきたときに、そっと耳《みみ》うちした。

「ブリアンさん。おれ、さっきの話《はなし》、聞《き》いてしまって……」

「え？　じゃあ、ジャックがやったことを知《し》って……」

「はい。でも、許《ゆる》してあげましょうよ、ブリアンさん」

「みんなが知《し》ったら、モコと同《おな》じように許《ゆる》してくれると思《おも》うかい？」

「さあ、それはどうかな……。おれは、だまっとく方《ほう》がいいと思《おも》います。だれにも言《い》いませんから、安心《あんしん》してください」

ブリアンは感謝《かんしゃ》のしるしに、モコの手《て》をきつくにぎりしめた。

やがてボートは、空《そら》にぽっかり浮《う》かぶ満月《まんげつ》に照《て》らされ、満《み》ち潮《しお》に乗《の》って川《かわ》をのぼりはじめた。

翌朝《よくあさ》、湖《みずうみ》に出《で》てから、モコがボートに帆《ほ》を張《は》った。さわやかな風《かぜ》を受《う》け、ボートが湖《みずうみ》をつっきっていく。

夕方《ゆうがた》六時頃《じごろ》、湖《みずうみ》で魚《さかな》つりをしていたガーネットが、三人《にん》を乗《の》せたボートを見《み》つけて手《て》を振《ふ》った。三人《にん》は、ゴードンたちが待《ま》ちわびる、フレンチ・デンにたどりついたのだった。

18　もめごとの種《たね》

ブリアンは、ジャックの秘密《ひみつ》をだれにも、ゴードンにすら言《い》わないで、探検《たんけん》の結果《けっか》だけを報告《ほうこく》した。東《ひがし》の沖《おき》に、陸《りく》らしいものは見《み》えなかったこと。水平線近《すいへいせんちか》くに白《しろ》い点《てん》が見《み》えたけれど、それは光《ひかり》の反射《はんしゃ》か、水蒸気《すいじょうき》の可能性《かのうせい》が高《たか》いこと。陸《りく》が見《み》つからなかったからには、今《いま》までどおり、外《そと》からの助《たす》けを待《ま》ちながら、毎日《まいにち》を生《い》きのびるしかないということ……。

少年《しょうねん》たちは、ふたたびやってくる厳《きび》しい冬《ふゆ》に向《む》け、準備《じゅんび》を始《はじ》めた。ブリアンは今《いま》までよりもっと熱心《ねっしん》に、仲間《なかま》のために働《はたら》いた。でも、前《まえ》より口数《くちかず》が少《すく》なくなり、仲間《なかま》たちから距離《きょり》を置《お》くようにもなっていた。

(ブリアンは、きつい仕事《しごと》があると、ジャックにばかりやらせるようになった。ジャックもそれを、進《すす》んで引《ひ》きうけている。なぜなんだ?)

ゴードンはふしぎに思《おも》った。でも、ブリアンが何《なに》も言《い》わないので、そのまま見守《みまも》ることにした。

ふた月《つき》の間《あいだ》、少年《しょうねん》たちは狩《か》りと釣《つ》りに精《せい》を出《だ》して、食料《しょくりょう》のたくわえを増《ふ》やし、薪《まき》もたっぷりためこんだ。冬《ふゆ》じたくの合間《あいま》に、勉強《べんきょう》にもしっかり取《と》りくみ、上級生《じょうきゅうせい》は下級生《かきゅうせい》を教《おし》えながら、週《しゅう》二回《かい》の討論会《とうろんかい》を続《つづ》けた。ドニファンはあいかわらず成績優秀《せいせきゆうしゅう》だったが、自慢《じまん》するのもあいかわらずなので、ほとんどの仲間《なかま》から煙《けむ》たがられていた。

それでもドニファンは、つぎの選挙《せんきょ》で自分《じぶん》が統治者《とうちしゃ》に選《えら》ばれるつもりでいた。取《と》りまきの三人《にん》以外《いがい》、だれも票《ひょう》を入《い》れそうにないのだが……。とすると、ゴードンがまた選《えら》ばれるかといえば、その可能性《かのうせい》も少《すく》なかった。ゴードンは厳《きび》しいので、下級生《かきゅうせい》たちに人気《にんき》がなかったのだ。たとえば甘《あま》いものはあまり食《た》べさせてくれないし、服《ふく》を汚《よご》したり、穴《あな》をあけたりすると、こっぴどく叱《しか》られる。そんなとき、ブリアンは優《やさ》しく声《こえ》をかけたり、かばってくれたりするので、下級生《かきゅうせい》から慕《した》われていた。

冬《ふゆ》も近《ちか》づいた四月二十五日《がつ にち》、ブリアンとドニファンがけんかをした。外《そと》で《クウォイト》という輪投《わな》げゲームで遊《あそ》んでいたときのことだ。少年《しょうねん》たちは二つのチームに分《わ》かれて試合《しあい》をしていて、ドニファンとブリアンが最後《さいご》に投《な》げる輪《わ》で、勝負《しょうぶ》が決《き》まるところだった。

「ドニファン、外《はず》すなよ！」

ウェッブが声《こえ》をかけると、ドニファンがぴしゃりと言《い》った。

「だまってろよ。気《き》が散《ち》るだろ」

ドニファンはじっくり狙《ねら》いをさだめ、投《な》げ輪《わ》を水平《すいへい》に勢《いきお》いよく飛《と》ばした。だが運悪《うんわる》く、投《な》げ輪《わ》は的《まと》の端《はじ》に当《あ》たったものの、そのまま弾《はじ》きとばされてしまった。

つぎはブリアンの番《ばん》だ。サービスが大声《おおごえ》で応援《おうえん》する。

「よく狙《ねら》うんだぞ、ブリアン！」

ブリアンが位置《いち》につき、的《まと》に向《む》かって輪《わ》を投《な》げる。と、みごとに的《まと》にはまった。

「やった！　ぼくたちの勝《か》ちだ！」

サービスが喜《よろこ》んでいると、ドニファンがつかつかと歩《ある》いてきて言《い》った。

「いいや、ちがうね。ブリアンはズルをした。輪《わ》投《な》げの線《せん》から足《あし》が出《で》てたぞ」

「うそだ！」

サービスがさけぶ。ブリアンも思《おも》わず反論《はんろん》した。

「ぼくはズルなんかしてない。地面《じめん》についた靴《くつ》あとを見《み》れば分《わ》かるはずだよ。うそをついてズルしてるのは、ドニファンの方《ほう》だろ」

「なんだと？」

ドニファンは声《こえ》をあららげたかと思《おも》うと、ボクシング選手《せんしゅ》みたいに、両手《りょうて》を前《まえ》に突《つ》きだした。

ブリアンはけんかを買《か》うつもりはなかったので、怒《いか》りをぐっとおさえて言《い》った。

「けんかは止《や》めようよ」

「ふん、弱虫《よわむし》。なぐられるのがこわいんだろう。臆病者《おくびょうもの》め！」

そうまで言《い》われたら、ブリアンもだまってはいられない。二人《ふたり》は正面《しょうめん》からにらみあった。ブリアンが腕《うで》まくりをし、ドニファンに向《む》かって大股《おおまた》で歩《ある》いていく。

いまにもなぐりあいが始《はじ》まりそうになったとき、ゴードンがかけつけた。ドールがあわてて呼《よ》びにいったのだ。

「止《や》めるんだ、二人《ふたり》とも！」

「ブリアンのやつ、このおれを、うそつき呼《よ》ばわりしたんだぞ！」

「最初《さいしょ》に言《い》いがかりをつけてきたのは、ドニファンの方《ほう》じゃないか」

ドニファンとブリアンが口々《くちぐち》に言《い》いはる。ゴードンは厳《きび》しい口調《くちょう》で言《い》った。

「ドニファン。先《さき》にけんかをしかけたのが本当《ほんとう》なら、きみの方《ほう》が悪《わる》いぞ。どうしてそうやっていつも、ブリアンにつっかかるんだ。ブリアンはいいやつなのに」

「ふん！　そうやって、おればかり責《せ》めてればいいさ。ブリアン、かかってこい！」

かみつくように言《い》ったドニファンを、ゴードンがどなりつけた。

「止《や》めろ、ドニファン！　どこかに行《い》って頭《あたま》を冷《ひ》やしてこい。これは統治者《とうちしゃ》の命令《めいれい》だ！」

「そうだ、そうだ！　ゴードンの言《い》うとおりだ」
ウェッブ、ウィルコックス、クロス以外《いがい》の少年《しょうねん》たちが、口々《くちぐち》に言《い》う。
ドニファンはきびすを返《かえ》し、すたすたとどこかへ歩《ある》きさった。寝《ね》る時間《じかん》になってようやくフレンチ・デンにもどってきたが、反省《はんせい》するどころか、ブリアンにますます恨《うら》みをつのらせているようだった。
この事件《じけん》からしばらくして、六月十日《がつとおか》がやってきた。二代目《だいめ》の統治者選挙《とうちしゃせんきょ》の日《ひ》だ。ドニファンは、取《と》りまきのウェッブ、ウィルコックス、クロスを使《つか》って、自分《じぶん》に投票《とうひょう》するよう、仲間《なかま》に売《う》りこんでいた。ゴードンは統治者《とうちしゃ》を続《つづ》けたいと思《おも》っていないようだし、ブリアンは統治者《とうちしゃ》になろうなんて考《かんが》えてもいないらしい。だからドニファンは、すでに選《えら》ばれた気《き》になっていた。
ところが、ふたを開《あ》けてみると、投票結果《とうひょうけっか》はこうだった。
ブリアン――　八票《ぴょう》
ドニファン――　三票《びょう》
ゴードン――　一票《ぴょう》
ドニファンは、ひどくショックを受《う》けた。
ブリアンも、選《えら》ばれると思《おも》っていなかったので、しばらくあっけにとられていた。初《はじ》めは、自《じ》分《ぶん》にはリーダーになる資格《しかく》がないと思《おも》い、断《ことわ》ろうとしたのだが、弟《おとうと》の顔《かお》が目《め》に入《はい》り、考《かんが》えを変《か》えた。

「みんな、ありがとう。一年間《ねんかん》、一生懸命《いっしょうけんめい》がんばります」

こうしてブリアンは、チェアマン島《とう》の第《だい》二代《だい》統治者《とうちしゃ》になったのだった。

19　霧《きり》のスケート大会《たいかい》

　実際《じっさい》のところ、ブリアンは統治者《とうちしゃ》となるのにふさわしい少年《しょうねん》だった。勇気《ゆうき》があって親切《しんせつ》で、仲間《なかま》のために一生懸命《いっしょうけんめい》がんばるので、みんなから好《す》かれていたのだ。ブリアンをよく思《おも》わないのは、ドニファンとその取《と》りまきの三人《にん》だけだった。でも、その四人《にん》だって心《こころ》の底《そこ》では、ブリアンを嫌《きら》う理由《りゆう》なんてないことは分《わ》かっていたのだ。

　弟《おとうと》のジャックは、ブリアンが統治者《とうちしゃ》を引《ひ》きうけたことを、意外《いがい》に思《おも》っていた。

「兄《にい》さん、どうして引《ひ》きうけたの？　弟《おとうと》のぼくがあんなことをしたから、断《ことわ》るかと思《おも》った」

「みんなの役《やく》に立《た》ちたいからだよ。ジャックのやったことを、少《すこ》しでもつぐなえるようにね」

「ありがとう。ぼく、どんなことでも手伝《てつだ》うよ」

　七月《がつ》の初《はじ》め、ついに冬《ふゆ》がやってきた。川面《かわも》が凍《こお》りつき、しばらくすると気温《きおん》はマイナス二十度《ど》まで下《さ》がった。

　冬《ふゆ》の間《あいだ》、仲間《なかま》たちはブリアンのいうことをよく聞《き》いた。ドニファンと三人《にん》の取《と》りまきも、自分《じぶん》たちの仕事《しごと》をきちんとこなした。ただ、いつも四人《にん》でかたまってひそひそ話《ばなし》をし、他《ほか》のみんなとは、ほとんど話《はな》そうとしなかった。

一方《いっぽう》のジャックは、兄《あに》のブリアンに秘密《ひみつ》をうちあけてから、仲間《なかま》と遊《あそ》んだり、話《はな》したりすることが増《ふ》えた。モコは、そんなジャックの変化《へんか》を、うれしく思《おも》いながら見守《みまも》っていた。

フレンチ・デンで冬《ふゆ》ごもりをする間《あいだ》、ブリアンは故郷《こきょう》のオークランドに帰《かえ》ることを考《かんが》えていた。いつも頭《あたま》の片《かた》すみには、がっかり湾《わん》の沖《おき》にぽつりと見《み》えた、白《しろ》い点《てん》の映像《えいぞう》が浮《う》かんでいた。

（ひょっとしてあの点《てん》は、陸《りく》だったのかもしれないな。自分《じぶん》たちで船《ふね》を作《つく》ったら、あそこまで行《い》けるだろうか）

そう考《かんが》えて、機械工作《きかいこうさく》に強《つよ》いバクスターに相談《そうだん》してみたのだが、海《うみ》を渡《わた》れるような船《ふね》を作《つく》るのは、自分《じぶん》たちには無理《むり》だという答《こた》えだった。

「ああ、ぼくたちが大人《おとな》だったらよかったのに！」

ブリアンは、歯《は》がゆくてしかたなかった。

八月《がつ》の前半《ぜんはん》、気温《きおん》がマイナス三十度《ど》まで下《さ》がった。しばらくの間《あいだ》、外《そと》に一歩《いっぽ》も出《で》られない日《ひ》が続《つづ》いたが、八月《がつ》の後半《こうはん》に入《はい》ると寒《さむ》さがやわらいだので、ブリアンは湖《みずうみ》でスケート大会《たいかい》を開《ひら》くことにした。さっそくバクスターが板《いた》に鉄《てつ》の刃《は》をつけ、スケート靴《ぐつ》をこしらえた。ニュージーランドではアイススケートでよく遊《あそ》んだので、みんな大《おお》よろこびだ。

八月《がつ》二十五日《にち》、少年《しょうねん》たちは午後《ごご》から湖《みずうみ》に出《で》かけた。まだ小《ちい》さいアイバーソン、ドール、コスターの三人《にん》だけは、事故《じこ》が起《お》きたら危《あぶ》ないので、モコといっしょにフレンチ・デンに残《のこ》ることになった。

少年《しょうねん》たちは、湖岸《こがん》を五キロメートルほど北《きた》に歩《ある》いたあたりで、平《たい》らな氷《こおり》がどこまでも続《つづ》く場所《ばしょ》を見《み》つけた。スケート大会《たいかい》を開《ひら》くのに、ちょうどいい場所《ばしょ》だ。

ブリアンは仲間《なかま》を集《あつ》めて言《い》った。

「みんな、転《ころ》んで骨折《こっせつ》でもしたらたいへんだから、はめを外《はず》さないようにね。それから、ゴードンとぼくの目《め》が届《とど》かないところには行《い》かないこと。ぼくたち二人《ふたり》はここにいるから、笛《ふえ》が鳴《な》ったら集合《しゅうごう》して」

少年《しょうねん》たちはさっそくすべりはじめた。みんな、軽《かろ》やかにすいすい走《はし》る。中《なか》でもジャックは、格《かく》別《べつ》うまかった。片足《かたあし》を上《あ》げたり、円《えん》を描《えが》いたりと、自由自在《じゆうじざい》にすべっている。弟《おとうと》が仲間《なかま》と楽《たの》しそうにしているのを見《み》て、ブリアンはうれしく思《おも》った。

ところが、ジャックがみんなの中心《ちゅうしん》にいるのを、おもしろく思《おも》わない者《もの》が一人《ひとり》いた。ドニファンだ。ドニファンはクロスを呼《よ》んで、こうもちかけた。

「東《ひがし》の方角《ほうがく》に、カモの群《む》れが見《み》えるだろう？　しとめてこようぜ」

二人《ふたり》とも、いつでも狩《か》りができるよう、猟銃《りょうじゅう》を持《も》ってきていたのだ。でも最初《さいしょ》、クロスは首《くび》を縦《たて》に振《ふ》るのをためらった。

「けど、さっきブリアンがだめだって……」

「あいつの言《い》うことなんか聞《き》いてられるかよ。早《はや》いとこ追《お》いかけようぜ！」

こうして、ドニファンとクロスはカモの群《む》れを追《お》いかけ、湖《みずうみ》の奥《おく》へ向《む》かってすべりだした。

二人《ふたり》の姿《すがた》はどんどん遠《とお》くなり、やがて二つの黒《くろ》い点《てん》になった。

（だいじょうぶかな、あの二人《ふたり》……）

ブリアンは心配《しんぱい》になった。冬《ふゆ》の間《あいだ》は、天気《てんき》が急《きゅう》に変《か》わることがある。風向《かざむ》きしだいでとつぜん霧《きり》が出《で》たり、突風《とっぷう》が吹《ふ》いたりするのだ。そんなときにみんなとはなれて遠《とお》くにいたら、もどってこられなくなる。

ブリアンのいやな予感《よかん》は当《あ》たった。二時《じ》ごろ、とつぜん湖《みずうみ》の奥《おく》の方《ほう》から、濃《こ》い霧《きり》が立《た》ちこめてきたのだ。

「霧《きり》の中《なか》で、もどる方角《ほうがく》が分《わ》からなくなってるのかもしれない」

ブリアンが言《い》うと、ゴードンが声《こえ》を張《は》りあげた。

「警笛《けいてき》だ。警笛《けいてき》を鳴《な》らせ！」

笛《ふえ》が吹《ふ》きならされた。ドニファンとクロスに警笛《けいてき》が聞《き》こえていれば、銃声《じゅうせい》の合図《あいず》が返《かえ》ってくるはずだ。でも、何《なに》も聞《き》こえない。霧《きり》はどんどん濃《こ》くなって、湖《みずうみ》の奥《おく》から広《ひろ》がってくる。もうすぐ、なんの見通《みとお》しもきかなくなってしまうだろう。

「どうする？　ブリアン」

ゴードンが聞《き》いた。

「二人《ふたり》が完全《かんぜん》にはぐれてしまわないうちに、警笛《けいてき》を吹《ふ》きながら見《み》つけにいくしかない。ぼく、行《い》ってくるよ」

「兄《にい》さん、ぼくが行《い》くよ！　全速力《ぜんそくりょく》で走《はし》って、二人《ふたり》に追《お》いついてみせるから」

言《い》うが早《はや》いか、ジャックは警笛《けいてき》を吹《ふ》きならしながら、白《しろ》い霧《きり》の向《む》こうに消《き》えた。警笛《けいてき》はしだいに遠《とお》くなり、やがて聞《き》こえなくなった。

三十分《ぷん》が経《た》った。ドニファンとクロスだけでなく、ジャックももどってこない。ブリアンたちはフレンチ・デンまで銃《じゅう》を取《と》りにもどり、空《そら》に向《む》かって撃《う》った。でも、返事《へんじ》は聞《き》こえなかった。

三時半《じはん》になり、日《ひ》がかたむきはじめた。霧《きり》はどんどん濃《こ》くなるばかりだ。

「銃声《じゅうせい》だと、音《おと》が小《ちい》さくて聞《き》こえないのかもしれない。大砲《たいほう》で合図《あいず》しよう」

ブリアンが言《い》った。ホールの入《い》り口《ぐち》近《ちか》くには、スルーギ号《ごう》に積《つ》んであった大砲《たいほう》が置《お》いてある。それを湖《みずうみ》の岸《きし》まで引《ひ》っぱりだし、北東《ほくとう》の方角《ほうがく》に向《む》けた。

ドーン！

大砲《たいほう》の轟音《ごうおん》が響《ひび》いた。この音《おと》なら、何《なん》キロメートルも先《さき》まで聞《き》こえるはずだ。少年《しょうねん》たちは耳《みみ》を澄《す》ましたが、やはり返事《へんじ》はない。それでもあきらめずに、十分《ぷん》おきに大砲《たいほう》を鳴《な》らしつづけた。

五時《じ》少《すこ》し前《まえ》になって、ついに遠《とお》くで銃声《じゅうせい》が聞《き》こえた。

「ドニファンたちだ！」

バクスターがもう一度《いちど》、大砲《たいほう》をとどろかせる。

やがて、霧《きり》の中《なか》に人影《ひとかげ》が現《あらわ》れた。運動場《うんどうじょう》から起《お》こる歓声《かんせい》に、二人《ふたり》の影《かげ》が手《て》を振《ふ》って応《こた》えた。ドニファンとクロスだ。ジャックの姿《すがた》はない。

ドニファンたちに、ジャックの警笛《けいてき》は聞《き》こえていなかった。ジャックが二人《ふたり》を探《さが》して東《ひがし》に向《む》かう間《あいだ》、二人《ふたり》はもといた場所《ばしょ》にもどろうとして、見当《けんとう》ちがいの方角《ほうがく》に向《む》かっていたからだ。

弟《おとうと》が心配《しんぱい》で、ブリアンの胸《むね》はおしつぶされそうだった。

「ぼくが行《い》けばよかったんだ。ぼくが……！」

ゴードンとバクスターがなぐさめても、ブリアンは自分《じぶん》を責《せ》めるばかりだ。

十分《ぷん》おきに大砲《たいほう》を撃《う》ちつづけるうちに、霧《きり》が晴《は》れてきた。夕暮《ゆうぐ》れ時《どき》から吹《ふ》きはじめた風《かぜ》のおかげだ。そこで、ジャックの目印《めじるし》になるよう、たき火《び》をしようということになった。さっそくみんなが枯《か》れ枝《えだ》を集《あつ》め始《はじ》めたとき、ゴードンが声《こえ》をあげた。

「ちょっと待《ま》った！」

望遠鏡《ぼうえんきょう》で、北東《ほくとう》の方角《ほうがく》をじっと見《み》つめる。

「小《ちい》さな点《てん》が……動《うご》いてるぞ……」

ブリアンはゴードンから望遠鏡《ぼうえんきょう》をひったくり、のぞきこんだ。

「ジャック！　ジャックが見《み》える！」

ジャックは、湖岸《こがん》から一・五キロメートルほどはなれたところにいるようだ。

みんなは声《こえ》を限《かぎ》りに叫《さけ》んだ。

「ジャック、こっちだ！　ジャック！」

スケート靴《ぐつ》をはいたジャックは、矢《や》のような速《はや》さで、フレンチ・デンに向《む》かって走《はし》ってきた。

あと数分《すうふん》で湖岸《こがん》に着《つ》くというとき、バクスターがぎょっとして声《こえ》を上《あ》げた。

「一人《ひとり》じゃないぞ！」

目《め》をこらして見《み》ると、ジャックの百メートルほど後《うし》ろに、二つの黒《くろ》い点《てん》が見《み》える。ゴードンがつぶやいた。

「何《なん》だ、あれ?」

「人《ひと》かな?」となりでバクスターが言《い》う。

「いや、動物《どうぶつ》じゃないか?」とウィルコックス。

「猛獣《もうじゅう》かもしれないぞ!」

ドニファンはそう叫《さけ》ぶなり、銃《じゅう》を手《て》に持《も》ち、わき目《め》もふらずに駆《か》けだした。

数秒後《すうびょうご》、ジャックのもとに駆《か》けつけたドニファンは、獣《けもの》に向《む》かって二発《はつ》、銃《じゅう》をぶっぱなした。とたんに獣《けもの》たちはくるりと回《まわ》れ右《みぎ》し、夕闇《ゆうやみ》の向《む》こうに消《き》えていった。

おどろいたことに、それは二頭《とう》のクマだった。チェアマン島《とう》でクマを見《み》かけたことなど、これまで一度《いちど》もない。ひょっとして、この冬《ふゆ》の間《あいだ》に、流氷《りゅうひょう》づたいに島《しま》までわたってきたのだろうか?

だとしたら、案外《あんがい》、近《ちか》いところに陸《りく》があるのかもしれない。

ブリアンは、もどってきたジャックを抱《だ》きしめた。仲間《なかま》たちからも、ハグと握手《あくしゅ》でもみくちゃにされながら、ジャックが口《くち》を開《ひら》く。

「ドニファンとクロスを探《さが》しているうちに、方角《ほうがく》が分《わ》からなくなって……。ずっと迷《まよ》いながらすべってたら、大砲《たいほう》の音《おと》が聞《き》こえたから、そっちに向《む》かって走《はし》りだしたんだ。でも、とちゅうで霧《きり》が晴《は》れたとき、目《め》の前《まえ》に二頭《とう》のクマが現《あらわ》れて、襲《おそ》いかかってきた。それで、全速力《ぜんそくりょく》ですべって逃《に》げた」

ぶじに逃《に》げられたから助《たす》かったが、もしつまずいて転《ころ》びでもしていたら、ジャックの命《いのち》はなかっただろう。

みんなでフレンチ・デンにひきあげるとき、ブリアンはドニファンを呼《よ》びとめた。

「ドニファン。遠《とお》くへ行《い》かないようにと言《い》ったよね。ルールを守《まも》らないと、大変《たいへん》な事故《じこ》につながる。今回《こんかい》のことで、それが分《わ》かっただろう？　ただ、ジャックを助《たす》けてくれたことには感謝《かんしゃ》するよ、ありがとう」

「べつに。おれはただ、やるべきことをやっただけだ」

ドニファンは冷《つめ》たく言《い》いはなつと、差《さ》しだされた手《て》をにぎりもせずに、その場《ば》を立《た》ちさった。

20 仲間《なかま》われ

ドニファンとブリアンの関係《かんけい》は、どんどん悪《わる》くなっていった。統治者選挙《とうちしゃせんきょ》に落《お》ちたことをうらみに思《おも》っていたドニファンは、スケート事件《じけん》をきっかけに、あからさまにブリアンに反抗《はんこう》するようになったのだ。ゴードンは、態度《たいど》を改《あらた》めるようにと、ドニファンをさとしたが、効果《こうか》はなかった。

ドニファンは、クロス、ウェッブ、ウィルコックスを子分《こぶん》のように従《したが》え、他《ほか》の仲間《なかま》のそばに近《ちか》よろうとしなかった。天気《てんき》が悪《わる》くて外《そと》に出《で》られないときも、自分《じぶん》たちだけでホールの隅《すみ》にかたまり、ひそひそ話《ばなし》をしていた。

そんな四人《にん》の様子《ようす》を見《み》て、ブリアンはゴードンに言《い》った。

「ひょっとしたら、ドニファンたちはフレンチ・デンをはなれて、遠《とお》くで暮《く》らそうとしてるんじゃないかな」

「遠《とお》くで暮《く》らす？　まさか」

「でも、この間《あいだ》ウィルコックスが、ボードワンの地図《ちず》を描《か》きうつしているのを見《み》たんだ」

「ウィルコックスが？」

「うん。それで相談《そうだん》なんだけど、ぼく、統治者《とうちしゃ》を辞《や》めた方《ほう》がいいんじゃないかと思《おも》うんだ。代《か》わりはきみでも、ドニファンでもいい。それで仲間《なかま》われが避《さ》けられるなら……」

「それはだめだよ。選《えら》んでくれた仲間《なかま》を裏切《うらぎ》ることになる」

ゴードンはきっぱりと言《い》った。

そうこうするうち、十月《がつ》になり、川《かわ》や湖《みずうみ》に張《は》った氷《こおり》はすべて解《と》けた。寒《さむ》い冬《ふゆ》が、とうとう終《お》わりを告《つ》げたのだ。ドニファンたちが、フレンチ・デンを出《で》ていくとみんなに伝《つた》えたのは、そんなある日《ひ》のことだった。

「おれたち四人《にん》だけで、島《しま》の別《べつ》の場所《ばしょ》に移《うつ》り住《す》みたいと思《おも》ってるんだ」

「どうして、そんなことを言《い》い出《だ》すんだい？」

バクスターが聞《き》くと、ドニファンが言《い》った。

「おれたちは、これ以上《いじょう》ブリアンに命令《めいれい》されて暮《く》らすのにたえられないんだ」

「ドニファン。ぼくのどこが気《き》に入《い》らないのか、教《おし》えてくれないか？」

ブリアンが言《い》った。

「どこがって聞《き》かれても……。とにかく、リーダーとしては受《う》けいれられない。おれたちはイギリス人《じん》だ。外国人《がいこくじん》に従《したが》うのは、もうごめんなんだ」

「ドニファン。そんなバカげたこと、本気《ほんき》で言《い》ってるのか？」

ゴードンがあきれて聞《き》く。ブリアンは厳《きび》しい表情《ひょうじょう》で言《い》った。

「わかった。そこまで言《い》うなら、止《と》めないよ。必要《ひつよう》なものを持《も》って、出《で》ていったらいい」

「ああ、そうするよ」

ドニファンたちはさっそく、引《ひ》っ越《こ》し先《さき》の下見《したみ》に出《で》かける準備《じゅんび》を始《はじ》めた。四人《にん》は、島《しま》の東側《ひがしがわ》に移《うつ》り住《す》むつもりだった。東側《ひがしがわ》の海岸《かいがん》には、人《ひと》が住《す》めそうな洞穴《ほらあな》がたくさんあり、獲物《えもの》と飲《の》み水《みず》が調達《ちょうたつ》できる森《もり》と川《かわ》もある。そこだったら、フレンチ・デンと変《か》わらない暮《く》らしができると思《おも》ったのだ。

四人《にん》は猟銃《りょうじゅう》、拳銃《けんじゅう》、弾丸《だんがん》、望遠鏡《ぼうえんきょう》、釣《つ》り道具《どうぐ》、手斧《ておの》、方位磁石《ほういじしゃく》、そして缶《かん》づめ二、三個《こ》を、荷物《にもつ》の中《なか》に入《い》れた。木製《もくせい》ボートはモコにしか操《あやつ》れないので、代《か》わりに折《お》りたたみ式《しき》のゴムボートを持《も》っていくことにした。湖《みずうみ》を南《みなみ》から回《まわ》って、東川《ひがしがわ》まで出《で》るというプランだ。

つぎの日《ひ》の明《あ》け方《がた》、四人《にん》は出発《しゅっぱつ》した。その日《ひ》に食《た》べる分《ぶん》だけ狩《か》りをしながら歩《ある》き、夕方《ゆうがた》までに湖《みずうみ》の南端《なんたん》に着《つ》いた。砂丘《さきゅう》を南《みなみ》に見《み》ながらキャンプを張《は》り、翌朝《よくあさ》、また歩《ある》きだした。

一日《にち》かけて湖岸《こがん》を北《きた》に向《む》かうと、夕方《ゆうがた》の六時《じ》ごろ、ようやく東川《ひがしがわ》が見《み》えてきた。四人《にん》は、八か月前《げつまえ》にここを探検《たんけん》したブリアンたちと同《おな》じ場所《ばしょ》で野宿《のじゅく》した。

クロス、ウィルコックス、ウェッブの三人《にん》は、居心地《いごこち》のいいフレンチ・デンをはなれ、わざわざ不便《ふべん》な生活《せいかつ》を始《はじ》めようとしていることを、すでに後悔《こうかい》しはじめていた。でも、リーダー格《かく》のドニファンは、今《いま》さらひっこみがつかなくなっていた。

つぎの日《ひ》は、交代《こうたい》でゴムボートに乗《の》って向《む》こう岸《ぎし》にわたり、その後《あと》は、岸《きし》に沿《そ》って東《ひがし》に向《む》かった。川沿《かわぞ》いに生《お》いしげる草木《くさき》を斧《おの》でなぎたおしながら、一歩《いっぽ》ずつ進《すす》む。八キロメートルほどの距離《きょり》を、一日《にち》かけて歩《ある》いた。夜《よる》の七時《じ》、ついに河口《かこう》にたどり着《つ》いたが、あたりはもう真《ま》っ暗《くら》だったので、森《もり》の外《はず》れでキャンプすることにした。

21　打《う》ちあげられた船《ふね》

翌朝《よくあさ》、四人《にん》は海岸《かいがん》に出《で》た。望遠鏡《ぼうえんきょう》をかかげ、食《く》い入《い》るように沖《おき》を観察《かんさつ》したが、船影《せんえい》は見当《みあ》たらない。

「チェアマン島《とう》が南《みなみ》アメリカ大陸《たいりく》から遠《とお》くないとすれば、マゼラン海峡《かいきょう》を通《とお》ってチリやペルーを目指《めざ》す船《ふね》が、この沖《おき》を通《とお》るはずだ。ここに住《す》む方《ほう》が、フレンチ・デンにいるより、助《たす》かる可能性《かのうせい》は高《たか》いんだよ」

自分《じぶん》たちが正《ただ》しいことをしているのだと、言《い》い聞《き》かせるみたいに、ドニファンは言《い》った。じつはその言《い》い分《ぶん》は、たしかに当《あ》たっていたのだが……。

ブリアンから聞《き》いていたとおり、海岸《かいがん》に立《た》ちならぶ岩山《いわやま》には、洞穴《ほらあな》がたくさんあった。いくつか見《み》て回《まわ》ったところ、東川《ひがしがわ》からほど近《ちか》い岩山《いわやま》の一つに、部屋《へや》のように空間《くうかん》が枝分《えだわ》かれした洞穴《ほらあな》があったので、四人《にん》はそこを新《あたら》しい住《す》まいにしようと決《き》めた。

その後《あと》は一日《にち》、海岸沿《かいがんぞ》いを歩《ある》いてまわった。前《まえ》にブリアンたちが見《み》つけた、クマの形《かたち》をした岩《いわ》の上《うえ》にも登《のぼ》ってみた。そこからもう一度《いちど》、じっくり沖《おき》を眺《なが》めたが、船影《せんえい》や陸地《りくち》はもちろん、ブリアンが言《い》っていた水平線上《すいへいせんじょう》の白《しろ》い点《てん》も、いっさい見《み》えなかった。

つぎの日《ひ》は、北《きた》の方《ほう》まで足《あし》をのばすことにした。ここで暮《く》らすなら、東側《ひがしがわ》の土地《とち》をひととおり知《し》っておく方《ほう》がいいからだ。

ふしぎな形《かたち》の岩石《がんせき》が立《た》ちならぶ海岸《かいがん》の風景《ふうけい》は、五キロメートルほど続《つづ》いていた。その後《あと》、幅《はば》のせまい川《かわ》に行《い》き当《あ》たったところで、四人《にん》は川《かわ》をわたり、森《もり》の中《なか》を歩《ある》いて北《きた》に向《む》かった。広《ひろ》い森《もり》には、ブナの木《き》がたくさん生《は》えている。四人《にん》はこの森《もり》を、《ブナ森《もり》》と名《な》づけた。

夜《よる》までに十四キロメートルほど歩《ある》き、つぎの日《ひ》また、日《ひ》の出《で》とともに歩《ある》きだした。しばらく経《た》つと、だんだん天気《てんき》が荒《あ》れてきた。吹《ふ》きつける風《かぜ》とたたかいながら、北《きた》をめざす。夕方《ゆうがた》になると、雷鳴《らいめい》がとどろき、稲妻《いなずま》が光《ひか》りだした。

四人《にん》はくじけずに歩《ある》いた。雨《あめ》が降《ふ》りだしたら、木《き》の下《した》で雨宿《あまやど》りすればいい。もう少《すこ》しで、北《きた》の海岸《かいがん》まで出《で》られるはずだ。

夜《よる》の八時頃《じごろ》、ついに、打《う》ちよせる波《なみ》の音《おと》が聞《き》こえてきた。

もう疲《つか》れてへとへとだったが、みんな、残《のこ》った力《ちから》をふりしぼって駆《か》けだした。夜《よる》になる前《まえ》に、海《うみ》を見《み》ておきたかったのだ。

森《もり》を出《で》て、海岸《かいがん》に向《む》かって走《はし》るとちゅう、先頭《せんとう》のウィルコックスが、ふいに立《た》ちどまって、波《なみ》うちぎわを指《ゆび》さした。浜《はま》に、何《なに》か大《おお》きな黒《くろ》い物《もの》が横《よこ》たわっている。クジラか何《なに》かが、打《う》ちあげられたのだろうか？

よく見《み》るとそれは、横《よこ》だおしになった船《ふね》だった。船《ふね》のそばには、二人《ふたり》の人間《にんげん》が倒《たお》れている。

四人《にん》はいったん足《あし》を止《と》めた後《あと》、波《なみ》うちぎわへ急《いそ》いだ。しかし、倒《たお》れたままぴくりともしない二人《ふたり》に近《ちか》づいたとたん、急《きゅう》に怖《こわ》くなった。

（死《し》んでいる！）

四人《にん》はぎょっとして、思《おも》わず森《もり》へ駆《か》けもどった。森《もり》の木々《きぎ》は強風《きょうふう》にあおられ、あちこちでバリバリ音《おと》を立《た》てながら、倒《たお》れている。

ドニファンたちは、寒《さむ》さに震《ふる》えながら、まんじりともせずに夜《よる》を過《す》ごした。

あの船《ふね》はどこから来《き》たのだろう？　倒《たお》れていた二人《ふたり》は、どこの国《くに》の人《ひと》なのだろう？

風《かぜ》が少《すこ》しおさまったときは、遠《とお》くでだれかのさけび声《ごえ》が聞《き》こえる気《き》がした。もしかしたら、遭《そう》難者《なんしゃ》は他《ほか》にもいて、浜辺《はまべ》をさまよっているんじゃないだろうか？　いや、こんな強風《きょうふう》の中《なか》で、声《こえ》がここまで届《とど》くはずがない。ただの空耳《そらみみ》だ。

四人《にん》は、おじけづいて逃《に》げたことを後悔《こうかい》していた。そして、夜《よる》が明《あ》けたら浜《はま》にもどって、遭難《そうなん》者《しゃ》たちのお墓《はか》をつくってやろうと決《き》めた。

眠《ねむ》れない夜《よる》を過《す》ごした後《あと》、ようやく東《ひがし》の空《そら》が明《あか》るくなってきた。強風《きょうふう》は、一向《いっこう》に止《や》む気配《けはい》がない。それでもドニファンたちは、浜辺《はまべ》へ向《む》かい、船《ふね》が横《よこ》だおしになっている場所《ばしょ》に駆《か》けつけた。

ところが、そこに遭難者《そうなんしゃ》たちの姿《すがた》はなかった。

あたりを歩《ある》きまわって探《さが》したが、あとかたもなく消《き》え失《う》せている。

「あの二人《ふたり》、生《い》きてたってことか？」

「どこに行《い》ったんだろう？」

ウィルコックスとクロスが矢《や》つぎばやに言《い》うと、ドニファンが荒《あ》れくるう海《うみ》を指《ゆび》さした。

「たぶん、波《なみ》に運《はこ》ばれたんだろう」

ドニファンは、風《かぜ》に吹《ふ》き飛《と》ばされないよう、はいつくばって磯《いそ》まで移動《いどう》し、望遠鏡《ぼうえんきょう》で海《うみ》を眺《なが》めた。

でも、死体《したい》はどこにもない。

四人《にん》は、横《よこ》だおしになった船《ふね》の中《なか》を調《しら》べた。

船《ふね》は、大型汽船《おおがたきせん》に備《そな》えつけられているタイプの救命船《きゅうめいせん》だった。浜《はま》に打《う》ちあげられたときの衝撃《しょうげき》で、外板《がいはん》に穴《あな》があいている。中《なか》には、折《お》れたマストの一部《いちぶ》と、帆《ほ》やロープの切《き》れはしが残《のこ》っているだけだ。

船尾《せんび》には、救命船《きゅうめいせん》をのせていた大型汽船《おおがたきせん》の名前《なまえ》と、港《みなと》の名《な》が記《しる》されていた。

――セバーン号《ごう》　サンフランシスコ
サンフランシスコは、カリフォルニアにある港町《みなとまち》の名前《なまえ》だ。汽船《きせん》は、アメリカの船《ふね》だったのだ！

22　迫《せま》りくる危険《きけん》

ドニファンたちが去《さ》ってからというもの、フレンチ・デンは、重苦《おもくる》しい空気《くうき》に包《つつ》まれていた。なかでもブリアンは、だれよりも落《お》ちこんでいた。自分《じぶん》が原因《げんいん》で、仲間《なかま》われしてしまったからだ。

「だいじょうぶだよ。あいつらも、冬《ふゆ》までにはフレンチ・デンにもどってくるさ。ドニファンがいくら意地《いじ》を張《は》ったって、冬《ふゆ》の寒《さむ》さには勝《か》てっこないんだから」

ゴードンがなぐさめた。

冬《ふゆ》までに四人《にん》は帰《かえ》ってくる、とゴードンは言《い》った。つまり、このままだと少年《しょうねん》たちは、この島《しま》で三度目《どめ》の冬《ふゆ》を過《す》ごすことになるわけだ。島《しま》の外《そと》から、救《すく》いの手《て》が差《さ》しのべられない限《かぎ》りは……。

ブリアンは、オークランドの丘《おか》に立《た》てた旗《はた》を、もっと大《おお》きな目印《めじるし》に代《か》えてはどうかと考《かんが》えた。旗《はた》だけでは目印《めじるし》が小《ちい》さすぎて、たとえ沖《おき》を通《とお》る船《ふね》があっても、気《き》づかれない可能性《かのうせい》があるからだ。

（たとえば、たこを目印《めじるし》にするのはどうかな）

ブリアンは、バクスターに相談《そうだん》をもちかけてみた。

「スルーギ号《ごう》の布《ぬの》とロープを使《つか》って、大《おお》きなたこを作《つく》れば、数百《すうひゃく》メートルの高《たか》さまで上《あ》げられるんじゃないかと思《おも》うんだ」

「でも、たこは風《かぜ》が吹《ふ》かなきゃ上《あ》がらないよ？」

「風《かぜ》なら、たいていいつも吹《ふ》いてるからだいじょうぶだよ。数百《すうひゃく》メートル上空《じょうくう》に上《あ》げれば、百キロ先《さき》からだって見《み》えると思《おも》うんだけど……この案《あん》、どう思《おも》う？」

「そうだね。試《ため》してみよう」

たこ作《づく》りの計画《けいかく》を聞《き》いて、仲間《なかま》たちは盛《も》りあがった。これまで見《み》たことのないような巨大《きょだい》だこを上《あ》げるというのだから、下級生《かきゅうせい》は大《おお》よろこびだ。みんな、口々《くちぐち》にいろんな提案《ていあん》をした。

「長《なが》いしっぽをつけようよ」

「大《おお》きな耳《みみ》もね！」

さっそく、たこ作《づく》りが始《はじ》まった。

「ドニファンたちがこのたこを見《み》たら、びっくりするだろうなあ」

サービスが言《い》う。

「この島《しま》のどこにいても、たこは見《み》えるかな」と、ガーネット。

「この島《しま》どころか、このあたりの海《うみ》のどこからでも見《み》えるよ」

ブリアンがうけあうと、ドールが聞《き》いた。

「ニュージーランドのオークランドからも見《み》える？」

ブリアンはにっこりした。

「いや、それはむりだろうね。でも、ドニファンたちがたこを見《み》たら、もどってくる気《き》になるかもしれないよ」

巨大《きょだい》だこ作《づく》りは、数日《すうじつ》がかりで行《おこな》われた。バクスターの設計《せっけい》で、形《かたち》は八角形《はっかくけい》にし、ファミリー・レイクの岸《きし》に生《は》えている葦《あし》で骨組《ほねぐ》みを作《つく》った。スルーギ号《ごう》で使《つか》われていた防水《ぼうすい》カーテンを張《は》り、バランスをとるためのしっぽと、長《なが》くて丈夫《じょうぶ》なロープをつけたら完成《かんせい》だ。《空《そら》の巨人《きょじん》》と名《な》づけられたたこは、ロープを巻《ま》きとったウィンチといっしょに、いつでも上《あ》げられるよう、運動場《うんどうじょう》にすえられた。

つぎの日《ひ》にたこを上《あ》げるつもりだったが、あいにく延期《えんき》となった。暴風《ぼうふう》が吹《ふ》きあれたせいだ。それは、ドニファンたちが島《しま》の北側《きたがわ》で遭遇《そうぐう》し、セバーン号《ごう》の救命船《きゅうめいせん》をチェアマン島《とう》に打《う》ちあげた、あの嵐《あらし》だった。

二日後《ふつかご》、ようやく嵐《あらし》がおさまったので、たこ上《あ》げをすることになった。

朝《あさ》から準備《じゅんび》をし、午後《ごご》一時半《じはん》に、全員《ぜんいん》が運動場《うんどうじょう》に集《あつ》まった。いよいよたこを持《も》ちあげ、ロープを繰《く》り出《だ》そうとしたとき——

とつぜん、犬《いぬ》のファンが鳴《な》き声《ごえ》を上《あ》げながら、森《もり》に向《む》かって駆《か》けだした。

「どうした、ファン？」

「狩《か》りの獲物《えもの》でも見《み》つけたのかな」

「いや、それにしちゃあ、いつもと吠《ほ》え方《かた》がちがうぞ」

「見《み》に行《い》こう！」

少年《しょうねん》たちが口々《くちぐち》に言《い》う。サービスとジャックはフレンチ・デンまで、猟銃《りょうじゅう》をとりに走《はし》った。もどってきた二人《ふたり》に、ブリアン、ゴードンが合流《ごうりゅう》し、四人《にん》で罠《わな》の森《もり》へ急《いそ》ぐ。ファンの姿《すがた》は見《み》えないけれど、鳴《な》き声《ごえ》をたよりに追《お》いかけた。

五十歩《ぽ》ほど分《わ》けいると、ファンが一本《ぽん》の木《き》の根元《ねもと》で立《た》ちどまっているのが見《み》えた。ファンの目《め》の前《まえ》に、人《ひと》がうずくまっている。

それは、粗末《そまつ》な服《ふく》を着《き》た女《おんな》の人《ひと》だった。年《とし》は四十代《だい》くらいで、体《からだ》つきはがっしりしている。ひどく苦《くる》しそうな表情《ひょうじょう》を浮《う》かべたまま、気《き》を失《うしな》っていた。

ゴードンがそばに寄《よ》るなり、さけんだ。

「息《いき》をしているぞ！　きっと、おなかがすいて、行《い》きだおれたんだ。のどがかわいているのかもしれない」

すぐさまジャックがフレンチ・デンまで走《はし》り、ビスケットと水《みず》を持《も》ってきた。

ブリアンがそばにひざまずき、口《くち》をこじ開《あ》けて水《みず》を飲《の》ませる。女《おんな》の人《ひと》は身《み》じろぎして目《め》を開《あ》けると、差《さ》しだされたビスケットを、むさぼるように食《た》べた。

女《おんな》の人《ひと》は身《み》を起《お》こして言《い》った。

「ありがとう……ありがとう！」

口《くち》をついて出《で》てきたのは、英語《えいご》だった。少年《しょうねん》たちは女《おんな》の人《ひと》をフレンチ・デンまで運《はこ》び、介抱《かいほう》した。

しばらくして、少《すこ》し体力《たいりょく》をとりもどした女《おんな》の人《ひと》は、少年《しょうねん》たちに身《み》の上話《うえばなし》を始《はじ》めた。

女《おんな》の人《ひと》はアメリカ人《じん》で、名前《なまえ》をケイトといった。二十年以上《ねんいじょう》、ニューヨーク州《しゅう》で家政婦《かせいふ》をしていたという。

ひと月前《つきまえ》、ケイトはカリフォルニアから《セバーン号《ごう》》という客船《きゃくせん》に乗《の》りこみ、南《みなみ》アメリカへ旅立《たびだ》った。チリに引《ひ》っ越《こ》す、やとい主《ぬし》のペンフィールド夫妻《ふさい》に、ついてくるようたのまれたからだ。

ところが、それが災難《さいなん》の始《はじ》まりだった。セバーン号《ごう》に新《あたら》しくやとわれた乗組員《のりくみいん》の中《なか》に、八人《にん》の悪党《あくとう》がまぎれこんでいたせいだ。船《ふね》がサンフランシスコを出発《しゅっぱつ》してから九日目《ここのかめ》、ウォルストンという一味《いちみ》の頭《かしら》が、手下《てした》の七人《にん》といっしょに船《ふね》を乗《の》っとった。船長《せんちょう》と副船長《ふくせんちょう》、乗客《じょうきゃく》たちは、じゃま者《もの》として殺《ころ》された。

ウォルストン一味《いちみ》は、乗《の》っとった《セバーン号《ごう》》を、密売奴隷《みつばいどれい》の輸送船《ゆそうせん》として使《つか》おうとたくらんでいたのだ。

乗船者《じょうせんしゃ》のうち、命《いのち》びろいした者《もの》が二人《ふたり》だけいた。家政婦《かせいふ》のケイトと、操縦士《そうじゅうし》のエヴァンスだ。エヴァンスは、船《ふね》の操縦《そうじゅう》に必要《ひつよう》なので生《い》かされた。ケイトは、悪党一味《あくとういちみ》のフォーブスという男《おとこ》が、命《いのち》だけは助《たす》けてやろうと、仲間《なかま》にとりなしてくれた。この男《おとこ》は、一味《いちみ》の中《なか》でただ一人《ひとり》、人間《にんげん》らしい心《こころ》をのこしているようだった。

その後《あと》、悪党一味《あくとういちみ》に乗《の》っとられたセバーン号《ごう》は、チリの南端《なんたん》にあるホーン岬《みさき》から、アフリカ大《たい》陸《りく》に向《む》けて航海《こうかい》を続《つづ》けた。

ところが数日後《すうじつご》、とつぜん船《ふね》が火事《かじ》になった。ウォルストンたちはなんとか火《ひ》を消《け》そうとしたが、火《ひ》は大《おお》きくなるばかりで、ついに一味《いちみ》のヘンリーという男《おとこ》が、炎《ほのお》に取《と》りかこまれて命《いのち》を落《お》とした。一味《いちみ》とケイト、エヴァンスは、汽船《きせん》にそなえつけられた救命船《きゅうめいせん》に食料《しょくりょう》と武器《ぶき》を投《な》げこみ、命《いのち》からがら船《ふね》を脱出《だっしゅつ》した。セバーン号《ごう》は、救命船《きゅうめいせん》に乗《の》ったケイトたちの目《め》の前《まえ》で、火《ひ》の玉《たま》となって海《うみ》に沈《しず》んでいった。

しばらく海《うみ》の上《うえ》を漂《ただよ》っていた救命船《きゅうめいせん》は、二日後《ふつかご》、暴風《ぼうふう》に巻《ま》きこまれた。マストが折《お》れ、帆《ほ》もちぎれた状態《じょうたい》で、船《ふね》はチェアマン島《とう》に向《む》かって流《なが》されていった。

救命船《きゅうめいせん》がチェアマン島《とう》の海岸《かいがん》に打《う》ちあげられる直前《ちょくぜん》、大波《おおなみ》にさらわれ、六人《にん》が海《うみ》に飲《の》みこまれた。あとの二人《ふたり》は浜《はま》に投《な》げだされ、ケイトは船《ふね》をはさんで、二人《ふたり》とは反対側《はんたいがわ》の岩場《いわば》に落《お》ちた。

ケイトはしばらく気《き》を失《うしな》っていたが、夜《よる》の間《あいだ》に意識《いしき》をとりもどした。暗闇《くらやみ》の中《なか》で夜明《よあ》けを待《ま》ってじっとしていると、午前《ごぜん》三時《じ》ごろ、ボートの近《ちか》くで足音《あしおと》が聞《き》こえた。一味《いちみ》のウォルストンとブラント、ロックがやってきたのだ。コープとブックという男《おとこ》は、エヴァンスを逃《に》がさないようにひったて、少《すこ》しはなれた場所《ばしょ》に立《た》っていた。波《なみ》にさらわれた六人《にん》は、生《い》きのびていたのだ。

浜辺《はまべ》に倒《たお》れていた二人《ふたり》の男《おとこ》、フォーブスとパイクは、ウォルストンたちに介抱《かいほう》され、息《いき》を吹《ふ》きかえした。その後《あと》、五人《にん》の間《あいだ》でやりとりされた会話《かいわ》に、ケイトは耳《みみ》をすましました。

「ここはいったい、どこなんだ？」

ロックの声《こえ》が聞《き》こえる。と、ウォルストンがぴしゃりと言《い》った。

「知《し》るかってんだ。とにかくここをはなれて、東《ひがし》へ向《む》かうぞ。日《ひ》が昇《のぼ》りゃあ、なんとかなるだろう」

「武器《ぶき》は？」と、フォーブス。

「ちゃんとある。弾薬《だんやく》も無事《ぶじ》だ」

「ケイトはどこだ？　助《たす》かったのかな」

ロックが聞《き》くと、ウォルストンがこう答《こた》えた。

「ああ、あの女《おんな》なら、ボートが浜《はま》に打《う》ちあげられる前《まえ》に、海《うみ》に投《な》げだされたぜ。今《いま》ごろは海《うみ》の底《そこ》だ」

「厄介《やっかい》ばらいできてよかったじゃないか。あの女《おんな》は、知《し》りすぎてたからな」

「ああ、どのみち、いつかは始末《しまつ》される運命《うんめい》だったわけだしな」

その言葉《ことば》を聞《き》いたケイトは、一味《いちみ》がいなくなったら一目散《いちもくさん》に逃《に》げようと、心《こころ》に決《き》めたのだった。

強風《きょうふう》の吹《ふ》きすさぶ中《なか》、ウォルストンたちは、フォーブスとパイクに肩《かた》を貸《か》しながら、食料《しょくりょう》と銃《じゅう》弾《だん》の入《はい》った箱《はこ》を持《も》って立《た》ちさった。

一味《いちみ》が遠《とお》ざかったのを確認《かくにん》してから、ケイトは大急《おおいそ》ぎで、一味《いちみ》とは反対《はんたい》の方角《ほうがく》へ逃《に》げた。つかれはて、おなかが空《す》いて倒《たお》れそうになりながらも、湖《みずうみ》の北側《きたがわ》から西《にし》に歩《ある》きつづけた。そして、つぎの日《ひ》、十七日《にち》の午後《ごご》に、力尽《ちからつ》きて倒《たお》れたところを、ブリアンたちに助《たす》けられた――ざっとこれが、ケイトの身《み》の上話《うえばなし》の内容《ないよう》だった。

さあ、大変《たいへん》なことになった。これまで少年《しょうねん》たちが安全《あんぜん》に暮《く》らしてきた島《しま》に、極悪非道《ごくあくひどう》な七人《にん》の男《おとこ》がやってきたのだ。連中《れんちゅう》がフレンチ・デンを見《み》つけたら、中《なか》の物資《ぶっし》を奪《うば》いとろうとするだろう。フレンチ・デンには、セバーン号《ごう》の救命船《きゅうめいせん》を直《なお》すための道具《どうぐ》と材料《ざいりょう》がそろっているからだ。そんなことになれば、少年《しょうねん》たちに勝《か》ち目《め》はない。

ブリアンがまっさきに心配《しんぱい》したのは、ドニファンたちのことだった。一味《いちみ》が島《しま》にやってきたことを知《し》らない分《ぶん》、危険《きけん》は大《おお》きい。狩《か》りをしたときの銃声《じゅうせい》を一味《いちみ》に聞《き》きつけられでもしたら、たちまちつかまって、どんな目《め》にあわされるかしれない。

「今《いま》すぐ、助《たす》けに行《い》かないと！」

ブリアンの言葉《ことば》に、ゴードンがうなずいた。

「フレンチ・デンに連《つ》れもどそう。悪党《あくとう》から身《み》を守《まも》るには、全員《ぜんいん》で力《ちから》を合《あ》わせないと」

「ぼくとモコで、ボートに乗《の》って探《さが》しにいくよ。うまくいけば、東川《ひがしがわ》の河口《かこう》でドニファンたちに会《あ》えるかもしれない」と、ブリアン。

「いつ出発《しゅっぱつ》するんだ？」

「日《ひ》がくれたら、すぐに行《い》く。暗闇《くらやみ》の中《なか》なら、ボートも目立《めだ》たずにすむから」

その後《あと》、少年《しょうねん》たちは、ケイトに自分《じぶん》たちがこの島《しま》で暮《く》らしているわけを話《はな》して聞《き》かせた。心優《こころやさ》しいケイトは、自分《じぶん》の身《み》に起《お》こった不幸《ふこう》も忘《わす》れ、少年《しょうねん》たちに同情《どうじょう》した。

夜《よる》の八時《じ》、出発《しゅっぱつ》の準備《じゅんび》ができた。かすかな北風《きたかぜ》が吹《ふ》いている。ボートを出《だ》すには絶好《ぜっこう》の風向《かざむ》きだ。ブリアンとモコが、食料《しょくりょう》と拳銃《けんじゅう》、ナイフを持《も》ってボートに乗《の》りこむ。その姿《すがた》を、仲間《なかま》たちは、不安《ふあん》に胸《むね》をしめつけられる思《おも》いで見《み》おくった。

二人《ふたり》が二時間《じかん》ほどボートを走《はし》らせると、湖《みずうみ》と東川《ひがしがわ》の境《さかい》が見《み》えてきた。向《む》かい風《かぜ》に変《か》わったので、オールで漕《こ》いでボートを進《すす》める。

東川《ひがしがわ》に出《で》る百メートルほど手前《てまえ》で、ブリアンがモコの腕《うで》をつかんだ。湖岸《こがん》の木立《こだち》の間《あいだ》に、消《き》えかかった、たき火《び》の光《ひかり》が見《み》えたのだ。だれがキャンプをしているのだろう。ウォルストン一味《いちみ》？それともドニファンたちだろうか。

「ぼく、ちょっと見《み》てくるよ」

ブリアンがモコに言《い》った。

「おれもいっしょに行《い》きます」

「いや。一人《ひとり》の方《ほう》が、見《み》つかる危険《きけん》が少《すく》ないから、モコはボートで待《ま》っていてくれ」

ブリアンは陸《りく》にとびうつった。なにかあったらいつでも身《み》を守《まも》れるように、片手《かたて》にナイフを持《も》ち、もう片方《かたほう》の手《て》は、腰《こし》に差《さ》した拳銃《けんじゅう》に置《お》いた。拳銃《けんじゅう》は音《おと》が鳴《な》るので、使《つか》うのは最後《さいご》の手段《しゅだん》だ。

木立《こだち》の中《なか》に静《しず》かに足《あし》を踏《ふ》みいれたブリアンは、ふいに立《た》ちどまった。消《き》えかかった炎《ほのお》がぼんやり照《て》らす草《くさ》むらの中《なか》を、黒《くろ》い影《かげ》がはっているのが見《み》えた気《き》がしたのだ。ブリアンのいるところから、数十歩《すうぽ》はなれた場所《ばしょ》だった。

と、ふいにうなり声《ごえ》がひびきわたり、黒《くろ》い影《かげ》が草《くさ》むらから飛《と》びだした。

ジャガーだ！

同時《どうじ》に、悲鳴《ひめい》が聞《き》こえた。

「たすけて……！」

ドニファンの声《こえ》だ。ドニファンは、寝《ね》ていたところをジャガーに飛《と》びかかられ、もがいていた。

銃《じゅう》を手《て》にするよゆうもない。

悲鳴《ひめい》を聞《き》いて目《め》を覚《さ》ましたウィルコックスが、ドニファンのもとに駆《か》けつけた。銃《じゅう》を構《かま》え、今《いま》にも撃《う》とうとしている。

「撃《う》つな！」

ブリアンはさけぶなり、ジャガーに向《む》かっていった。ジャガーがブリアンの方《ほう》を向《む》いたすきに、ドニファンがすばやく身《み》を起《お》こす。

ブリアンはジャガーにナイフを突《つ》きたてると、さっと脇《わき》に飛《と》びすさった。すべてはあっという間《ま》のできごとで、ドニファンとウィルコックスは、ただ見《み》ていることしかできなかった。胸《むね》に一《いち》撃《げき》を受《う》けたジャガーは、その場《ば》でどさりと倒《たお》れこんだ。ウェッブとクロスがかけつけたのは、その後《あと》だった。

ブリアンは、肩《かた》から血《ち》を流《なが》していた。ジャガーの爪《つめ》でひっかかれたのだ。

「ブリアン。どうしてここに？」

ウィルコックスが声《こえ》を張《は》りあげる。

「それは後《あと》で話《はな》すから、とにかくいっしょに来《き》て！」

ブリアンが答《こた》えると、ドニファンが言《い》った。

「待《ま》ってくれ、ブリアン。礼《れい》を言《い》わせてくれ。きみは、おれの命《いのち》を救《すく》ってくれた――」

「ドニファンだって、同《おな》じ立場《たちば》ならきっとそうしてたよ。そんなことはいいから、早《はや》く！」

ブリアンの肩《かた》からは、まだ血《ち》が流《なが》れている。幸《さいわ》い、深《ふか》い傷《きず》ではなかったので、ウィルコックスがハンカチでしばり、応急手当《おうきゅうてあ》てをした。その間《あいだ》ブリアンは、何《なに》が起《お》きたのかを仲間《なかま》に話《はな》して聞《き》かせた。

ドニファンたちはおどろいた。波《なみ》に運《はこ》ばれたものと思《おも》いこんでいた遭難者《そうなんしゃ》たちは、生《い》きていたのだ！　しかも連中《れんちゅう》は、人《ひと》を殺《ころ》すことをなんとも思《おも》わないような、犯罪者《はんざいしゃ》だった。ウィルコック

スが撃《う》とうとしたときにブリアンが止《と》めたわけが、ドニファンたちにもようやく分《わ》かった。ウォルストン一味《いちみ》に銃声《じゅうせい》を聞《き》かせないために、ブリアンはナイフ一本《ぽん》で猛獣《もうじゅう》に立《た》ち向《む》かったのだ！
深《ふか》い感謝《かんしゃ》の気持《きも》ちに突《つ》きうごかされたドニファンは、思《おも》わずブリアンの手《て》をとっていた。
「ブリアン！　きみはすごいよ。おれにはぜったいまねできない」
「そんなことないよ。とにかくぼくは、ドニファンがいっしょにもどると言《い》うまで、この手《て》をはなさないからね」

「もちろんいっしょにもどるさ。安心《あんしん》してくれ、これからはおれ、ブリアンの言《い》うことはまっさきに聞《き》くと約束《やくそく》する。夜《よ》が明《あ》けたらすぐにでも――」

「いや。今《いま》すぐもどろう。モコがボートで待《ま》っているんだ」

ブリアンたちは六人《にん》でボートに乗《の》りこみ、朝《あさ》の四時《じ》ごろ、フレンチ・デンについた。出迎《でむか》えたゴードンたちは、どんなに喜《よろこ》んだことだろう。少年《しょうねん》たちの身《み》には危険《きけん》が迫《せま》っていたが、少《すく》なくとも今《いま》、全員《ぜんいん》が一《ひと》つ屋根《やね》の下《した》に集結《しゅうけつ》したのだ！

23　大胆《だいたん》な思《おも》いつき

こうして、少年《しょうねん》たちの心《こころ》は一《ひと》つになった。ドニファンはこれまでの態度《たいど》を反省《はんせい》し、自分《じぶん》の命《いのち》もかえりみずに助《たす》けてくれたブリアンに、深《ふか》く感謝《かんしゃ》していた。ウィルコックス、クロス、ウェッブの三人《にん》も、心《こころ》を入《い》れかえた。

でも、今《いま》はゆっくりよろこんでいる場合《ばあい》ではなかった。銃《じゅう》で身《み》を固《かた》めた七人《にん》の悪漢《あっかん》が、いつ襲撃《しゅうげき》してくるか分《わ》からないのだ。ウォルストン一味《いちみ》は一刻《いっこく》も早《はや》くチェアマン島《とう》を出《で》ていきたいはずだから、フレンチ・デンのことを知《し》ったら、すぐさま物資《ぶっし》をうばいに来《く》るだろう。

一味《いちみ》が島《しま》を出《で》ていったことが分《わ》かるまでは、どうしても必要《ひつよう》なとき以外《いがい》、外《そと》を出《で》あるかないようにしなければ。少年《しょうねん》たちは細心《さいしん》の注意《ちゅうい》をはらった。

ドニファンたちの話《はなし》では、セバーン号《ごう》の救命船《きゅうめいせん》が打《う》ちあげられた海岸《かいがん》から、森《もり》をつっきってクマ岩港《いわこう》にもどる間《あいだ》、人《ひと》が歩《ある》いた跡《あと》は、まったく見《み》かけなかったという。たぶん、一味《いちみ》は海岸沿《かいがんぞ》いに移動《いどう》したのだろう。

ドニファンは、ケイトに質問《しつもん》した。

「この島《しま》が、南《みなみ》アメリカ大陸《たいりく》からどれくらい離《はな》れたところにあるのか、分《わ》かりますか？」

ケイトは首《くび》を横《よこ》に振《ふ》った。でも、火事《かじ》になったとき、セバーン号《ごう》は陸《りく》に近《ちか》づくよう舵《かじ》をとったはずだから、大陸《たいりく》からそう離《はな》れてはいないはずだ。たぶんウォルストン一味《いちみ》は、ボートを修理《しゅうり》して、島《しま》の東海岸《ひがしかいがん》から南《みなみ》アメリカに向《む》かうつもりだろう。

ところが、十月《がつ》が過《す》ぎ、十一月《がつ》の初《はじ》めになっても、一味《いちみ》は姿《すがた》を見《み》せなかった。ひょっとしたら、もうボートを修理《しゅうり》して、島《しま》を出《で》ていったのだろうか？

一味《いちみ》がどこでどうしているのか分《わ》からない以上《いじょう》、ふだんの生活《せいかつ》にはもどれない。バクスターとドニファンが、オークランドの丘《おか》に立《た》てたマストを下《お》ろしに行《い》った他《ほか》は、遠出《とおで》は禁止《きんし》された。相手《あいて》の様子《ようす》をさぐりに行《い》くことも考《かんが》えたが、実行《じっこう》にはうつさなかった。万《まん》が一《いち》、一味《いちみ》に見《み》つかって、こちらが子《こ》どもばかりのグループと知《し》られたら、最悪《さいあく》の事態《じたい》になるからだ。

ある日《ひ》、ケイトが言《い》った。

「あたし、明日《あした》の朝《あさ》にでも、一人《ひとり》でここを出《で》て、ウォルストンたちがまだこの島《しま》にいるのか、浜《はま》まで確《たし》かめに行《い》ってきます。それで救命船《きゅうめいせん》が見当《みあ》たらなかったら、出《で》ていったって証拠《しょうこ》でしょう？」

「そんなことをして、やつらに見《み》つかったらどうするんです？」

ゴードンが言《い》う。

「一度逃《どに》げ出《だ》せたんだもの、また逃《に》げてみせますよ。エヴァンスを連《つ》れてもどってこられたらいいんだけれどねえ」

「それは危険《きけん》すぎる。もっとリスクの少《すく》ない方法《ほうほう》で、一味《いちみ》が島《しま》にいるかどうかを偵察《ていさつ》できないものかな」

ブリアンはしばらくの間考《あいだかんが》えこんだ後《あと》、とっぴょうしもないアイデアを思《おも》いついた。この前上《まえあ》げそこなった巨大《きょだい》だこ、あれを偵察《ていさつ》に使《つか》うのはどうだろう？　月《つき》の出《で》ない夜《よる》を選《えら》んでたこに乗《の》り、空《そら》から様子《ようす》をさぐるのだ。危険《きけん》な計画《けいかく》であることはまちがいない。でも、念入《ねんい》りに準備《じゅんび》すれば、できるかもしれない。

さっそくブリアンは、上級生《じょうきゅうせい》を集《あつ》めて相談《そうだん》した。

「みんなが作《つく》った巨大《きょだい》だこってやつは、人《ひと》を運《はこ》べるほど頑丈《がんじょう》なのか？」ドニファンが言《い》う。

「いや。もっと大《おお》きくて頑丈《がんじょう》なものに作《つく》りなおさないとだめだ。でも、あのたこを補強《ほきょう》して、二百メートルの高《たか》さまで飛《と》ばせば、ウォルストン一味《いちみ》が島《しま》のどこにいても、たき火《び》の火《ひ》が見《み》えると思《おも》う」

「じゃあ、なるべく早《はや》くたこを上《あ》げようよ！」

サービスが言《い》うと、みんなも口《くち》をそろえて賛成《さんせい》した。

24　ブリアン、たこに乗《の》る

つぎの日《ひ》から、偵察用《ていさつよう》のたこ作《づく》りが始《はじ》まった。まず、すでにあるたこの骨組《ほねぐ》みを補強《ほきょう》する。それから、体重《たいじゅう》六十キロくらいの人間《にんげん》を持《も》ちあげるのに必要《ひつよう》なたこの表面積《ひょうめんせき》を計算《けいさん》し、布《ぬの》を縫《ぬ》いたした。

たこ上《あ》げ用《よう》のロープは、スルーギ号《ごう》に積《つ》んであった、速度《そくど》の測定用《そくていよう》ロープを使《つか》うことにした。長《なが》いロープを繰《く》りだすためのウィンチは、運動場《うんどうじょう》の真《ま》ん中《なか》にしっかり固定《こてい》した。

完成《かんせい》したのは、対角線《たいかくせん》の長《なが》さが五メートル、一辺《いっぺん》の長《なが》さが一・三メートルの、八角形《はっかくけい》の巨大《きょだい》たこだった。偵察員《ていさついん》が乗《の》るのは、柳《やなぎ》で編《あ》まれた籠《かご》だ。大《おお》きくて、上級生《じょうきゅうせい》の脇《わき》くらいの高《たか》さがある。

たこ上《あ》げの準備《じゅんび》が終《お》わったのは、七日《なのか》の午後《ごご》だった。南西《なんせい》から風《かぜ》が吹《ふ》いていて、たこを上《あ》げるにはぴったりの天候《てんこう》だ。そこで、その日《ひ》の夜《よる》にたこ上《あ》げ実験《じっけん》をすることになった。人《ひと》の代《か》わりに砂袋《すなぶくろ》を籠《かご》に入《い》れ、安全《あんぜん》かどうか確《たし》かめるのだ。

夜《よる》の九時《じ》。全員《ぜんいん》が見《み》まもる中《なか》、実験《じっけん》が始《はじ》まった。四人《にん》がかりでたこの身《み》を起《お》こすと、ウィンチ前《まえ》でスタンバイした五人《にん》がロープを繰《く》りだす。たこはぐんぐん空《そら》に上《あ》がっていき、闇《やみ》の中《なか》に吸《す》いこまれていった。

十分《ぷん》ほどの間《あいだ》にロープを最後《さいご》まで繰《く》りだすと、今度《こんど》はたこを下《お》ろす作業《さぎょう》だ。交代《こうたい》でウィンチを回《まわ》したが、ぜんぶ巻《ま》きとるのにたっぷり一時間《じかん》はかかった。幸《さいわ》い、風向《かざむ》きが安定《あんてい》していたので、たこは上《あ》げたときと同《おな》じ場所《ばしょ》に、静《しず》かに着陸《ちゃくりく》した。


「やったあ！」

「大成功《だいせいこう》だ」

少年《しょうねん》たちが口々《くちぐち》に歓声《かんせい》を上《あ》げる。

「もう夜《よる》も遅《おそ》いから、フレンチ・デンに帰《かえ》ろう。明日《あした》の夜《よる》が本番《ほんばん》だぞ」

ゴードンがみんなに声《こえ》をかけたとき、ブリアンが言《い》った。

「ちょっと待《ま》って」

「どうした？」と、ドニファン。

「偵察《ていさつ》は、今夜《こんや》のうちにやってしまう方《ほう》がいいと思《おも》うんだ。明日《あした》の天気《てんき》がどうなるか、分《わ》からないから」

たしかにブリアンの言《い》うとおりだ。反対《はんたい》する者《もの》はいなかった。

「だれか、たこに乗《の》りたい人《ひと》――」

ブリアンが言《い》いかけると、だれよりも早《はや》くジャックが手《て》をあげた。

「ぼくが乗《の》る！」

上級生《じょうきゅうせい》たちもつぎつぎに名乗《なの》りをあげたが、ジャックは言《い》いはった。

「ぼくがやらなきゃいけないんだ。兄《にい》さん、お願《ねが》いだよ。ぼくにやらせて！」

「どうして、『やらなきゃいけない』なんて言《い》うんだ？」

「そうだよ。ブリアン、いったいどういうことなの？」

ドニファンとバクスターがたずねる。ジャックは覚悟《かくご》を決《き》めた顔《かお》で口《くち》を開《ひら》いた。

「それは……ぼくがあることをやったからだよ」

「ジャック！」

ブリアンが止《と》めに入《はい》った。だが、ジャックは言葉《ことば》を続《つづ》ける。

「兄《にい》さん、言《い》わせて。これ以上黙《いじょうだま》っているのは、もうたえられない。みんな、聞《き》いて。みんながここに――家族《かぞく》から遠《とお》くはなれたこの島《しま》にいるのは、ぜんぶぼくのせいなんだ。スルーギ号《ごう》が港《みなと》を出《で》てしまったのは、ぼくがうっかりして……ううん、ぼくがいたずらして、港《みなと》につながれていた船《ふね》のもやい綱《づな》を解《と》いてしまったからなんだ。船《ふね》が沖《おき》に流《なが》されていくのを見《み》て、ぼくは頭《あたま》が真《ま》っ白《しろ》になった。それで、すぐにだれかを呼《よ》ばなきゃならなかったのに、呼《よ》べなかったんだ。一時間《じかん》後《ご》にはもう……船《ふね》は沖《おき》に出《で》ていた。みんな、本当《ほんとう》にごめんなさい」

泣《な》きくずれるジャックを、ケイトがそばに行《い》ってなぐさめる。

「弟《おとうと》は少《すこ》しでもつぐないがしたくて、危険《きけん》な仕事《しごと》はぜんぶ自分《じぶん》で引《ひ》きうけようと思《おも》っているんだ」

ブリアンが説明《せつめい》する。と、ドニファンが口《くち》を開《ひら》いた。

「もうじゅうぶんつぐなったじゃないか。これまでだって、きつい仕事《しごと》を進《すす》んで引《ひ》きうけてくれたんだから。そうか、ブリアンがことあるごとにジャックを働《はたら》かせたのは、そういうわけだったのか。だからスケート大会《たいかい》の日《ひ》も、クロスとおれが霧《きり》の中《なか》で迷《まよ》ったとき、危険《きけん》を承知《しょうち》で探《さが》しに来《き》てくれたんだな。ジャック、おれたちみんな、おまえを許《ゆる》すよ。あたりまえじゃないか。もうこれ以上《いじょう》、罪《つみ》をつぐなおうなんて思《おも》わないでいいんだ」

少年《しょうねん》たちはジャックの周《まわ》りに集《あつ》まって、その手《て》をにぎった。ジャックは涙《なみだ》で顔《かお》をくしゃくしゃにして言《い》った。

「ありがとう、みんな……。ぼくを行《い》かせてくれる？」

「分《わ》かった。ジャックの気持《きも》ちは分《わ》かったから」

ブリアンが弟《おとうと》の肩《かた》をだいて言《い》う。

ジャックは仲間《なかま》たち一人《ひとり》ひとりと握手《あくしゅ》をし、最後《さいご》にブリアンに向《む》きなおった。

「じゃあ、行《い》ってきます」

「それはこっちが言《い》うセリフだよ。たこにはぼくが乗《の》るんだから」

「え？　兄《にい》さんが？」

「うん。弟《おとうと》の罪《つみ》は、兄《あに》がつぐなったって同《おな》じことだろう？　たこで偵察《ていさつ》するアイデアを思《おも》いついたときから、ぼくが乗《の》りこむつもりだったんだ」

「そんな、だめだよ、兄《にい》さん！」

「そうだよ、ブリアン。だったらおれが――」ドニファンも言《い》いかける。

でも、ブリアンはきっぱりと言《い》った。

「いや、ぼくが行《い》く。行《い》かせてほしいんだ」

「ブリアンのことだから、最初《さいしょ》から、そのつもりだろうと思《おも》ってたよ」

ゴードンはそう言《い》って、ブリアンの手《て》をにぎりしめた。

ブリアンは籠《かご》に乗《の》りこむと、準備《じゅんび》を整《ととの》えてから、仲間《なかま》たちに合図《あいず》した。

たこは風《かぜ》に乗《の》ってゆっくりと上《あ》がっていき、十秒《びょう》もすると、ブリアンを乗《の》せた籠《かご》といっしょに闇《やみ》の中《なか》に消《き》えた。

空《そら》に上《のぼ》ったブリアンは、吊《つ》り籠《かご》についた二本《ほん》のロープをにぎりしめ、じっとしていた。宙《ちゅう》に浮《う》かんでいるのは、なんともいえない、ふしぎな感覚《かんかく》だった。

十分《ぷん》ほどすると、たこが小《ちい》さく揺《ゆ》れ、上昇《じょうしょう》が止《と》まった。ロープがぜんぶ繰《く》りだされたのだ。

ブリアンは片手《かたて》でロープをつかみ、もう片方《かたほう》の手《て》で望遠鏡《ぼうえんきょう》をかかげた。見下《みお》ろすと、深《ふか》い闇《やみ》が広《ひろ》がっている。湖《みずうみ》も森《もり》も断崖《だんがい》も、一つの真《ま》っ黒《くろ》な塊《かたまり》としか見《み》えない。

黒《くろ》い島《しま》の輪郭《りんかく》は、海《うみ》からくっきり浮《う》かびあがっていた。この高《たか》さからだと、島全体《しまぜんたい》の形《かたち》が見《み》てとれる。

あたりには霧《きり》が出《で》ていたが、東《ひがし》の方角《ほうがく》だけは雲《くも》もなく、星々《ほしぼし》がまたたいていた。島《しま》からずいぶんはなれたところにまぶしい光《ひかり》が見《み》え、ブリアンは、あっと息《いき》をのんだ。

「あれは……火《ひ》だ。火《ひ》が燃《も》えているんだ」

火山《かざん》の噴火《ふんか》だろうか？

（そういえば、がっかり湾《わん》に行《い》ったときに見《み》えた白《しろ》い点《てん》と、同《おな》じ方角《ほうがく》だな。あの白《しろ》い点《てん》は、氷山《ひょうざん》の反射《はんしゃ》だったのかもしれない。それにくわえてこの赤《あか》い火《ひ》。チェアマン島《とう》の東《ひがし》には、そう遠《とお》くないところに陸《りく》があるということだ！）

そのときブリアンは、もう一つの光《ひかり》に気《き》づいた。今度《こんど》のはずっと近《ちか》く、たこから十キロメート

ルとはなれていない。東川《ひがしがわ》の河口近《かこうちか》くでちろちろ光《ひか》っている。

たき火《び》だ！　ウォルストンたちのキャンプにちがいない。一味《いちみ》はまだ、島《しま》を出《で》ていなかったのだ。

風《かぜ》が強《つよ》くなり始《はじ》めていた。偵察《ていさつ》を終《お》えたブリアンは、にぎっていたロープを放《はな》し、ロープに通《とお》してある鉛《なまり》の玉《たま》を下《した》に落《お》とした。鉛玉《なまりだま》が地上《ちじょう》の仲間《なかま》のところまで届《とど》いたら、それがたこを下《お》ろしてくれという合図《あいず》だ。

しばらくして、地上《ちじょう》の仲間《なかま》たちがウィンチを回《まわ》しはじめた。五人《にん》で交代《こうたい》しても、二百メートル分《ぶん》のロープを巻《ま》きとるのには、かなりの時間《じかん》がかかる。とちゅうから風《かぜ》が出《で》てきて、下《お》ろしはじめてから四十五分《ふん》も経《た》つと、かなり強《つよ》くなっていた。

湖《みずうみ》の上空《じょうくう》三十メートルまで下《お》りたところで、たこは風《かぜ》にあおられ、とつぜん激《はげ》しく横《よこ》に揺《ゆ》れた。その拍子《ひょうし》に、張《は》りつめていたロープがゆるみ、ウィンチを回《まわ》していた少年《しょうねん》たちは、地面《じめん》に倒《たお》れこんだ。たこのロープが切《き》れたのだ！

「ブリアン！　ブリアン……！」

少年《しょうねん》たちは名前《なまえ》を呼《よ》びつづけた。

しばらくして、湖《みずうみ》の岸《きし》から声《こえ》がした。

「おーい、みんな！」

「兄《にい》さん……兄《にい》さんだ！」

ジャックが一目散《いちもくさん》に駆《か》けだし、ブリアンに抱《だ》きつく。仲間《なかま》たちも駆《か》けよった。

みんなの顔《かお》を見《み》るなり、ブリアンは言《い》った。

「ウォルストン一味《いちみ》は、まだ、島《しま》にいるよ」

空《そら》の上《うえ》でロープが切《き》れたとき、ブリアンは自分《じぶん》を乗《の》せた籠《かご》が、ゆっくりななめに落《お》ちていくのを感《かん》じた。たこがパラシュートのような役割《やくわり》を果《は》たしてくれたのだ。湖《みずうみ》に落《お》ちる直前《ちょくぜん》、ブリアンは籠《かご》から脱出《だっしゅつ》し、湖《みずうみ》に飛《と》びこんだ。それから百五十メートルほど泳《およ》いで、岸《きし》にたどり着《つ》いたのだった。

空《から》っぽの籠《かご》といっしょに湖《みずうみ》に落《お》ちたたこは、北東《ほくとう》の方角《ほうがく》へふわふわと流《なが》され、やがて見《み》えなくなってしまった。

25　稲光《いなびかり》と銃声《じゅうせい》の夜《よる》

翌朝《よくあさ》、ゴードン、ドニファン、ブリアン、バクスターの四人《にん》は、貯蔵室《ちょぞうしつ》に集合《しゅうごう》した。さっそく、昨日遠《きのうとお》くに見《み》えた明《あか》るい光《ひかり》のことを、ブリアンがくわしく報告《ほうこく》する。

「あれは火山《かざん》の噴火《ふんか》としか考《かんが》えられないよ。きっと、チェアマン島《とう》からそう遠《とお》くないところに陸《りく》があるんだと思《おも》う。もちろん、ウォルストン一味《いちみ》は、そのことを知《し》っているはずだ。なんとかしてこの島《しま》を脱出《だっしゅつ》し、陸《りく》を目指《めざ》そうとしているんじゃないかな」

これまでずっと、チェアマン島《とう》が太平洋《たいへいよう》に浮《う》かぶ離《はな》れ小島《こじま》だと思《おも》いこんでいた少年《しょうねん》たちにとって、これは重大《じゅうだい》なニュースだった。

でも、それよりもっとさしせまったニュースは、ウォルストン一味《いちみ》のたき火《び》が、東川《ひがしがわ》の河口《かこう》あたりで見《み》えたということだった。一味《いちみ》が東川《ひがしがわ》をさかのぼれば、ファミリー・レイクにたどり着《つ》く。ファミリー・レイクを南《みなみ》に下《くだ》れば、フレンチ・デンをいつ見《み》つけてもおかしくない。

少年《しょうねん》たちは、これまで以上《いじょう》に外出《がいしゅつ》をひかえることにした。フレンチ・デンの二つの入《い》り口《ぐち》や飼《し》育場《いくじょう》の柵《さく》は、バクスターが木《き》の枝《えだ》や草《くさ》でおおいかくし、外《そと》から見《み》えないようにした。

ちょうどこのころ、心配《しんぱい》ごとがもう一つ持《も》ちあがった。コスターが、生死《せいし》にかかわるほどの高《こう》熱《ねつ》を出《だ》したのだ。ケイトのつきっきりの看病《かんびょう》のおかげで、なんとか熱《ねつ》はさがったが、ケイトがいなければ、助《たす》からなかったかもしれない。ケイトは母親《ははおや》のように細《こま》やかな愛情《あいじょう》を、少年《しょうねん》たちに注《そそ》いでくれた。

十一月《がつ》の半《なか》ばから、暑《あつ》い日《ひ》が続《つづ》くようになった。木々《きぎ》は緑《みどり》の葉《は》をつけて花《はな》を咲《さ》かせ、南《みなみ》の沼地《ぬまち》には渡《わた》り鳥《どり》たちがもどってきた。しかし、せっかく狩《か》りの季節《きせつ》がめぐってきたというのに、少年《しょうねん》たちは一日中《いちにちじゅう》、なにもしないでホールにこもっていなければならなかった。記録係《きろくがかり》のバクスターが日誌《にっし》をつけようにも、記録《きろく》するようなことが何《なに》もない。あと四か月《げつ》で、三度目《どめ》の冬《ふゆ》がめぐってくる。少年《しょうねん》たちの気持《きも》ちは、くじけそうになっていた。

そんなとき、気《き》になる発見《はっけん》があった。十一月《がつ》二十一日《にち》の午後《ごご》、ドニファンがファミリー・レイクのほとりで釣《つ》りをしていると、川《かわ》の向《む》こう岸《ぎし》の上空《じょうくう》で、二十羽《ぱ》ほどの鳥《とり》が鳴《な》きながら円《えん》を描《えが》いて飛《と》んでいるのが見《み》えたのだ。気《き》になったドニファンは、モコといっしょにボートでジーランド川《がわ》を渡《わた》った。

岸《きし》に着《つ》き、草《くさ》むらを分《わ》けいった先《さき》に横《よこ》たわっていたのは、グアナコの死体《したい》だった。触《さわ》ってみるとまだ温《あたた》かく、脇腹《わきばら》から血《ち》が流《なが》れている。

「銃《じゅう》で撃《う》たれたんだ!」

モコが脇腹《わきばら》の傷口《きずぐち》に手《て》をつっこみ、銃弾《じゅうだん》を取《と》りだした。

撃《う》ったのは、ウォルストンの一味《いちみ》にちがいない。ふだん、グアナコが沼地《ぬまち》まで来《く》ることはないから、きっと湖《みずうみ》の南端《なんたん》に近《ちか》い森《もり》で撃《う》たれた後《あと》、ここまで逃《に》げてきたのだろう。ウォルストン一味《いちみ》は東川《ひがしがわ》を越《こ》え、フレンチ・デンに迫《せま》っているのだ!

三日後《みっかご》、また別《べつ》の発見《はっけん》があった。一味《いちみ》が攻《せ》めてきたときの作戦《さくせん》を練《ね》ろうと、ゴードンとブリアンが川《かわ》の向《む》こう岸《ぎし》に渡《わた》ったときのことだ。岸《きし》から三百歩《ぽ》ほど進《すす》んだところで、ブリアンがなにか固《かた》いものを踏《ふ》んづけた。

それは、柄《え》の折《お》れたパイプだった。まだ新《あたら》しい。何十年《なんじゅうねん》も前《まえ》に死《し》んだボードワンのものでないことは、すぐに分《わ》かった。

「一味《いちみ》のだれかが落《お》としたんだ」

二人《ふたり》は急《いそ》いでフレンチ・デンにもどり、ケイトにパイプを見《み》せた。

「このパイプ、ウォルストンが吸《す》っているのを見《み》たことがあるわ」

ケイトの一言《ひとこと》ではっきりした。やはり一味《いちみ》は、フレンチ・デンに接近《せっきん》しているのだ。

少年《しょうねん》たちはパトロールを強化《きょうか》した。昼間《ひるま》はオークランドの丘《おか》の上《うえ》、夜《よる》はフレンチ・デンの二つの入《い》り口《ぐち》に見張《みは》りを置《お》き、貯蔵室《ちょぞうしつ》の窓《まど》には内側《うちがわ》から大砲《たいほう》をすえた。

十一月《がつ》二十七日《にち》。空《そら》は朝《あさ》からぶあつい雲《くも》でおおわれ、遠《とお》くで雷《かみなり》が聞《き》こえていた。嵐《あらし》の予兆《よちょう》だ。案《あん》の定《じょう》、夜《よる》になると天気《てんき》は大荒《おおあ》れになった。念入《ねんい》りに戸《と》じまりをしたフレンチ・デンの窓《まど》からは、稲妻《いなずま》の光《ひかり》がホールを照《て》らし、雷《かみなり》の音《おと》がひっきりなしに聞《き》こえてくる。とどろく雷鳴《らいめい》で、オークランドの丘全体《おかぜんたい》が揺《ゆ》れているかのようだった。雷《かみなり》が鳴《な》るたび、下級生《かきゅうせい》たちは寝床《ねどこ》の中《なか》で縮《ちぢ》みあがった。

夜《よる》の十時《じ》ごろ、ようやく雷《かみなり》がおさまってきた。だが、代《か》わりに風《かぜ》が吹《ふ》きあれ、どしゃぶりの雨《あめ》になった。

雷鳴《らいめい》が遠《とお》のいたので、下級生《かきゅうせい》たちはようやくほっとした。これでやっと眠《ねむ》れるというとき、犬《いぬ》のファンが、とつぜんホールの戸口《とぐち》まで駆《か》けていった。後《うし》ろ脚《あし》で立《た》ちあがり、グルグルとうなり声《ごえ》をあげる。

「何《なに》か物音《ものおと》を聞《き》いたんじゃないか」

ドニファンが、興奮《こうふん》するファンをなだめながら言《い》う。少年《しょうねん》たちは急《いそ》いで猟銃《りょうじゅう》や拳銃《けんじゅう》を手《て》にとり、危険《きけん》に備《そな》えた。ファンの吠《ほ》え声《ごえ》は、ますます激《はげ》しくなっていく。ゴードンがいくらなだめてもむただった。

バーン！

ふいに大《おお》きな音《おと》が響《ひび》きわたった。雷鳴《らいめい》とはちがう。フレンチ・デンのすぐそばで、銃声《じゅうせい》が上《あ》がったのだ。

全員《ぜんいん》、守《まも》りの位置《いち》についた。ドニファン、バクスター、ウィルコックス、クロスの四人《にん》が、拳《けん》銃《じゅう》を構《かま》えて二つの出入《でい》り口《ぐち》の脇《わき》に立《た》つ。他《ほか》の仲間《なかま》は、用意《ようい》しておいた石《いし》でドアにバリケードを積《つ》みにかかった。

と、外《そと》から声《こえ》が聞《き》こえた。

「助《たす》けて……助《たす》けて！」

せっぱつまった声《こえ》だ。声《こえ》は、ドアのすぐ近《ちか》くで聞《き》こえた。

「助《たす》けてくれ……！」

ドアに耳《みみ》をおしつけていたケイトが、はっとして声《こえ》を上《あ》げる。

「あの人《ひと》だわ！」

「あの人《ひと》？」と、ブリアン。

「開《あ》けて！　ドアを開《あ》けてあげて！」

ケイトに言《い》われるまま、少年《しょうねん》たちはドアを開《あ》けた。とたんに、全身《ぜんしん》ずぶぬれの男《おとこ》が、ホールにかけこんできた。

それはセバーン号《ごう》の操縦士《そうじゅうし》、エヴァンスだった。

26 離《はな》れ小島《こじま》じゃなかった

ゴードン、ブリアン、ドニファンは、一瞬《いっしゅん》、あっけにとられて立《た》ちつくしていたが、すぐエヴァンスのもとに駆《か》けよった。

エヴァンスは、二十代後半《だいこうはん》くらいのたくましい人物《じんぶつ》だった。いかにも賢《かしこ》そうな、感《かん》じのいい顔《かお》をしている。セバーン号《ごう》が難破《なんぱ》してからカミソリを当《あ》てていないのだろう、ひげが伸《の》び放題《ほうだい》だ。

ホールに足《あし》を踏《ふ》みいれたとたん、エヴァンスは閉《し》めたばかりのドアに耳《みみ》をおしつけた。外《そと》で物《もの》音《おと》がしないのを確《たし》かめてから、ホールの奥《おく》まで進《すす》み、自分《じぶん》を取《と》りかこむ少年《しょうねん》たちの顔《かお》を見《み》まわす。

「たしかに子《こ》どもばかりだ。子《こ》どもしかいない……」

子《こ》どもたちの中《なか》にケイトの姿《すがた》を見《み》つけたとき、エヴァンスはパッと顔《かお》をかがやかせた。

「ケイト、生《い》きていたのか！」

エヴァンスはケイトの手《て》をとった。

「ええ、生《い》きてますとも。神様《かみさま》があたしたちを助《たす》けてくださったんですよ、エヴァンスさん。そして今度《こんど》はこの子《こ》たちを助《たす》けるために、あなたをここにつかわしてくださったんだわ」

エヴァンスは、勉強机《べんきょうづくえ》のまわりにいる少年《しょうねん》たちの頭数《あたまかず》を数《かぞ》えた。

「十五人《にん》。そのうち戦力《せんりょく》になるのは五、六人《にん》というところだな」

「エヴァンスさん。敵《てき》はすぐ、ここに攻《せ》めこんでくるつもりですか？」

ブリアンが聞《き》くと、エヴァンスは首《くび》を振《ふ》った。

「いや、今《いま》すぐということはないはずだ」

少年《しょうねん》たちはエヴァンスに着替《きが》えを渡《わた》し、食事《しょくじ》と熱《あつ》いお茶《ちゃ》をふるまった。エヴァンスは、半日《はんにち》の間《あいだ》、飲《の》まず食《く》わずだったという。

一息《ひといき》ついた後《あと》、エヴァンスは遭難《そうなん》した後《あと》のできごとを話《はな》しはじめた。

「救命船《きゅうめいせん》が浜《はま》に打《う》ちあげられる直前《ちょくぜん》に、わたしは船《ふね》から投《な》げだされ、岩礁地帯《がんしょうちたい》に落《お》ちた。ウォルストンと、他《ほか》の四人《にん》の手下《てした》たちといっしょにね。全員《ぜんいん》、なんとか浜《はま》まで泳《およ》ぎついたのだが、そのとき、ケイトとフォーブス、パイクの姿《すがた》は、救命船《きゅうめいせん》といっしょに消《き》えていた。

わたしたちは船《ふね》を探《さが》しまわった。海岸沿《かいがんぞ》いにひたすら歩《ある》き、ようやく見《み》つけたのは真夜中《まよなか》のことだった。救命船《きゅうめいせん》のそばには、フォーブスとパイクが倒《たお》れていた。口《くち》に酒《さけ》を含《ふく》ませると、二人《ふたり》は意識《いしき》をとりもどした。船《ふね》の方《ほう》は、浜《はま》に打《う》ちあげられた衝撃《しょうげき》で壊《こわ》れていたが、セバーン号《ごう》から脱出《だっしゅつ》するときに積《つ》んだ食料《しょくりょう》と武器《ぶき》は、すべてぶじだった。ウォルストンたちは荷物《にもつ》を運《はこ》びだすと、避《ひ》難場所《なんばしょ》を探《さが》し、海岸沿《かいがんぞ》いを東《ひがし》に歩《ある》きだした。

そのときロックが、ケイトの姿《すがた》が見《み》あたらないと言《い》いだした。すると、ウォルストンが言《い》った。『あの女《おんな》なら、今《いま》ごろは海《うみ》の底《そこ》だ。厄介払《やっかいばら》いできてよかったぜ』。それを聞《き》いて思《おも》いしったよ。用《よう》済《ず》みになれば、つぎはわたしが殺《ころ》されることになるんだとね。

ボートを置《お》いて一時間《じかん》ほど歩《ある》くと森《もり》に行《い》きついたので、そこでキャンプを張《は》った。そして毎日《まいにち》ボートのある浜《はま》にもどって、壊《こわ》れた外板《がいはん》の修理《しゅうり》にかかった。でも、道具《どうぐ》といえば斧《おの》が一本《ぽん》きりなので、直《なお》すのは無理《むり》な話《はなし》だった。

ボートの修繕《しゅうぜん》はできないし、食料《しょくりょう》も底《そこ》をつきはじめていたから、ウォルストンたちは食料《しょくりょう》を調《ちょう》達《たつ》しやすく、住《す》みやすい場所《ばしょ》を探《さが》すことにした。そこで海岸沿《かいがんぞ》いをさらに歩《ある》き、やがて、一本《ぽん》の川《かわ》に行《い》きついた」

「東川《ひがしがわ》のことだ！」サービスが言《い》う。

「なるほど、あの川《かわ》には東川《ひがしがわ》という名前《なまえ》がついているのか。その川《かわ》のそばには、岩山《いわやま》が立《た》ち並《なら》ぶ天然《てんねん》の港《みなと》があって――」

「それ、クマ岩港《いわこう》っていうんです！」と、ジェンキンス。

エヴァンスがにっこり笑《わら》う。

「救命船《きゅうめいせん》は、あの港《みなと》にある洞穴《ほらあな》の一つに運《はこ》んで、安全《あんぜん》に保管《ほかん》してある。修理道具《しゅうりどうぐ》さえあれば、直《なお》せるはずなんだが……」

「道具《どうぐ》ならここにありますよ」

ドニファンが勢《いきお》いこんで言《い》うと、エヴァンスがうなずいた。

「うん、ウォルストンはそう見当《けんとう》をつけていたよ。この島《しま》にきみたちが住《す》んでいることを知《し》ってからね」

「どうやって知《し》ったんですか？」ゴードンがたずねる。

「一週間前《しゅうかんまえ》、ウォルストン一味《いちみ》と東川《ひがしがわ》をさかのぼったときのことだ。川《かわ》の源流《げんりゅう》の大《おお》きな湖《みずうみ》までたどり着《つ》いたとき、岸辺《きしべ》にきみょうな物《もの》がひっかかっているのを見《み》つけたんだ。葦《あし》の枝《えだ》で作《つく》った骨組《ほねぐ》みに、布《ぬの》が貼《は》られていて……」

「ぼくたちが作《つく》ったたこだ！」

「湖《みずうみ》に落《お》ちたたこが、風《かぜ》で流《なが》されたんだと思《おも》います」

ドニファンとブリアンが説明《せつめい》すると、エヴァンスが、なるほど、という顔《かお》をした。

「あれはたこだったのか！　とにかくあれを見《み》たら、この島《しま》に人《ひと》が住《す》んでいることはうたがいようがなかった。ウォルストンは、どんな人間《にんげん》が住《す》んでいるのかを知《し》りたがってね。島《しま》の調査《ちょうさ》を始《はじ》めたんだ。一方《いっぽう》のわたしは、たこを目《め》にしたときから、一味《いちみ》のもとを逃《に》げだそうと心《こころ》に決《き》めた。住《す》んでいるのがだれだろうと、ウォルストン一味《いちみ》よりはマシなはずだからね」

「それで、ここはどうやって見《み》つけたんですか？」

バクスターが聞《き》く。

「あれは確《たし》か、十一月《がつ》二十三日《にち》の夜《よる》だった。湖《みずうみ》の南側《みなみがわ》を歩《ある》いて帰《かえ》ってきた一味《いちみ》の一人《ひとり》が、川《かわ》の向《む》こう岸《ぎし》に見《み》える岩壁《がんぺき》に、光《ひかり》が見《み》えたと報告《ほうこく》したんだ。きっと、開《ひら》いたドアの隙間《すきま》から、一瞬《いっしゅん》だけ明《あ》かりがもれたんだろう。さっそくつぎの夜《よる》、ウォルストンが偵察《ていさつ》に出《で》かけていった。しばらく川岸《かわぎし》の草《くさ》むらに身《み》をかくしていると、対岸《たいがん》にきみたちの姿《すがた》が見《み》えたんだそうだ。どうやらいるのは子《こ》どもばかりだから、大《だい》の男《おとこ》七人《にん》には太刀《たち》打《う》ちできないだろう——やつはそう踏《ふ》んで、さっそく仲間《なかま》たちと作戦《さくせん》を練《ね》りはじめた」

「なんてやつらなの！」

ケイトが思《おも》わず声《こえ》をあげる。エヴァンスはうなずいて、先《さき》を続《つづ》けた。

「今朝《けさ》、ウォルストンは手下《てした》を従《したが》え、どこかへ出《で》かけた。わたしの見張《みは》り役《やく》に、フォーブスとロックだけを残《のこ》してね。逃《に》げるには今《いま》しかない、わたしはそう思《おも》った。

そこで、見張《みは》りの注意《ちゅうい》がそれたすきをついて、森《もり》の中《なか》にかけこんだ。しかし、二人《ふたり》はすぐに気《き》づいて追《お》いかけてきた。連中《れんちゅう》は銃《じゅう》を持《も》っている。一方《いっぽう》のわたしが持《も》っているのは、ジャックナイフ一本《ぽん》きりだ。

わたしは一日中《いちにちじゅう》逃《に》げつづけた。あんなに長《なが》いこと全速力《ぜんそくりょく》で走《はし》ったのは、生《う》まれて初《はじ》めてだったよ。フォーブスたちの銃弾《じゅうだん》が、何度《なんど》も体《からだ》すれすれをかすめていった。自分《じぶん》たちの悪事《あくじ》を知《し》っている人間《にんげん》を逃《に》がすわけにはいかないと、向《む》こうも必死《ひっし》だったんだろう。

わたしは森《もり》をつっきり、湖《みずうみ》の南端《なんたん》を目指《めざ》した。ウォルストンたちの話《はなし》を聞《き》いて、きみたちの洞穴《ほらあな》がどこにあるかは知《し》っていたからね。

夜《よる》になれば、フォーブスたちも追《お》いかけるのをあきらめるだろうと思《おも》っていたが、あまかった。湖《みずうみ》の南端《なんたん》までたどり着《つ》き、北西《ほくせい》に向《む》かって岸辺《きしべ》をさかのぼる間《あいだ》も、やつらはすぐ後《あと》を追《お》いかけてきた。しかもタイミングの悪《わる》いことに、雷《かみなり》が鳴《な》りはじめた。川岸《かわぎし》の草《くさ》むらに身《み》をかくそうにも、稲光《いなびかり》に姿《すがた》を照《て》らされてしまったら、一巻《いっかん》の終《お》わりだ。

こうなったらとにかく、向《む》こう岸《ぎし》に渡《わた》るしかないと思《おも》った。がむしゃらに走《はし》って、ついにあと一歩《いっぽ》で川《かわ》にたどり着《つ》くというとき、稲光《いなびかり》があたりを照《て》らした。連中《れんちゅう》はすぐさま撃《う》ってきたよ」

「それが、フレンチ・デンまで聞《き》こえたあの銃声《じゅうせい》だったのか……」

ドニファンがつぶやく。エヴァンスはうなずいた。

「銃弾《じゅうだん》が肩先《かたさき》をかすめると同時《どうじ》に、わたしは川《かわ》に飛《と》びこんだ。そして向《む》こう岸《ぎし》まで泳《およ》いで、川岸《かわぎし》の草《くさ》の間《あいだ》で息《いき》をひそめた。すると、ロックとフォーブスの話《はな》し声《ごえ》が聞《き》こえてきた。

『さっきの弾《たま》、当《あ》たったと思《おも》うか？』

『あたりめえだろ。とっくに川《かわ》の底《そこ》でおっ死《ち》んでるって』

『ようやくかたづいたな。やれやれだぜ』

口々《くちぐち》に言《い》いながら、フォーブスとロックは歩《ある》きさった。そこでわたしは草《くさ》むらを離《はな》れ、岩壁《がんぺき》に向《む》かって歩《ある》いた。ふいに犬《いぬ》の鳴《な》き声《ごえ》が聞《き》こえたので、助《たす》けてくれ、と声《こえ》を上《あ》げたら、この洞穴《ほらあな》の扉《とびら》が開《ひら》いた――と、そういうわけなんだ」

エヴァンスが話《はな》しおえると、今度《こんど》は少年《しょうねん》たちが、この一年《ねん》八か月《げつ》の間《あいだ》に起《お》こったことを話《はな》して聞《き》かせる番《ばん》だった。お互《たが》いの身《み》の上話《うえばなし》が終《お》わった後《あと》、ゴードンがエヴァンスにたずねた。

「エヴァンスさん。ウォルストン一味《いちみ》と、なんとか戦《たたか》わずにすむ方法《ほうほう》はないですかね？」

「どういう意味《いみ》だい？」

「船《ふね》の修理《しゅうり》に必要《ひつよう》な道具《どうぐ》を貸《か》すかわりに、攻撃《こうげき》しないよう交渉《こうしょう》したらどうかと思《おも》うんです」

エヴァンスは首《くび》を振《ふ》った。

「連中《れんちゅう》は信用《しんよう》ならないやつらだからね。どんな約束《やくそく》を交《か》わしたところで、きみたちが船《ふね》の道具《どうぐ》を貸《か》してやったら、その機会《きかい》を利用《りよう》して、食料《しょくりょう》や弾薬《だんやく》まで奪《うば》おうとするだろう」

「とっととボートを直《なお》して、出《で》てってくれりゃいいのにね」

サービスが言《い》う。

「いや、それはこまる。そんなことになったらわたしたちは、どうやって島《しま》を出《で》るというんだい？」

「え？　エヴァンスさんは、あのボートを手《て》に入《い》れて、島《しま》を脱出《だっしゅつ》しようと考《かんが》えているんですか？」

ゴードンが目《め》を丸《まる》くして聞《き》く。

「そのとおりだ」

エヴァンスがうなずくと、今度《こんど》はドニファンがたずねた。

「あのボートで太平洋《たいへいよう》を横断《おうだん》して、ニュージーランドまで帰《かえ》るつもりですか？」

「太平洋《たいへいよう》？　いや、一番近《いちばんちか》い港《みなと》まで行《い》くだけだ。そこでオークランド行《い》きの船《ふね》が来《く》るのを待《ま》てばいい」

「でも、この島《しま》は、太平洋《たいへいよう》に浮《う》かぶ離《はな》れ小島《こじま》じゃないんですか？」

「たしかに西《にし》には海《うみ》しかない。でも、それ以外《いがい》は、どの方角《ほうがく》に船《ふね》を漕《こ》いだって、二、三日《にち》もすれば、どこかの島《しま》に行《い》きつくよ。しかも東《ひがし》には、南米大陸《なんべいたいりく》が広《ひろ》がっている」

「やっぱりそうか！　がっかり湾《わん》から白《しろ》っぽい点《てん》が見《み》えたのも、凧《たこ》に乗《の》ったとき、東《ひがし》の方角《ほうがく》に光《ひかり》が見《み》えたのも、見《み》まちがいじゃなかったんだ！」

ブリアンがうわずった声《こえ》をあげると、エヴァンスが言《い》った。

「白《しろ》っぽい点《てん》……それはたぶん氷河《ひょうが》だな。光《ひかり》が見《み》えたというのは、火山《かざん》の噴火《ふんか》だろう。きみたちがいるこの島《しま》は、南米大陸《なんべいたいりく》の沿岸《えんがん》にある群島《ぐんとう》の一《ひと》つで、ハノーバー島《とう》というんだよ」

その夜《よる》、少年《しょうねん》たちは興奮《こうふん》でなかなか寝《ね》つけなかった。この先《さき》には、ウォルストン一味《いちみ》との戦《たたか》いという、大《おお》きな不安《ふあん》が待《ま》ちうけている。けれど同時《どうじ》に、この島《しま》を脱出《だっしゅつ》できるかもしれないという希望《きぼう》も生《う》まれたのだ。

27 だましうち合戦《がっせん》

つぎの日《ひ》、エヴァンスは、少年《しょうねん》たちがチェアマン島《とう》と名《な》づけたこの島《しま》がどこにあるのか、地図《ちず》を開《ひら》いて教《おし》えてくれた。

「チリのマゼラン海峡《かいきょう》の北《きた》を見《み》てごらん。ケンブリッジ島《とう》とマードレ・デ・ディオス島《とう》にはさまれた島《しま》があるだろう？　この島《しま》が、きみたちが一年《ねん》八か月《げつ》の間暮《あいだく》らしてきたチェアマン島《とう》、つまりハノーバー島《とう》だ」

「チリ本土《ほんど》から、こんなに近《ちか》い場所《ばしょ》だったとはな……」ゴードンがつぶやく。

「そのとおり。だが、わたしが思《おも》うに、きみたちはこの島《しま》を出《で》なくて正解《せいかい》だったよ。南米大陸《なんべいたいりく》に無事渡《ぶじわた》れたとしても、都市部《としぶ》までは、延々《えんえん》、数百《すうひゃっ》キロメートルは歩《ある》かなくちゃならない。とちゅうの草原《そうげん》には、よそ者嫌《ものぎら》いの原住民《げんじゅうみん》が待《ま》ちかまえているからね」

「それじゃあエヴァンスさん、ウォルストン一味《いちみ》からボートをうばって、ぶじに直《なお》すことができたとしたら、どこに向《む》かうつもりですか？」

「大陸《たいりく》のチリをめざすよりは、群島《ぐんとう》の間《あいだ》を通《とお》って、マゼラン海峡《かいきょう》まで行《い》くべきだろうな。群島《ぐんとう》の間《あいだ》は、海《うみ》がおだやかだからね。マゼラン海峡《かいきょう》の入《い》り口《ぐち》にあるデソラシオン島《とう》に、タマールという港《みなと》がある。そこに着《つ》いたら、もうふるさとに帰《かえ》りついたようなものだよ」

なるほど、エヴァンスの言《い》うとおりだ。マゼラン海峡《かいきょう》の港《みなと》までいけば、ニュージーランド行《い》きの船《ふね》は、きっと見《み》つかるだろう。

少年《しょうねん》たちは、エヴァンスを心《こころ》から信頼《しんらい》していた。ケイトが言《い》ったように、エヴァンスは神様《かみさま》がつかわしてくれた人物《じんぶつ》にちがいない。今《いま》や少年《しょうねん》たちには、頼《たよ》りになる大人《おとな》の航海士《こうかいし》がついているのだ！

さっそくエヴァンスは、フレンチ・デンにある武器《ぶき》の種類《しゅるい》と数《かず》を確認《かくにん》し、一味《いちみ》が攻《せ》めこんできたときにどうやってデンを守《まも》るか、作戦《さくせん》を練《ね》った。

ところが、数日過《すうじつす》ぎても、敵《てき》は何《なん》の動《うご》きも見《み》せなかった。オークランドの丘《おか》で見張《みは》りを続《つづ》けたが、一味《いちみ》の姿《すがた》はどこにもない。たぶん敵《てき》は、正面切《しょうめんき》って攻《せ》めこむのではなく、だましうちのような作戦《さくせん》を考《かんが》えているのだろう――そう予想《よそう》したエヴァンスは、ブリアン、ゴードン、ドニファン、バクスターの四人《にん》を集《あつ》めて言《い》った。

「ウォルストン一味《いちみ》は、ケイトとわたしが死《し》んだものと思《おも》っている。そして、自分《じぶん》たちがこの島《しま》にいることを、きみたちがまだ気《き》づいていないと思《おも》っている。だから、一味《いちみ》のうちのだれかをここに送《おく》りこみ、遭難《そうなん》したばかりで困《こま》っているふりをさせるはずだ。きみたちがそいつをフレンチ・デンに招《まね》きいれたら、連中《れんちゅう》の思《おも》うつぼだ。あとはそいつがすきを見《み》て、デンの内側《うちがわ》から仲間《なかま》を引《ひ》きいれれば、こっちはもう手《て》も足《あし》もでない」

「じゃあ、一味《いちみ》の一人《ひとり》が助《たす》けを求《もと》めてきたら、銃《じゅう》で迎《むか》えてやればいいんですね」

ブリアンが言《い》うと、ゴードンは首《くび》をふった。

「いや。逆《ぎゃく》に、親切《しんせつ》に迎《むか》えてやったらどうかな」

「ゴードンくんの言《い》うとおりだ。罠《わな》には罠《わな》で応《こた》えようじゃないか」

つぎの日《ひ》も、午前中《ごぜんちゅう》は何《なに》ごともなく過《す》ぎた。エヴァンスは数人《すうにん》の少年《しょうねん》といっしょに罠《わな》の森《もり》まで偵察《ていさつ》に出《で》かけたが、いつもと変《か》わったところは何《なに》もなかった。

ところが、その日《ひ》の夕方《ゆうがた》になって、オークランドの丘《おか》で見張《みは》りについていたウェッブとクロスが、転《ころ》げるようにあわてて下《お》りてきた。湖《みずうみ》の南端《なんたん》から、ジーランド川《がわ》の左岸《さがん》に向《む》かって、二人《ふたり》の男《おとこ》が歩《ある》いてくるのが見《み》えたという。

ケイトとエヴァンスは急《いそ》いで貯蔵室《ちょぞうしつ》に身《み》をかくし、窓《まど》からこっそり、向《む》こう岸《ぎし》に見《み》える二人《ふたり》の姿《すがた》を確認《かくにん》した。ウォルストンの手下《てした》の、ロックとフォーブスだ。

「難破船《なんぱせん》で流《なが》れついた船員《せんいん》を装《よそお》うつもりだろう。くれぐれも、ケイトとわたしがいることを、気《き》づかれないようにしてくれ。いざというときは出《で》てくるからね」

エヴァンスとケイトは、廊下《ろうか》にある物置《ものおき》の一つに入《はい》り、戸《と》を閉《し》めた。ゴードン、ブリアン、ドニファン、バクスターの四人《にん》は、ジーランド川《がわ》のほとりに急《いそ》いだ。

四人《にん》を見《み》るなり、ロックとフォーブスは心底《しんそこ》おどろいたふりをしてみせた。ゴードンも、役者《やくしゃ》顔負《かおま》けの演技《えんぎ》で対抗《たいこう》した。

「船《ふね》が島《しま》の南側《みなみがわ》で遭難《そうなん》しましてね。仲間《なかま》はだれも助《たす》からなかったんですよ。おれたちも行《い》き倒《だお》れそうになりながら、ようやくここまでたどり着《つ》いたってわけで……どうか助《たす》けてもらえませんかね？」

「もちろんです。遭難者《そうなんしゃ》を助《たす》けるのは当然《とうぜん》のことですから」

ゴードンは言《い》った。さっそくモコを呼《よ》んでボートを出《だ》し、向《む》こう岸《ぎし》の二人《ふたり》をつれてくる。ロックは、絵《え》にかいたような悪人《あくにん》づらをしていた。フォーブスの方《ほう》は、ケイトの命乞《いのちご》いをしたというだけあって、少《すこ》しましな顔《かお》つきだ。

フレンチ・デンに招《まね》きいれられた二人《ふたり》は、ホールの中《なか》をじろじろ見《み》まわした。デンに保管《ほかん》された大量《たいりょう》の武器《ぶき》と、窓《まど》の前《まえ》にすえられた大砲《たいほう》を見《み》て、かなりおどろいたようだ。

二人《ふたり》が体《からだ》を休《やす》めたいと言《い》うので、少年《しょうねん》たちは貯蔵室《ちょぞうしつ》に案内《あんない》した。二人《ふたり》は部屋《へや》の中《なか》をざっと見《み》まわし、川《かわ》に面《めん》した壁面《へきめん》にドアがあることを確《たし》かめると、部屋《へや》の隅《すみ》にごろりと横《よこ》になった。

夜《よる》の九時《じ》ごろ、モコが貯蔵室《ちょぞうしつ》にある自分《じぶん》のベッドに引《ひ》きあげた。何《なに》か動《うご》きがあればすぐ、みんなに合図《あいず》を送《おく》ることになっている。

他《ほか》の仲間《なかま》はホールに残《のこ》った。ケイトとエヴァンスも、廊下《ろうか》の扉《とびら》を閉《し》めてから、ホールのみんなに合流《ごうりゅう》した。エヴァンスの予想《よそう》どおり、ウォルストン一味《いちみ》はフレンチ・デンの近《ちか》くに身《み》をひそめ、二人《ふたり》が内側《うちがわ》から戸《と》を開《あ》けるのを待《ま》っているにちがいない。

何《なに》も起《お》こらないまま、二時間《じかん》が過《す》ぎた。

(今夜《こんや》は二人《ふたり》とも、このまま寝《ね》るつもりなのかな……)

モコがそう思《おも》いはじめたとき、部屋《へや》の中《なか》でカサコソ、と小《ちい》さな音《おと》がした。

天井《てんじょう》から吊《つ》りさげられた灯《ひ》に照《て》らされ、ロックとフォーブスが、部屋《へや》の隅《すみ》から戸口《とぐち》の方《ほう》へと、こっそり這《は》っていくのが見《み》える。

二人《ふたり》はドアまでたどりつくと、ドアの前《まえ》に積《つ》まれたバリケードの石《いし》を、一《ひと》つ一《ひと》つどけ始《はじ》めた。すべての石《いし》をかたづけた後《あと》、ロックが閂《かんぬき》を外《はず》し、ドアを開《あ》けにかかる。

と、そのとき、ロックはぎくりとした。だれかの手《て》が自分《じぶん》の肩《かた》に置《お》かれたのだ。振《ふ》りかえるとそこには、セバーン号《ごう》の操縦士《そうじゅうし》が立《た》っていた。

「エヴァンス！　エヴァンスがいるぞ！」

ロックがさけぶと同時《どうじ》に、エヴァンス操縦士《そうじゅうし》が声《こえ》を上《あ》げた。

「みんな、来《き》てくれ！」

少年《しょうねん》たちが、どっと貯蔵室《ちょぞうしつ》にかけこむ。バクスター、ウィルコックス、ドニファン、ブリアンの四人《にん》が、まっさきにフォーブスをとりおさえた。

ロックはとっさにエヴァンスの手《て》をはらい、手《て》にしたナイフを振《ふ》りおろした。が、ナイフの先《さき》はエヴァンスのシャツをかすっただけだった。開《ひら》いたドアから、ロックが外《そと》に駆《か》けだす。そのとき、銃声《じゅうせい》が響《ひび》いた。

エヴァンスが、ロックを狙《ねら》って撃《う》ったのだ。

でも、悲鳴《ひめい》もあげずに姿《すがた》を消《け》したところをみると、弾《たま》は外《はず》れたらしい。

「くそ、逃《に》がしたか！　だが、少《すく》なくとも一人《ひとり》は敵《てき》が減《へ》ったぞ！」

エヴァンスはそう言《い》って、手《て》にしたナイフをフォーブスに向《む》かって振《ふ》りあげた。

「たのむ！　殺《ころ》さないでくれ……」

少年《しょうねん》たちに組《く》みしかれたフォーブスが、命乞《いのちご》いをする。と、ケイトがフォーブスをかばうように、エヴァンスの前《まえ》に立《た》ちふさがった。

「エヴァンスさん、お願《ねが》い。どうか情《なさ》けをかけてやってくださいな！　この人《ひと》は、一度《ど》あたしの命《いのち》を救《すく》ってくれたんですから」

「ケイトがそう言《い》うなら、今《いま》のところは、かんべんしてやろう」

少年《しょうねん》たちはフォーブスの手足《てあし》をしばり、廊下《ろうか》にある物置《ものおき》の一つに連《つ》れていった。そして、貯蔵《ちょぞう》室《しつ》の扉《とびら》に閂《かんぬき》をかけ、石《いし》のバリケードを積《つ》みなおした後《あと》、朝《あさ》まで寝《ね》ずの番《ばん》を続《つづ》けたのだった。

28　悪党一味《あくとういちみ》との闘《たたか》い

明《あ》け方《がた》、エヴァンス、ブリアン、ドニファン、ゴードンの四人《にん》は、あたりの様子《ようす》をうかがいながら外《そと》に出《で》た。

デンの周《まわ》りは、一見《いっけん》、平和《へいわ》そのものだった。家畜小屋《かちくごや》の動物《どうぶつ》たちはいつもどおりだし、犬《いぬ》のファンも、運動場《うんどうじょう》で元気《げんき》に走《はし》りまわっている。

ところが地面《じめん》に目《め》を向《む》けると、そこはふだんと様子《ようす》がちがっていた。大人《おとな》の男《おとこ》たちの足《あし》あとが、そこらじゅうに残《のこ》っていたのだ。きのうの夜《よる》、ウォルストンたちはやはり、デンの前《まえ》までやってきて、ロックとフォーブスが扉《とびら》を開《あ》けるのを待《ま》っていたのだ。

一味《いちみ》は今《いま》、どこにいるのだろう？

四人《にん》はフレンチ・デンにもどって、フォーブスを問《と》いつめることにした。物置《ものおき》の戸《と》を開《あ》け、しばっていた縄《なわ》を解《と》いてから、ホールに連《つ》れていく。

「フォーブス、おまえは一味《いちみ》の計画《けいかく》を知《し》っているはずだ。知《し》っていることをぜんぶ話《はな》せ」

しかし、フォーブスは、うなだれたまま一言《ひとこと》もしゃべらない。

みかねてケイトが言《い》った。

「フォーブス。あんたはセバーン号《ごう》で乗客《じょうきゃく》たちが殺《ころ》されたとき、あたしを生《い》かしておくように頼《たの》んでくれたじゃないの。だったらこの子《こ》たちのことも、助《たす》けてあげたいと思《おも》わないの？」

フォーブスは何《なに》も言《い》わない。ケイトはさらに続《つづ》けた。

「この人《ひと》たちは、殺《ころ》されたって文句《もんく》は言《い》えないあんたを、生《い》かしてくれているのよ。これまでさんざん悪事《あくじ》を働《はたら》いてきたんだもの、この辺《へん》でまっとうな人間《にんげん》に生《う》まれ変《か》わったらどう？」

フォーブスは、苦《くる》しそうにため息《いき》をもらした。

「このおれに、何《なに》ができるってんだよ……」

「連中《れんちゅう》は今《いま》、どこにいる？」エヴァンスが聞《き》く。

「知《し》らねえ」

「何《なん》でもいい。知《し》っていることはないか？」

「何《なに》もねえ」

「ウォルストンたちは、またここに来《く》ると思《おも》うか？」

「ああ、たぶんな」

これ以上《いじょう》フォーブスに質問《しつもん》しても、どうやらむだなようだ。エヴァンスはフォーブスを物置《ものおき》につれもどすと、外《そと》がわから鍵《かぎ》をかけた。

その後《あと》、モコが物置《ものおき》まで昼食《ちゅうしょく》を持《も》っていったが、フォーブスはほとんど手《て》をつけなかった。ひょっとして、自分《じぶん》がこれまでしてきたことを、後悔《こうかい》しはじめているのだろうか……。

午後《ごご》になってから、エヴァンスの提案《ていあん》で、罠《わな》の森《もり》まで偵察《ていさつ》に行《い》くことにした。メンバーは、エヴァンス、ブリアン、ゴードン、ドニファン、クロス、サービス、ウェッブ、ウィルコックス、ガーネットの九人《にん》だ。

バクスター、ケイト、モコ、ジャックの四人《にん》は、下級生《かきゅうせい》といっしょにフレンチ・デンの守《まも》りを引《ひ》きうけた。

午後《ごご》二時《じ》、準備《じゅんび》は整《ととの》った。留守番組《るすばんぐみ》はフレンチ・デンにこもって、しっかり戸《と》じまりをした。ただ、戸口《とぐち》の前《まえ》のバリケードは積《つ》まないことにした。偵察隊《ていさつたい》が敵《てき》から逃《に》げてきたとき、すぐ中《なか》に入《はい》れないと困《こま》るからだ。

九人《にん》の偵察隊《ていさつたい》は、あたりの様子《ようす》をうかがいながら、オークランドの丘《おか》にそって歩《ある》いた。エヴァンスを先頭《せんとう》に、フランス人遭難者《じんそうなんしゃ》ボードワンの墓《はか》を通《とお》りすぎる。と、とつぜんファンが耳《みみ》をピンと立《た》て、地面《じめん》をクンクンかぎだした。

「人《ひと》の足《あし》あとだ！」と、ゴードン。

「一味《いちみ》が近《ちか》くにいるのかもしれない。しげみの間《あいだ》にかくれて進《すす》もう。ドニファン、きみは射撃《しゃげき》がうまいそうだね。やつらが姿《すがた》を見《み》せたら、狙《ねら》いをさだめて撃《う》ってくれ」

エヴァンスが指示《しじ》する。

まもなく偵察隊《ていさつたい》は、罠《わな》の森《もり》にたどりついた。森《もり》の入《い》り口《ぐち》に、たき火《び》のあとが残《のこ》っていた。灰《はい》をさわってみると、まだ少《すこ》し温《あたた》かい。

「連中《れんちゅう》は、少《すこ》し前《まえ》までここにいたようだな。オークランドの丘《おか》に引《ひ》きかえした方《ほう》が――」

エヴァンスが言《い》い終《お》わらないうちに、右側《みぎがわ》から銃声《じゅうせい》がとどろいた。弾丸《だんがん》がブリアンの耳元《みみもと》すれすれを通過《つうか》し、後《うし》ろの木《き》の幹《みき》にめりこむ。

ふたたび銃声《じゅうせい》が響《ひび》いた。今度《こんど》はドニファンが、最初《さいしょ》の銃撃《じゅうげき》で煙《けむり》があがった場所《ばしょ》を狙《ねら》って、発砲《はっぽう》したのだ。

悲鳴《ひめい》が上《あ》がり、近《ちか》くの木立《こだち》の間《あいだ》で何《なに》かがドサリと倒《たお》れた。

ファンが駆《か》けだし、ドニファンが後《あと》を追《お》った。他《ほか》の仲間《なかま》もドニファンに続《つづ》き、倒《たお》れた男《おとこ》を取《と》りかこんだ。すでに息《いき》たえている。

「パイク……！」

エヴァンスがつぶやいた。

「他《ほか》の仲間《なかま》も近《ちか》くにいるかもしれませんね」と、ゴードン。

「そうだな。見《み》つかったらあぶない。みんな、身《み》を低《ひく》くするんだ！」

エヴァンスが言《い》ったとき、九人《にん》の左側《ひだりがわ》から、三発目《ばつめ》の銃声《じゅうせい》がした。銃弾《じゅうだん》は、みんなよりしゃがむのが一瞬《いっしゅん》遅《おく》れたサービスのほおをかすめて飛《と》んでいった。

「サービス！　だいじょうぶか？」

「平気《へいき》だよ、ゴードン。ただのかすり傷《きず》だから」

パイクが死《し》んだ今《いま》、敵《てき》はあと五人《にん》だ。残《のこ》りの一味《いちみ》は、近《ちか》くで木《き》の陰《かげ》にかくれ、銃《じゅう》を構《かま》えているにちがいない。エヴァンスと少年《しょうねん》たちは敵《てき》に狙《ねら》われないよう、茂《しげ》みにかくれて身《み》を守《まも》った。

「ブリアンはどこだ？」

「どこにもいないぞ！」

ガーネットとウィルコックスが声《こえ》を上《あ》げた。

ファンが、激《はげ》しく吠《ほ》えながら走《はし》りだした。もしかして、ブリアンは一味《いちみ》につかまってしまったのだろうか。

「ブリアン！　ブリアーン！」

「きみたち、行《い》っちゃだめだ！」

エヴァンスが止《と》めるのも聞《き》かずに、少年《しょうねん》たちはファンの後《あと》を追《お》った。木《き》から木《き》へと、身《み》をかくしながら移動《いどう》する。ふいにクロスが叫《さけ》んだ。

「エヴァンスさん、気《き》をつけて！」

エヴァンスが頭《あたま》をひっこめた瞬間《しゅんかん》、頭上数《ずじょうすう》センチのところを、弾《たま》がかすめていった。

ウォルストンの手下《てした》が、木々《きぎ》の向《む》こうへ逃《に》げていくのが見《み》える。きのうの夜《よる》、フレンチ・デンから逃《に》げたロックだ。

「今度《こんど》こそ、逃《に》がさんぞ！」

エヴァンスが撃《う》った直後《ちょくご》、ロックは、地面《じめん》にぽっかり開《あ》いた穴《あな》に吸《す》いこまれでもしたように、とつぜん消《き》えてしまった。

「くそ！　また撃《う》ちそこなったか……」

そのとき、そばでファンが吠《ほ》える声《こえ》と、ドニファンのさけび声《ごえ》が響《ひび》いた。

「ブリアン、今行《いまい》くからな！　ふんばれよ！」

声《こえ》の聞《き》こえた方《ほう》に急《いそ》ぐと、十メートルほど離《はな》れた場所《ばしょ》で、ブリアンとコープが取《と》っくみあっていた。

コープがブリアンを組《く》みしき、ナイフを振《ふ》りあげている。ブリアンめがけ、今《いま》にもナイフが突《つ》きたてられるというときに、ドニファンが駆《か》けつけ、コープに飛《と》びかかった。

つぎの瞬間《しゅんかん》、コープが振《ふ》りおろしたナイフは、ドニファンの胸《むね》に突《つ》きささった。ドニファンは声《こえ》もなく、その場《ば》に崩《くず》れおちた。

エヴァンス、ガーネット、ウェッブの三人《にん》が走《はし》ってくるのを見《み》たコープは、北《きた》の方角《ほうがく》へ逃《に》げた。

エヴァンスたちは銃弾《じゅうだん》を浴《あ》びせたが、コープはそのまま木立《こだち》の間《あいだ》で姿《すがた》を消《け》してしまった。

ブリアンは起《お》きあがるなり、ドニファンを抱《だ》きかかえ、名前《なまえ》を呼《よ》んだ。

「ドニファン！　しっかりしてくれ、ドニファン！」

仲間《なかま》たちは急《いそ》いで銃《じゅう》に弾《たま》をつめなおしてから、ドニファンのもとに集《あつ》まった。

エヴァンスがドニファンの上着《うわぎ》のボタンをはずし、血《ち》だらけのシャツを引《ひ》きさいた。左《ひだり》の胸《むね》から、どくどく血《ち》が流《なが》れている。傷《きず》は心臓《しんぞう》をそれているが、苦《くる》しそうに息《いき》をしているところを見《み》ると、ナイフの先《さき》は肺《はい》まで届《とど》いているのかもしれない。

「フレンチ・デンに運《はこ》ぼう！」

ゴードンが言《い》う。

ブリアンの胸《むね》は、張《は》りさけそうだった。

「なんとしても助《たす》けないと！　ぼくのせいで、こんなことに……」

どうやらウォルストン一味《いちみ》は、形勢《けいせい》が不利《ふり》とみて森《もり》の奥《おく》に逃《に》げこんだようだ。敵《てき》の攻撃《こうげき》が止《や》んだので、みんなでドニファンをフレンチ・デンに運《はこ》ぶことにした。木《き》の枝《えだ》を使《つか》ってまにあわせの担架《たんか》をこしらえ、意識《いしき》を失《うしな》ったドニファンを、四人《にん》がかりで運《はこ》ぶ。残《のこ》りの四人《にん》は銃《じゅう》を構《かま》え、担架《たんか》を守《まも》りながら歩《ある》いた。ドニファンが苦《くる》しげにあえぐたび、少年《しょうねん》たちは担架《たんか》を止《と》め、様子《ようす》をみながら進《すす》んだ。

オークランドの丘沿《おかぞ》いに歩《ある》き、もうじきフレンチ・デンが見《み》えてくるあたりまでやってきたとき、ジーランド川《がわ》の方《ほう》から悲鳴《ひめい》が聞《き》こえた。ファンが、声《こえ》のした方《ほう》へ一目散《いちもくさん》に走《はし》りだす。

ウォルストン一味《いちみ》の残《のこ》り三人《にん》は、フレンチ・デンに攻《せ》めこんでいたのだ！　ロック、コープ、パイクが罠《わな》の森《もり》に身《み》をひそめていたとき、ウォルストン、ブラント、ブックの三人《にん》は、ひそかに岩壁《がんぺき》をよじ登《のぼ》り、ジーランド川《がわ》の土手《どて》に下《お》りていた。そして、貯蔵室《ちょぞうしつ》の戸口《とぐち》を打《う》ちやぶり、デンを襲撃《しゅうげき》したのだった。

エヴァンス、ゴードン、ブリアン、サービス、ウィルコックスの五人《にん》は、ドニファンをクロス、ウェッブ、ガーネットに託《たく》し、フレンチ・デンめざして全力《ぜんりょく》で走《はし》った。

五人《にん》が運動場《うんどうじょう》の見《み》える場所《ばしょ》までやってきたとき、ホールの戸口《とぐち》から外《そと》に出《で》たウォルストンが、下級生《かきゅうせい》の一人《ひとり》を川岸《かわぎし》まで引《ひ》きずっていく姿《すがた》が目《め》に飛《と》びこんできた。

引《ひ》きずられているのはジャックだった。後《うし》ろから、ジャックを取《と》りかえそうと、ケイトがあわてて追《お》いかけている。

もう一人《ひとり》の男《おとこ》が、ホールから姿《すがた》を現《あらわ》した。ウォルストンの手下《てした》のブラントだ。コスターをひったて、やはり川岸《かわぎし》へと向《む》かっている。

コスターを助《たす》けようと、バクスターがブラントに突進《とっしん》したが、たちまち地面《じめん》に突《つ》きとばされてしまった。

ウォルストンとブラントが向《む》かう川岸《かわぎし》には、手下《てした》のブックの姿《すがた》が見《み》えた。貯蔵室《ちょぞうしつ》から運《はこ》びだした木製《もくせい》ボートを川《かわ》に浮《う》かべ、いつでもこぎだせるようスタンバイしている。

一味《いちみ》が人質《ひとじち》をとったまま逃《に》げてしまったら、少年《しょうねん》たちに勝《か》ち目《め》はない。

五人《にん》は必死《ひっし》で走《はし》った。だれよりも早《はや》くファンが駆《か》けていき、ブラントに飛《と》びついた。ブラントがひるんだすきをみて、コスターが逃《に》げる。ウォルストンの方《ほう》は、そのままジャックを引《ひ》きずってボートに急《いそ》いだ。

そのときだ。ホールから、男《おとこ》が飛《と》びだしてきた。

フォーブスだ。一味《いちみ》に合流《ごうりゅう》するために、物置《ものおき》から脱出《だっしゅつ》してきたのだろうか。

「おう、フォーブス。こっちだ！　来《こ》い！」

ウォルストンが大声《おおごえ》で呼《よ》ぶ。

運動場《うんどうじょう》まであと少《すこ》しという距離《きょり》でエヴァンスが立《た》ちどまり、銃《じゅう》を構《かま》えたとき――

フォーブスが、ウォルストンに飛《と》びかかっていった。

思《おも》いがけず手下《てした》の攻撃《こうげき》を受《う》けたウォルストンは、不意《ふい》をつかれておどろいた。とっさにジャックから手《て》をはなし、すばやくフォーブスの脇腹《わきばら》にナイフを突《つ》きたてる。フォーブスはウォルストンの足元《あしもと》にくずれおちた。なにもかもが一瞬《いっしゅん》の出来事《できごと》だった。

川岸《かわぎし》では、ファンを振《ふ》りきったブラントがブックに合流《ごうりゅう》し、親分《おやぶん》を待《ま》っていた。ウォルストンが仲間《なかま》のもとに急《いそ》ごうと、ジャックをもう一《いち》度《ど》捕《つか》まえにかかる。

だがそのとき、拳銃《けんじゅう》を手《て》にしたジャックが、ウォルストンの胸《むね》を撃《う》ちぬいた。

胸《むね》に銃弾《じゅうだん》を受《う》けたウォルストンは、それでもなんとか手下《てした》のところまで這《は》っていった。ブラントとブックがウォルストンを抱《だ》きかかえてボートに乗《の》り、力《ちから》いっぱいこぎだす。

ドカーン！

轟音《ごうおん》が響《ひび》いた。ジーランド川《がわ》の上《うえ》で、砲弾《ほうだん》が炸裂《さくれつ》する。

フレンチ・デンの窓《まど》にすえられた大砲《たいほう》を、モコがぶっ放《ぱな》したのだ。

砲弾《ほうだん》を浴《あ》びたウォルストンと手下《てした》たちは、ひとたまりもなく吹《ふ》っとんだ。

三人《にん》は、死体《したい》となってジーランド川《がわ》の水面《すいめん》に浮《う》かび、ボートといっしょに流《なが》されていった。

29　さようなら、チェアマン島《とう》

だれもが信《しん》じられない気持《きも》ちだった。少年《しょうねん》たちはウォルストン一味《いちみ》から、フレンチ・デンと仲間《なかま》を守《まも》ったのだ！　あのとき、思《おも》いがけず味方《みかた》についてくれたフォーブスがいなかったら、一味《いちみ》は人質《ひとじち》を連《つ》れて、ボートで逃《に》げおおせていたことだろう。

モコがドカンと撃《う》った大砲《たいほう》で、勝負《しょうぶ》に決着《けっちゃく》がつくと、ブリアンはまっさきにドニファンのもとにかけもどった。意識《いしき》を失《うしな》ったドニファンを、すみやかにホールまで運《はこ》ぶ。フォーブスの方《ほう》は、エヴァンスに抱《かか》えられ、貯蔵室《ちょぞうしつ》に寝《ね》かされた。ケイト、ゴードン、ブリアン、ウィルコックス、エヴァンスが、一晩中交代《ひとばんじゅうこうたい》で二人《ふたり》を看病《かんびょう》した。

ドニファンは、意識不明《いしきふめい》の重体《じゅうたい》だった。でも、呼吸《こきゅう》ができているところをみると、傷《きず》は肺《はい》まで届《とど》かずにすんだようだ。ケイトは川岸《かわぎし》に生《は》えているハンノキの葉《は》っぱをとってきて、傷口《きずぐち》に湿布《しっぷ》した。ハンノキの葉《は》っぱは、傷口《きずぐち》の化膿《かのう》止《ど》めとして、ケイトの国《くに》で使《つか》われているのだそうだ。

一方《いっぽう》、フォーブスの負《お》った傷《きず》には、どんな湿布《しっぷ》も薬《くすり》も手遅《ておく》れだった。フォーブス自身《じしん》、自分《じぶん》がもう長《なが》くないことを分《わ》かっていた。看病《かんびょう》を続《つづ》けるケイトに、フォーブスは言《い》った。

「ありがとうな、ケイト。でも、手当《てあ》てしてもむだだ。おれはもう助《たす》からん」

フォーブスの目《め》から、涙《なみだ》が流《なが》れた。

気《き》の毒《どく》なフォーブスは、人生《じんせい》の最後《さいご》で罪《つみ》を悔《く》いあらため、自分《じぶん》の命《いのち》をなげうってまで、少年《しょうねん》たちを救《すく》おうとしたのだった。

「あきらめるな、フォーブス。あんたはもう罪《つみ》をつぐなった。生《い》きるんだ」

エヴァンスはそう言《い》ってはげましたが、けっきょくフォーブスは、翌日《よくじつ》の明《あ》け方《がた》に息《いき》をひきとった。少年《しょうねん》たちはボードワンの墓《はか》のとなりに新《あたら》しい墓《はか》を作《つく》り、フォーブスのなきがらを葬《ほうむ》った。

しかし、こうしている間《あいだ》も、危険《きけん》はまだ完全《かんぜん》になくなったわけではなかった。一味《いちみ》の残党《ざんとう》、ロックとコープがいるかぎり、安心《あんしん》はできない。エヴァンスは早《はや》いところ二人《ふたり》を退治《たいじ》することに決《き》めた。クマ岩港《いわこう》にセバーン号《ごう》の救命船《きゅうめいせん》を取《と》りに行《い》くのは、その後《あと》だ。

エヴァンスは、ゴードン、ブリアン、バクスター、ウィルコックスをしたがえて出発《しゅっぱつ》した。五人《にん》とも、拳銃《けんじゅう》と猟銃《りょうじゅう》で念入《ねんい》りに武装《ぶそう》していったのだが、その必要《ひつよう》はなかったことが、すぐに分《わ》かった。残党《ざんとう》の捜索《そうさく》は、あっけなく終《お》わりを告《つ》げたのだ。

捜索隊《そうさくたい》はまず、パイクの遺体《いたい》からほど近《ちか》い茂《しげ》みの中《なか》に、血《ち》の跡《あと》が点々《てんてん》とついているのを見《み》つけた。それをたどって百歩《ぽ》ほど行《い》くと、コープの死体《したい》に行《い》きあたった。ロックもまた、前《まえ》にウィルコックスが掘《ほ》った落《お》とし穴《あな》の中《なか》で、死《し》んでいるのが見《み》つかった。ロックが森《もり》の中《なか》で地面《じめん》に吸《す》いこまれるように姿《すがた》を消《け》したのは、落《お》とし穴《あな》に落《お》ちたせいだったのだ。

捜索隊《そうさくたい》は、コープ、ロック、パイクの遺体《いたい》を落《お》とし穴《あな》に埋《う》め、お墓《はか》を作《つく》った。それから、フレンチ・デンにもどり、危険《きけん》が去《さ》ったことを仲間《なかま》に報告《ほうこく》した。

ニュースを聞《き》いた仲間《なかま》たちは、よろこびにわきたった。これでドニファンが元気《げんき》になってくれたら、言《い》うことなしだ。

みんなは、これからやるべきことについて話《はな》しあった。まずはクマ岩港《いわこう》まで、救命船《きゅうめいせん》を探《さが》しにいかなければならない。そのためには、ウォルストンたちを乗《の》せたまま流《なが》されていった、木製《もくせい》ボートをとりもどすのが先《さき》だ。

ボートはジーランド川《がわ》の下流《かりゅう》で見《み》つかった。運《うん》よく、大砲《たいほう》の散弾《さんだん》は当《あ》たらなかったようで、傷《いた》んでいるところはない。

十二月六日《がつむいか》の朝《あさ》、エヴァンス、ブリアン、バクスターの三人《にん》が、クマ岩港《いわこう》を目指《めざ》して、ボートで出発《しゅっぱつ》した。追《お》い風《かぜ》が吹《ふ》いていたおかげで、ファミリー・レイクも東川《ひがしがわ》もすいすい進《すす》み、一日《にち》かからずに目的地《もくてきち》にたどり着《つ》いた。セバーン号《ごう》の救命船《きゅうめいせん》は、クマ岩《いわ》に開《あ》いた洞穴《ほらあな》の、砂《すな》の上《うえ》に保管《ほかん》してあった。

エヴァンスは、船《ふね》の状態《じょうたい》をじっくり調《しら》べてから、言《い》った。

「外板《がいはん》を直《なお》すには、木材《もくざい》が必要《ひつよう》だ。フレンチ・デンから木材《もくざい》を運《はこ》んでくるよりは、船《ふね》をフレンチ・デンまで移動《いどう》させる方《ほう》が、作業《さぎょう》は早《はや》いと思《おも》うのだが、どうだろう」

みんな、エヴァンスの提案《ていあん》に賛成《さんせい》した。そこでつぎの日《ひ》の満《み》ち潮《しお》を待《ま》って、ボートで救命船《きゅうめいせん》を引《ひ》っぱり、川《かわ》をさかのぼることにした。

だが、船《ふな》べりまで水《みず》につかって重《おも》くなった船《ふね》を引《ひ》っぱるのは、ひと苦労《くろう》だった。ボートはなかなか進《すす》まず、その日《ひ》はファミリー・レイクまでたどりついたところで、夜《よ》を明《あ》かした。

翌朝《よくあさ》、日《ひ》の出《で》とともに出発《しゅっぱつ》し、午後三時《ごごじ》ごろ、ようやくオークランドの丘《おか》が見《み》えてきた。沈《しず》みかけた救命船《きゅうめいせん》がジーランド川《がわ》の土手《どて》につながれたころには、もう夕方《ゆうがた》になっていた。

クマ岩港《いわこう》からもどったエヴァンスたちを迎《むか》えたのは、うれしい知《し》らせだった。留守《るす》の間《あいだ》に、ドニファンの意識《いしき》がもどったのだ。ブリアンが枕元《まくらもと》まで飛《と》んでいって手《て》をにぎると、ドニファンはその手《て》をにぎりかえした。ケイトが二時間《じかん》ごとに換《か》えてくれる湿布《しっぷ》のおかげで、傷口《きずぐち》はふさがりかけていた。

さっそくつぎの日《ひ》から、救命船《きゅうめいせん》の修理作業《しゅうりさぎょう》が始《はじ》まった。船《ふね》の修繕《しゅうぜん》なら、エヴァンスに任《まか》せておけば安心《あんしん》だ。これまで少年《しょうねん》たちのエンジニアとして活躍《かつやく》してくれたバクスターは、有能《ゆうのう》な助手《じょしゅ》として働《はたら》き、エヴァンスを感心《かんしん》させた。

道具《どうぐ》も材料《ざいりょう》も、必要《ひつよう》なものはぜんぶそろっていた。エヴァンスの監督《かんとく》のもと、少年《しょうねん》たちは壊《こわ》れた梁《はり》と横木《よこぎ》をとりかえた後《あと》、細《こま》かくほぐした古《ふる》ロープにマツヤニをしみこませ、材木同士《ざいもくどうし》のすきまを埋《う》めていった。船《ふね》に防水加工《ぼうすいかこう》をほどこすのだ。

修理作業《しゅうりさぎょう》はひと月《つき》ほど続《つづ》いた。その間《あいだ》にドニファンは、少《すこ》しの間《あいだ》なら外《そと》に出《で》られるほどに回復《かいふく》していた。それでも仲間《なかま》たちは、ドニファンが船旅《ふなたび》に耐《た》えられるくらいの体力《たいりょく》をとりもどすまで、気長《きなが》に待《ま》つつもりだった。

一月下旬《がつげじゅん》、救命船《きゅうめいせん》への荷積《にづ》みが始《はじ》まった。スルーギ号《ごう》よりずっと小《ちい》さな船《ふね》なので、持《も》っていく荷物《にもつ》は厳選《げんせん》しなければならない。

まず、スルーギ号《ごう》に残《のこ》されていたお金《かね》。これは、ニュージーランドまで帰《かえ》るために必要《ひつよう》だ。食料《しょくりょう》も、とちゅうで何《なに》かが起《お》こった時《とき》のことを考《かんが》え、多《おお》めに持《も》っていくことにした。他《ほか》には、武器《ぶき》、洋服《ようふく》、飲《の》み水《みず》を入《い》れた樽《たる》などを積《つ》みこんだ。

二月初《がつはじ》め、準備《じゅんび》が完了《かんりょう》した。その頃《ころ》ドニファンは、ケイトやブリアンの肩《かた》を借《か》りて、毎日数時《まいにちすうじ》間《かん》ほど運動場《うんどうじょう》を歩《ある》けるまでになっていたので、元気《げんき》よくこう言《い》った。

「出発《しゅっぱつ》しよう。胸《むね》の傷《きず》なんて、海風《うみかぜ》に当《あ》たれば完全《かんぜん》に治《なお》るさ」

そんなわけで、少年《しょうねん》たちは二日後《ふつかご》の二月五日《がついつか》に船《ふね》を出《だ》すことに決《き》めた。

出発《しゅっぱつ》の前日《ぜんじつ》、ゴードンは家畜《かちく》を野《の》に放《はな》してやった。グアナコやビクーニャ、ノガンといった動物《どうぶつ》たちは、さっさと駆《か》けだし、あっという間《ま》に姿《すがた》を消《け》してしまった。それを見《み》て、ガーネットはぶつぶつ文句《もんく》を言《い》った。

「恩知《おんし》らずなやつらだなあ。これまでずっと、めんどう見《み》てやったっていうのにさ！」

すると、サービスが悟《さと》ったような顔《かお》をして、

「これが世《よ》の中《なか》ってもんだよ」

と言《い》ったので、みんなが笑《わら》った。

つぎの日《ひ》、仲間《なかま》たちはボードワンとフォーブスの墓《はか》に行《い》き、最後《さいご》の祈《いの》りをささげてから、救命《きゅうめい》船《せん》に乗《の》りこんだ。川岸《かわぎし》につないだもやい綱《づな》が解《と》かれ、船《ふね》が川《かわ》を下《くだ》っていく。少年《しょうねん》たちは、これまでの二年間《ねんかん》、自分《じぶん》たちを雨風《あめかぜ》から守《まも》ってくれた洞穴《ほらあな》を見《み》つめた。

「フレンチ・デン、ばんざい！」

オークランドの丘《おか》が、川岸《かわぎし》にならぶ木々《きぎ》にかくれて、姿《すがた》を消《け》す。

救命船《きゅうめいせん》はジーランド川《がわ》をゆっくり進《すす》んでいった。ようやく河口《かこう》にさしかかったとき、すでに辺《あた》

りは暗《くら》くなっていたので、その場《ば》でキャンプを張《は》った。

翌日《よくじつ》の早朝《そうちょう》、エヴァンスが帆《ほ》を張《は》り、船《ふね》はついにスルーギ湾《わん》に出《で》た。少年《しょうねん》たちは、オークランドの丘《おか》と岩礁地帯《がんしょうちたい》の風景《ふうけい》を、いつまでも見《み》つめていた。けれどそれも、湾《わん》の南《みなみ》の岬《みさき》を通《とお》りすぎると、見《み》えなくなってしまった。

八時間後《じかんご》、救命船《きゅうめいせん》がケンブリッジ島《とう》の沖《おき》を通過《つうか》するころ、チェアマン島《とう》の島影《しまかげ》は、北《きた》の水平線《すいへいせん》の向《む》こうに消《き》えていった。

30　いざ、ふるさとへ

船《ふね》は群島《ぐんとう》の間《あいだ》を順調《じゅんちょう》に進《すす》んだ。天気《てんき》はよく、海《うみ》もおだやかだった。ドニファンは海《うみ》の上《うえ》でよく食《た》べ、よく眠《ねむ》った。もう一度《いちど》船《ふね》が遭難《そうなん》して、どこかの島《しま》でサバイバル生活《せいかつ》を続《つづ》けることになってもだいじょうぶそうなほど、元気《げんき》になっていた。

二月十二日《にち》、船《ふね》はついにマゼラン海峡《かいきょう》に入《はい》った。そして翌朝《よくあさ》、舳先《へさき》で海《うみ》を眺《なが》めていたサービスが、不意《ふい》に声《こえ》を張《は》りあげた。

「煙《けむり》が見《み》えるよ！」

「あれは蒸気船《じょうきせん》の煙《けむり》だ！」

エヴァンスが言《い》う。ブリアンはすぐさまマストのてっぺんまでよじ登《のぼ》り、望遠鏡《ぼうえんきょう》を目《め》に当《あ》てた。

「船《ふね》だ！　大型船《おおがたせん》だ！」

やがて、船影《せんえい》が見《み》えてきた。九百トン級《きゅう》の蒸気船《じょうきせん》だ。

少年《しょうねん》たちは歓声《かんせい》を上《あ》げた。上級生《じょうきゅうせい》たちが、空《そら》に向《む》かってつぎつぎに銃声《じゅうせい》を響《ひび》かせる。

十分後《ぷんご》、ボートに気《き》づいた蒸気船《じょうきせん》が近《ちか》づいてきて、少年《しょうねん》たちは無事《ぶじ》、汽船《きせん》に拾《ひろ》いあげられた。

汽船《きせん》は『グラフトン号《ごう》』といい、オーストラリアに向《む》けて航海中《こうかいちゅう》だった。船長《せんちょう》のトム・ロングは、スルーギ号《ごう》の遭難事件《そうなんじけん》のことを知《し》っていた。十五人《にん》の少年《しょうねん》が行方不明《ゆくえふめい》になったニュースは、アメリカやイギリスでも、大《おお》きくとりあげられたからだ。全員無事《ぜんいんぶじ》だったことを知《し》って喜《よろこ》んだロング船長《せんちょう》は、みんなをこのままオークランドまで送《おく》っていこう、と言《い》ってくれた。

グラフトン号《ごう》は大海原《おおうなばら》をひたすら西《にし》へ進《すす》み、二月《がつ》二十五日《にち》、とうとうオークランドの港《みなと》に錨《いかり》をおろした。

少年《しょうねん》たちがニュージーランドから九千キロメートルはなれた島《しま》に漂着《ひょうちゃく》してから、二年《ねん》の月日《つきひ》が流《なが》れようとしていた。

子《こ》どもたちがもどってきたと聞《き》いた家族《かぞく》の喜《よろこ》びようといったら、たいへんなものだった。太平洋《たいへいよう》に船《ふね》ごと飲《の》みこまれたものと思《おも》っていた息子《むすこ》たちが、だれ一人《ひとり》欠《か》けることなく帰《かえ》ってきたというのだ！

ニュースはあっという間《ま》に、オークランドの街中《まちじゅう》に広《ひろ》まった。人々《ひとびと》はこぞって港《みなと》にかけつけ、家族《かぞく》と抱《だ》きあう少年《しょうねん》たちを、拍手《はくしゅ》でむかえた。

だれもが少年《しょうねん》たちの体験話《たいけんばなし》を聞《き》きたがった。そこでドニファンが、何度《なんど》か講演会《こうえんかい》を開《ひら》いた。講《こう》演《えん》はたいへんな評判《ひょうばん》を呼《よ》び、ドニファンは鼻高々《はなたかだか》だった。

記録係《きろくがかり》のバクスターがつけていた『チェアマン島日記《とうにっき》』も出版《しゅっぱん》され、ニュージーランドだけでなく、世界中《せかいじゅう》でベストセラーとなった。読者《どくしゃ》はゴードンの思慮深《しりょぶか》さ、ブリアンの思《おも》いやり、ドニファンの勇敢《ゆうかん》さに心《こころ》を打《う》たれ、困難《こんなん》を耐《た》えしのんだ少年《しょうねん》たちの姿《すがた》に、感動《かんどう》せずにはいられなかった。

ケイトとエヴァンスも、子《こ》どもたちを助《たす》けてくれた恩人《おんじん》として、手厚《てあつ》くむかえられた。オークランド市民《しみん》はお金《かね》を出《だ》しあい、エヴァンスに『チェアマン号《ごう》』と名《な》づけた、りっぱな船《ふね》を贈《おく》った。エヴァンスは、商船《しょうせん》の船長《せんちょう》になったのだ。チェアマン号《ごう》が船旅《ふなたび》を終《お》えてオークランドにもどってくるたび、エヴァンスは少年《しょうねん》たちの家《いえ》に招《まね》かれた。

ケイトの方《ほう》は、保護者《ほごしゃ》たちからこぞって「うちに来《き》てほしい」とたのまれ、住《す》みこみ先《さき》を選《えら》ぶのに困《こま》るほどだった。でも結局《けっきょく》は、一番熱心《いちばんねっしん》にたのまれたドニファンの家《いえ》の家政婦《かせいふ》として、落《お》ちつくことになった。なんといってもケイトは、ドニファンの命《いのち》をすくった恩人《おんじん》なのだ。

少年《しょうねん》たちのように、二年《ねん》にわたる休暇《きゅうか》をすごすというのは、そうだれにでも起《お》こることではないだろう。でも、少年《しょうねん》たちの経験《けいけん》は、わたしたちに教《おし》えてくれる。勇気《ゆうき》と熱意《ねつい》を持《も》ち、集団《しゅうだん》のルールをしっかり守《まも》れば、どんな問題《もんだい》も切《き》りぬけられるということを。

漂流《ひょうりゅう》した十五少年《しょうねん》は、生《い》きのびるために、たくさんの困難《こんなん》を乗《の》りこえた。おかげでオークランドにもどったとき、下級生《かきゅうせい》はまるで上級生《じょうきゅうせい》のように、上級生《じょうきゅうせい》はまるで大人《おとな》のように、りっぱに成《せい》長《ちょう》をとげていたという。

おわり

訳者《やくしゃ》あとがき

みなさんのおじいさんの、そのまたおじいさんの時代《じだい》から読《よ》みつがれてきた冒険小説《ぼうけんしょうせつ》、『十五少年漂流記《しょうねんひょうりゅうき》』はいかがでしたか?

この作品《さくひん》は、十九世紀《せいき》フランスの小説家《しょうせつか》、ジュール・ヴェルヌが子《こ》ども向《む》けに書《か》いたものです。世界中《せかいじゅう》で翻訳《ほんやく》され、日本《にほん》では森田思軒《もりたしけん》という人《ひと》によって、明治《めいじ》二十九年《ねん》(一八九六年《ねん》)に紹介《しょうかい》されました。原題《げんだい》をそのまま訳《やく》すと『二年間《ねんかん》の休暇《きゅうか》』ですが、『十五少年漂流記《しょうねんひょうりゅうき》』という題《だい》で、広《ひろ》く親《した》しまれています。この、明快《めいかい》で魅力的《みりょくてき》な題名《だいめい》のおかげもあってか、日本《にほん》では本国《ほんごく》フランス以《い》上《じょう》によく読《よ》まれ、『海底《かいてい》二万《まん》マイル』、『八十日間世界一周《にちかんせかいしゅう》』などと並《なら》んで、最《もっと》も人気《にんき》のあるヴェルヌ作品《さくひん》の一つに数《かぞ》えられています。

ヴェルヌはこの作品《さくひん》で、漂流先《ひょうりゅうさき》の無人島《むじんとう》を舞台《ぶたい》に、国籍《こくせき》のちがう八歳《さい》から十四歳《さい》の少年《しょうねん》グループが、ぶつかり合《あ》いながらも生《い》きのびるさまを描《えが》きました。手《て》つかずの自然《しぜん》の中《なか》で、少年《しょうねん》たちは、アザラシからランプの油《あぶら》をとったり、湖《みずうみ》から水道《すいどう》を引《ひ》いたりと、創意工夫《そういくふう》を重《かさ》ね、奮闘《ふんとう》します。

また、島《しま》の湖《みずうみ》、森《もり》といった自然《しぜん》に名前《なまえ》をつけたり、リーダーを選出《せんしゅつ》したりと、小《ち》さな島《しま》に立派《りっぱ》な社会《しゃかい》を築《きず》いていきます。

グループの中《なか》では、イギリス人《じん》のドニファンと、フランス人《じん》のブリアンの間《あいだ》に対立《たいりつ》が生《う》まれますが、これには、歴史的《れきしてき》にいつもライバルであったイギリスとフランスという、二つの大国《たいこく》の関係《かんけい》が重《かさ》ねられています。しかしその後《ご》、島《しま》の外《そと》から敵《てき》がやってきたことにより、二人《ふたり》の関係《かんけい》に変化《へんか》がおこり、ヴェルヌが願《ねが》った大国同士《たいこくどうし》の協調《きょうちょう》は、物語《ものがたり》の中《なか》で実現《じつげん》されるのです。

今《いま》から百三十年《ねん》も前《まえ》に書《か》かれた物語《ものがたり》ですから、現代《げんだい》とは考《かんが》え方《かた》が異《こと》なるところもあります。例《たと》えばチェアマン学園《がくえん》には、欧米《おうべい》からやってきた「良家《りょうけ》の子弟《してい》」しかいませんし、黒人《こくじん》の船員見習《せんいんみなら》いモコは、最後《さいご》まで学園《がくえん》の少年《しょうねん》たちより低《ひく》い立場《たちば》に置《お》かれています。こうした点《てん》は当時《とうじ》の階級社《かいきゅうしゃ》会《かい》や人種差別《じんしゅさべつ》の反映《はんえい》であり、残念《ざんねん》なことです。もっとも、モコは信頼《しんらい》のおける有能《ゆうのう》な少年《しょうねん》として描《えが》かれていて、最後《さいご》に仲間《なかま》を救《すく》ったのもまた、モコでした。時代《じだい》の制約《せいやく》はあっても、このあたりにヴェルヌの良心《りょうしん》が見《み》てとれるのではないでしょうか。

ところで、作中《さくちゅう》の主要登場人物《しゅようとうじょうじんぶつ》であるブリアンですが、ノーベル平和賞《へいわしょう》を受賞《じゅしょう》した、アリスティード・ブリアンという政治家《せいじか》の少年時代《しょうねんじだい》が、そのモデルではないかと言《い》われています。ヴェルヌの息子《むすこ》と同《おな》じ学校《がっこう》の同級生《どうきゅうせい》だったことから、そんな推測《すいそく》が生《う》まれたのですが、本当《ほんとう》のところは分《わ》かっていません。いずれにしても、この作品《さくひん》が書《か》かれた二十年後《ねんご》に、実在《じつざい》のブリアンが首相《しゅしょう》の座《ざ》についたというのは、作中《さくちゅう》のブリアンが島《しま》の統治者《とうちしゃ》に就任《しゅうにん》したことを考《かんが》えると、おもしろい巡《めぐ》り合《あ》わせだと思《おも》いませんか。ちなみにブリアンとは、フランス語《ご》で「輝《かがや》かしい・目覚《めざ》ましい」という言葉《ことば》を連想《れんそう》させる名前《なまえ》でもあります。

ヴェルヌはデフォーの『ロビンソン・クルーソー』や、ウィースの『スイスのロビンソン』などをお手本《てほん》に、この作品以外《さくひんいがい》にも、無人島《むじんとう》でのサバイバルがテーマの、「ロビンソンもの」と呼《よ》ばれる種類《しゅるい》の小説《しょうせつ》を何作《なんさく》か書《か》いています。興味《きょうみ》を持《も》った人《ひと》は、『海底《かいてい》二万《まん》マイル』の関連作《かんれんさく》でもある『神秘《しんぴ》の島《しま》』を読《よ》んでみてください。そして、みなさんが大《おお》きくなったら、今度《こんど》はゴールディングの『蠅《はえ》の王《おう》』といった、二十世紀後半以降《せいきこうはんいこう》の新《あたら》しい視点《してん》で書《か》かれた「ロビンソンもの」と、『十五少年漂流記《しょうねんひょうりゅうき》』を読《よ》み比《くら》べてみていただきたいと思《おも》います。

二〇一八年《ねん》六月《がつ》

番《ばん》　由美子《ゆみこ》

角川つばさ文庫

ジュール・ベルヌ／作
1828年フランス生まれ。冒険小説の傑作を生みだす。代表作は『十五少年漂流記』『海底二万里』など。

番 由美子／訳
1975年生まれ。千葉県出身。フランス語・英語翻訳者。訳書に「暗号クラブ」シリーズ、「なぞとき博物館」シリーズ（ともにKADOKAWA）などがある。

けーしん／絵
京都府生まれ。イラストレーター。小説の装画を中心に活躍。

角川《かどかわ》つばさ文庫《ぶんこ》　Eへ3-1

新訳《しんやく》
十《じゅう》五《ご》少《しょう》年《ねん》漂《ひょう》流《りゅう》記《き》

作《さく》　ジュール・ベルヌ
訳《やく》　番《ばん》 由《ゆ》美《み》子《こ》
絵《え》　けーしん

2018年７月15日　初版発行
2020年５月30日　３版発行

発行者　郡司 聡
発　行　株式会社KADOKAWA
〒102-8177　東京都千代田区富士見 2-13-3
電話　0570-002-301（ナビダイヤル）
印　刷　暁印刷
製　本　BBC
装　丁　ムシカゴグラフィクス

ISBN978-4-04-631723-0　C8297　N.D.C.953　231p　18cm

KADOKAWA　カスタマーサポート
［電話］0570-002-301（土日祝日を除く11時～17時）
［WEB］https://www.kadokawa.co.jp/（「お問い合わせ」へお進みください）
※製造不良品につきましては上記窓口にて承ります。
※記述・収録内容を超えるご質問にはお答えできない場合があります。
※サポートは日本国内に限らせていただきます。

読者のみなさまからのお便りをお待ちしています。下のあて先まで送ってね。
いただいたお便りは、編集部から著者へおわたしいたします。

〒102-8078　東京都千代田区富士見 1-8-19　角川つばさ文庫編集部